Über dieses Buch

An einem düsteren Novemberabend des Jahres 189... hält mit Augustin Meaulnes, genannt ›Der große Meaulnes‹, das Abenteuer Einzug in die idyllische Welt des Landinternats im nordfranzösischen Sainte-Agathe: Traum und Wirklichkeit, Realität und Phantasie sind in diesem 1913 erschienenen Roman untrennbar miteinander verwoben. Die kunstvolle Einfachheit der Sprache birgt das Außerordentliche, denn kaum jemals ist die Vertreibung aus dem Paradies der kindlichen Erlebniskraft schonungsloser dargestellt worden. An »zauberhafter Dichtigkeit der Stimmung« kommt ›Der große Meaulnes‹ »den kostbarsten Erzeugnissen deutscher Romantik gleich«, wie Klaus Mann begeistert befand.
Henri Alain-Fournier, 1914 als 27jähriger im Ersten Weltkrieg umgekommen, schuf mit diesem – seinem einzigen – Roman ein Werk, das für die Entwicklung der modernen französischen Erzählliteratur von kaum zu überschätzender Bedeutung ist und dessen Zauber man sich nur erlesen kann.

D1993446

Literatur · Philosophie · Wissenschaft

Henri Alain-Fournier

Der große Meaulnes

Roman

Deutscher Taschenbuch Verlag

Aus dem Französischen übersetzt von
Cornelia Hasting und Otfried Schulze.
Mit einem Nachwort von Vincenzo Orlando und
einer Nachbemerkung von Cornelia Hasting.

Titel der französischen Originalausgabe:
›Le grand Meaulnes‹ (1913)

März 1993
Deutscher Taschenbuch Verlag GmbH & Co. KG,
München
© 1990 Manholt Verlag, Bremen
Umschlagtypographie: Celestino Piatti
Umschlagbild: Frank Bornemann, Bremen
(Manholt Verlag, Bremen)
Satz: Types Layoutsatz, Bremen
Druck und Bindung: C.H.Beck'sche Buchdruckerei,
Nördlingen
Printed in Germany · ISBN 3-423-02308-2

Für meine Schwester Isabelle

TEIL 1

Kapitel 1

Der Pensionsschüler

Er kam an einem Sonntag im November 189... in unser Haus.

Ich sage noch immer »unser Haus«, obwohl es uns nicht mehr gehört. Vor fast fünfzehn Jahren sind wir aus der Gegend fortgezogen und werden sicher niemals dorthin zurückkehren.

Wir bewohnten das Gebäude des *Cours Supérieur* von Sainte-Agathe. Mein Vater, den ich wie die anderen Schüler Monsieur Seurel nannte, leitete hier den Cours Supérieur, der auf die Volksschullehrerprüfung vorbereitete, und gleichzeitig den Cours Moyen. Meine Mutter unterrichtete die Kleinen.

Ein langgestrecktes rotes Gebäude mit fünf Glastüren, unter wildem Wein, am äußersten Ende des Marktfleckens; ein riesiger Hof mit Pausendach und Waschküche und mit einem großen Portal nach vorne zum Dorf hin; nach Norden eine kleine Gitterpforte zur Landstraße, die zur drei Kilometer entfernten Bahnstation führte; im Süden, nach hinten hinaus, Felder, Gärten und Wiesen bis zu den ersten Anwesen... das ist knapp der Plan des Hauses, in dem ich die stürmischsten und kostbarsten Tage meines Lebens verbrachte – des Hauses, von dem unsere Abenteuer ausgingen und wohin sie zurückkehrten, sich zu brechen wie Wellen an einem einsamen Felsen.

Der Zufall der »Versetzungen«, eine Entscheidung des Schulrats oder des Präfekten, hatte uns hierher geführt. Vor sehr langer Zeit, gegen Ende der Ferien, hatte ein Bauernwagen, der vor unserem Hausrat eintraf, uns, meine Mutter und mich, vor der kleinen rostigen Pforte abgesetzt. Ein paar Dorfjungen, die im Garten Pfirsiche stahlen, waren lautlos durch die Löcher in der Hecke geflüchtet... Meine Mutter, die wir Millie nannten, die bestimmt gründlichste Hausfrau, die ich jemals kennengelernt habe, war sofort durch die mit staubigem Stroh angefüllten Zimmer gegangen und hatte prompt, wie bei jeder »Versetzung«, voller Verzweiflung festgestellt, daß unsere Möbel niemals in ein so schlecht gebautes Haus hineinpassen würden... Sie war herausgekommen, um mir ihr Leid zu klagen. Noch während sie zu mir sprach, hatte sie behutsam mein von der Fahrt verschmutztes Kindergesicht mit ihrem Taschentuch abgewischt. Dann war sie wieder hineingegangen und hatte alle Fenster und Türen gezählt, die man zustellen mußte, um die Räume wohnlich zu machen... Ich war mit meinem großen, bebänderten Strohhut draußen auf dem Kies dieses fremden Hofes geblieben, hatte gewartet, hatte zaghaft um den Brunnen und im Schuppen herumgeschnüffelt.

So wenigstens stelle ich mir heute unsere Ankunft vor. Denn sobald ich die ferne Erinnerung an diesen ersten Abend des Wartens auf unserem Hof in Sainte-Agathe wiederfinden möchte, erinnere ich mich schon an andere Augenblicke des Wartens, sehe ich mich schon, beide Hände am Gitter des Portals, ängstlich Ausschau halten nach jemandem, der die Hauptstraße herunterkommen wird. Und wenn ich versuche, mir die erste Nacht in meiner Mansarde zwischen den Dachböden des ersten Stockwerks vorzustellen, erinnere ich mich schon an andere Nächte; ich bin nicht mehr allein in diesem Zimmer; ein großer Schatten, ruhelos und vertraut, gleitet über die Wände, wandert umher. Diese ganz friedliche Landschaft – die Schule, das Feld von Père Martin mit seinen drei Nußbäumen, der Garten, in den täglich ab vier Uhr Frauen zu Besuch einfielen – bleibt in meiner Erinnerung für immer, aufgewühlt und verwandelt durch die

Gegenwart desjenigen, der unsere ganze Jugendzeit erschütterte und sogar dessen Flucht uns nicht zur Ruhe kommen ließ.

Wir wohnten bereits zehn Jahre in dieser Gegend, als Meaulnes ankam.

Ich war fünfzehn Jahre alt. Es war ein kalter Sonntag im November, der erste Herbsttag, der an den Winter denken ließ. Den ganzen Tag hatte Millie auf einen Wagen vom Bahnhof gewartet, der ihr einen Hut für die schlechte Jahreszeit mitbringen sollte. Morgens hatte sie die Messe versäumt; und bis zur Predigt hatte ich, mit den anderen Kindern im Chor sitzend, unruhig nach der Seite des Glockenturms geschaut, um sie eintreten zu sehen mit ihrem neuen Hut.

Am Nachmittag mußte ich allein zur Vesper gehen.

»Übrigens«, sagte sie tröstend zu mir, während sie mit der Hand meinen Kinderanzug abklopfte, »auch wenn der Hut angekommen wäre, hätte ich bestimmt meinen Sonntag damit verbringen müssen, ihn umzuarbeiten.«

Oft vergingen auf diese Weise unsere Wintersonntage. Bereits am frühen Morgen begab sich mein Vater weit fort an das Ufer eines nebelbedeckten Sees, um von einem Kahn aus Hechte zu angeln; und meine Mutter zog sich bis in den Abend in ihr düsteres Zimmer zurück und besserte ihre einfachen Kleider aus. Sie schloß sich ein aus Furcht, eine befreundete Dame, ebenso arm und stolz wie sie selbst, könnte sie dabei überraschen. Und ich wartete nach der Vesper im kalten Eßzimmer lesend darauf, daß sie die Tür öffnete, um mir zu zeigen, wie gut ihr das Kleid nun paßte.

An jenem Sonntag hielt mich nach der Vesper ein Menschenauflauf draußen vor der Kirche zurück. Eine Taufgesellschaft unter dem Portal hatte eine Schar Straßenjungen angelockt. Auf dem Platz standen einige Männer aus dem Dorf in ihrer Feuerwehruniform; sie hatten die Gewehre pyramidenartig zusammengestellt, und frierend von einem Fuß auf den anderen tretend lauschten sie Boujardon, dem Brigadier, der sich in seinen Instruktionen verhedderte...

Das Taufgeläute verstummte plötzlich wie eine Festglocke, die sich in Tag und Ort geirrt hat; Boujardon und seine Männer hatten die Gewehre geschultert und führten im Trab die Spritze davon; und ich sah sie um die nächste Straßenecke verschwinden, gefolgt von vier schweigsamen Jungen, die mit ihren dicken Sohlen das Reisig auf der vereisten Straße zertraten, auf der ich ihnen nicht nachzulaufen wagte.

Im Ort gab es dann nichts Lebendiges mehr als das Café Daniel, aus dem gedämpft die mal lauten, mal leisen Streitgespräche der Zecher zu hören waren. Ich streifte an der niedrigen Mauer des großen Hofes entlang, die unser Haus vom Dorf trennte, und erreichte, etwas ängstlich wegen meiner Verspätung, die kleine Pforte.

Sie stand halb offen, und ich sah sofort, daß etwas Ungewöhnliches vor sich ging.

An der Tür zum Eßzimmer – der nächsten von den fünf Glastüren zum Hof – versuchte eine gebeugte grauhaarige Frau durch die Vorhänge hineinzuspähen. Sie war klein und trug einen altmodischen Kapotthut aus schwarzem Samt. Ihr schmales, feines Gesicht spiegelte ihre Aufregung wider; und ich weiß nicht, welche Befürchtung mich bei ihrem Anblick auf der ersten Stufe vor der Pforte innehalten ließ.

»Wo ist er bloß hingegangen? Mein Gott!« sagte sie halblaut. »Eben war er noch bei mir. Einmal hat er das Haus schon umrundet. Vielleicht ist er ausgerissen...«

Und zwischen jedem Satz klopfte sie mit drei kleinen, kaum wahrnehmbaren Schlägen an die Scheibe.

Niemand öffnete der unbekannten Besucherin. Sicher hatte Millie den Hut vom Bahnhof erhalten und saß, ohne etwas zu hören, hinten im roten Zimmer vor dem mit alten

Bändern und zerzausten Federn übersäten Bett, wo sie an ihrer bescheidenen Kopfbedeckung nähte, sie wieder auftrennte und von neuem in Form brachte... In der Tat, als ich ins Eßzimmer eingetreten war, unmittelbar gefolgt von der Besucherin, erschien meine Mutter und hielt auf dem Kopf mit beiden Händen Messingdrähte, Bänder und Federn fest, die noch nicht ganz im Gleichgewicht waren... Sie lächelte mich mit ihren blauen Augen an, müde vom Handarbeiten in der Dämmerung, und rief:

»Sieh mal! Ich habe auf dich gewartet, um dir zu zeigen...«

Aber als sie die Frau auf dem großen Sessel hinten im Zimmer sah, hielt sie verwirrt inne. Hastig nahm sie ihren Hut ab und preßte ihn während der ganzen folgenden Szene umgedreht wie ein Nest mit dem rechten, angewinkelten Arm an die Brust.

Die Frau mit dem Kapotthut, zwischen ihren Knien einen Regenschirm und eine Lederhandtasche, hatte mit Erklärungen begonnen, wiegte dabei leicht den Kopf hin und her und schnalzte mit der Zunge wie eine Frau auf Besuch. Sie hatte ihre Selbstsicherheit wiedergefunden. Sie hatte sogar, sobald sie von ihrem Sohn sprach, eine überlegene und geheimnisvolle Miene, die uns neugierig machte.

Sie waren beide zusammen mit dem Wagen aus La Ferté-d'Angillon gekommen, das vierzehn Kilometer von Sainte-Agathe entfernt lag. Als Witwe – und sehr vermögend, wie sie uns zu verstehen gab – hatte sie den jüngeren ihrer beiden Söhne verloren, Antoine, der eines Abends nach der Rückkehr aus der Schule gestorben war, weil er mit seinem Bruder in einem verseuchten Teich gebadet hatte. Sie hatte beschlossen, den älteren, Augustin, bei uns in Pension zu geben, damit er den Cours Supérieur besuchen könne.

Und sogleich lobte sie den Pensionsschüler, den sie uns brachte. Ich erkannte die grauhaarige Frau nicht wieder, die ich noch vor einer Minute gebückt vor der Tür gesehen hatte, mit der flehenden und verstörten Miene einer Henne, die das wilde Küken ihrer Brut verloren hat.

Was sie voll Bewunderung von ihrem Sohn erzählte, war äußerst erstaunlich: er machte ihr gern eine Freude, und manchmal folgte er barfuß kilometerweit einem Flußlauf, um ihr Eier von Bleßhühnern und Wildenten zu bringen, irgendwoher aus dem Schilf. Er legte auch Reusen aus... Kürzlich hatte er nachts im Wald einen Fasan entdeckt, der sich in der Schlinge gefangen hatte...

Ich, der ich mich nicht nach Hause traute, wenn ich einen Riß im Kittel hatte, blickte staunend zu Millie hinüber.

Aber meine Mutter hörte nicht mehr zu. Sie gab der Dame sogar ein Zeichen zu schweigen; und vorsichtig ihr ›Nest‹ auf den Tisch ablegend, erhob sie sich leise, wie um jemanden zu überraschen...

Und tatsächlich, über uns in einem Abstellraum, wo sich die geschwärzten Feuerwerkskörper vom letzten Vierzehnten Juli türmten, ging jemand mit fremdem, festen Schritt hin und her und ließ die Decke erzittern; er durchquerte die riesigen dunklen Bodenkammern des oberen Stockwerks und verlor sich schließlich in den leerstehenden Zimmern für Aushilfslehrer, wo man Lindenblüten zum Trocknen und Äpfel zum Nachreifen aufbewahrte.

»Eben schon habe ich dieses Geräusch in den unteren Zimmern gehört«, sagte Millie halblaut, »und ich dachte, du, François, wärst heimgekommen...«

Niemand antwortete. Wir standen alle drei mit klopfenden Herzen, als die Bodentür, die zur Küchentreppe führte, sich öffnete; jemand stieg die Stufen herunter, durchquerte die Küche und erschien im dunklen Eingang zum Eßzimmer.

»Bist du es, Augustin?« fragte die Dame.

Es war ein großer Junge von ungefähr siebzehn Jahren. Zuerst sah ich in der Abenddämmerung von ihm nur seinen in den Nacken geschobenen, bäurischen Filzhut und seinen schwarzen Kittel, zusammengehalten von einem Gürtel, wie ihn Schüler tragen. Auch konnte ich erkennen, daß er lächelte...

Er bemerkte mich, und noch bevor jemand eine Erklärung von ihm hätte verlangen können, sagte er:

»Kommst du mit auf den Hof?«

Ich zögerte eine Sekunde. Dann, als Millie mich nicht zurückhielt, nahm ich meine Schirmmütze und ging zu ihm. Wir traten durch die Küchentür hinaus auf den überdachten Vorhof, der schon im Dunkeln lag. Im Dämmerlicht betrachtete ich sein kantiges Gesicht mit der geraden Nase und dem Flaum auf der Oberlippe.

»Sieh mal«, sagte er, »das habe ich auf deinem Dachboden gefunden. Hast du dich nie dort umgesehen?«

Er hielt ein kleines Rad aus geschwärztem Holz in der Hand; ein Kranz von zerfetzten Raketen lief rundherum; das war wohl die Sonne oder der Mond vom Feuerwerk des Vierzehnten Juli.

»Zwei davon sind nicht losgegangen: wir wollen sie wenigstens anzünden«, sagte er ruhig mit der Miene eines Menschen, der später wohl Besseres zu finden hofft.

Er warf seinen Hut auf die Erde, und ich sah, daß er die Haare kurz geschoren trug wie ein Bauer. Er zeigte mir die beiden Raketen mit ihren Zündschnüren aus Papier, die die Flammen eingerissen, angesengt und dann übersprungen hatten. Er steckte die Radnabe in den Sand und zog – zu meinem großen Erstaunen, weil es uns ausdrücklich verboten war – eine Schachtel Streichhölzer aus der Tasche. Er bückte sich vorsichtig und zündete die Lunte an. Dann nahm er mich bei der Hand und riß mich zurück.

Einen Augenblick später trat meine Mutter, nachdem sie den Pensionspreis ausgehandelt und festgelegt hatten, mit der Mutter von Meaulnes, aus der Tür und sah zwei Garben roter und weißer Sterne fauchend über den Hof sprühen; und für den Bruchteil einer Sekunde konnte sie mich in dem magischen Licht sehen, aufrecht und ganz ruhig den großen neuangekommenen Jungen an der Hand haltend.

Auch diesmal wagte sie nicht, etwas zu sagen.

Und beim Abendessen saß am Familientisch ein schweigsamer Gefährte, der mit gesenktem Kopf aß, ohne sich um die Blicke zu kümmern, die auf ihn gerichtet waren.

Kapitel 2

Nach vier Uhr

Ich hatte bis dahin kaum mit den anderen Jungen des Dorfes auf der Straße herumgetobt. Eine Hüftgelenkentzündung, an der ich bis zu diesem Jahr 189... litt, hatte mich ängstlich und unglücklich gemacht. Ich sehe mich noch, wie ich, kläglich auf einem Bein hüpfend, den flinken Schülern in die Gassen rings um unser Haus folge...

Deshalb durfte ich nur selten nach draußen. Und ich erinnere mich, daß Millie, die sehr stolz auf mich war, mich öfter als einmal mit ein paar Ohrfeigen ins Haus zurückholte, weil sie mich humpelnd mit diesen Taugenichtsen erwischt hatte.

Die Ankunft von Augustin Meaulnes, die mit meiner Genesung zusammenfiel, war der Beginn eines neuen Lebens.

Bevor er eintraf, begann für mich um vier Uhr, wenn der Unterricht beendet war, ein langer einsamer Abend. Mein Vater trug die Glut aus dem Ofen im Klassenzimmer hinüber zum Kamin des Eßzimmers; und nach und nach verließen auch die letzten herumtrödelnden Jungen die ausgekühlte Schule, die von Rauchschwaden durchzogen war. Noch ein paar Spiele und ein wenig Gerenne auf dem Hof; dann ging der Tag zu Ende; die beiden Schüler, die das Klassenzimmer ausgefegt hatten, holten ihre Mützen und Mäntel aus dem Vorraum und liefen mit der Mappe unter dem Arm ganz schnell davon; das große Portal ließen sie offen...

Dann blieb ich bis zum letzten Tageslicht hinten in der Mairie, eingeschlossen im Archivraum voll toter Fliegen und im Wind flatternder Plakatanschläge, und saß lesend in einem alten Schaukelstuhl am Fenster zum Garten.

Wenn es dunkel wurde, wenn die Hunde des benachbarten Bauernhofes zu heulen anfingen, und das Fenster unserer kleinen Küche aufleuchtete, kehrte ich endlich heim. Meine Mutter war dabei, das Essen vorzubereiten. Ich stieg drei Stufen der Bodentreppe hinauf; wortlos setzte ich mich, und, den Kopf an das kalte Geländer gelehnt, sah ich, wie sie in der engen Küche, wo die Flamme einer Wachskerze flakkerte, das Feuer entfachte.

Aber jemand war gekommen, der mir all diese Freuden eines friedlichen Kindes nahm. Jemand hatte das Kerzenlicht ausgeblasen, das mir das sanfte, über das Abendessen gebeugte Gesicht meiner Mutter erhellte. Jemand hatte die Lampe gelöscht, um die wir abends als glückliche Familie versammelt waren, wenn mein Vater die Holzläden an den Glastüren eingehängt hatte. Und dieser jemand war Augustin Meaulnes, den die anderen Schüler schon bald den großen Meaulnes nannten.

Seit er bei uns in Pension war, das heißt seit den ersten Dezembertagen, war die Schule ab vier Uhr nachmittags nicht mehr leer. Trotz der Kälte, die durch die Pendeltür eindrang, trotz des Geschreis der Putzjungen mit ihren Wassereimern blieben nach dem Unterricht noch etwa zwanzig große Schüler aus der Umgebung und aus dem Dorf dicht um Meaulnes gedrängt in der Klasse zurück. Und es gab lange Diskussionen und endlose Wortgefechte, in die ich mich voller Erregung und Freude einmischte.

Meaulnes schwieg; aber es geschah seinetwegen, daß sich dauernd einer der vorlautesten in die Mitte der Gruppe vorschob und reihum sich auf jeden seiner ihm lauthals zustimmenden Kameraden berufend, eine lange Räubergeschichte erzählte, die alle anderen mit offenem Mund und leise lachend verfolgten.

Meaulnes saß auf einem Pult, baumelte mit den Beinen und dachte nach. An witzigen Stellen lachte er mit, aber verhalten. Es war, als hätte er sein schallendes Lachen für eine bessere Geschichte aufgehoben, die nur er allein kannte. Dann, wenn bei einbrechender Dunkelheit durch die Klassenfenster kein Lichtschimmer mehr auf die quirlige Gruppe junger Leute fiel, erhob sich plötzlich Meaulnes, durchquerte den engen Kreis und rief:

»Los, gehen wir!«

Dann folgten ihm alle, und man hörte ihr Geschrei oben im Dorf bis in die schwarze Nacht...

Jetzt schloß auch ich mich ihnen an. Mit Meaulnes ging ich zur Melkzeit bis an die Stalltüren am Ortsrand... Wir betraten die Werkstätten, und aus der tiefsten Dunkelheit heraus sagte der Weber zwischen dem Klappern seines Webstuhls:

»Sieh da, die Studenten!«

Meist trafen wir uns zur Abendessenszeit in der Nähe der Schule, bei Desnoues, dem Stellmacher, der gleichzeitig auch Schmied war. Seine Werkstatt war ein ehemaliges Wirtshaus mit zwei großen Flügeltüren, die offen standen. Von der Straße aus hörte man den Blasebalg fauchen, und bisweilen sah man im Schein der Glut an diesem düsteren und lärmerfüllten Ort Leute vom Lande, die ihren Wagen angehalten hatten, um einen Augenblick zu plaudern, manchmal sah man auch einen Schüler wie uns, der, an eine Tür gelehnt, schweigend zuschaute.

Und hier begann alles, ungefähr acht Tage vor Weihnachten.

Kapitel 3

»Oft besuchte ich die Werkstatt eines Korbmachers«

Den ganzen Tag hatte es geregnet, erst am Abend hörte es auf. Die Stunden waren tödlich langweilig gewesen. In den Pausen ging niemand hinaus. Und in der Klasse hörte man meinen Vater, Monsieur Seurel, dauernd rufen:

»Poltert doch nicht so mit den Holzschuhen, ihr Bengels!«

Nach der letzten Unterrichtspause oder, wie wir sagten, nach der letzten ›Viertelstunde‹, blieb Monsieur Seurel, der seit einer Weile nachdenklich auf- und abging, stehen, schlug mit dem Lineal einmal kräftig auf den Tisch, um das Stimmengewirr gegen Schulschluß, wenn man sich zu langweilen beginnt, zum Schweigen zu bringen, und fragte in die erwartungsvolle Stille hinein:

»Wer will morgen mit François zum Bahnhof fahren, um Monsieur und Madame Charpentier abzuholen?«

Das waren meine Großeltern: Großvater Charpentier, der Mann im weiten Burnus aus grauer Wolle, der alte pensionierte Förster mit seiner Kaninchenfellmütze, die er sein Käppi nannte... Die kleinen Dorfjungen kannten ihn gut. Um sich zu waschen, zog er jeden Morgen aus dem Brunnen einen Eimer Wasser, in dem er wie ein alter Soldat herumplätscherte, oberflächlich seinen Kinnbart schrubbend. Ein Kreis von Kindern, die Hände auf dem Rücken, beobachtete ihn mit respektvoller Neugier... Und sie kannten auch Großmutter Charpentier, die kleine Bäuerin mit der Spitzenhaube, weil Millie sie mindestens einmal in die Klasse der Kleinsten mitnahm.

Jedes Jahr holten wir sie ein paar Tage vor Weihnachten vom Bahnhof ab, vom vier Uhr zwei Zug. Um uns zu besuchen, hatten sie das ganze Departement durchquert, bepackt mit Bündeln von Kastanien und mit Lebensmitteln für Weihnachten, die in Tücher eingewickelt waren. Sobald beide eingemummelt, lächelnd und ein wenig schüchtern die Schwelle des Hauses überschritten hatten, schlossen wir die Türen hinter ihnen, und es begann eine große Woche voller Freude...

Um den Wagen, der sie herbringen sollte, mit mir zusammen zu lenken, benötigte man jemanden, der zuverlässig war und uns nicht in einen Graben fuhr und zudem ziemlich gutmütig, denn der Großvater Charpentier fluchte ausgiebig und die Großmutter war ein wenig redselig.

Auf Monsieur Seurels Frage antworteten etwa zehn Stimmen schreiend im Chor:

»Der große Meaulnes! Der große Meaulnes!«

Aber Monsieur Seurel tat so, als verstünde er nicht.

Da riefen sie:

»Fromentin!«

Andere:

»Jasmin Delouche!«

Der jüngste der Roys, der oft auf seiner Sau wie ein Wilder über die Felder galoppierte, schrie mit durchdringender Stimme:

»Ich! Ich!«

Dutremblay und Moucheboeuf begnügten sich damit, schüchtern die Hand zu heben.

Ich hätte gewünscht, es würde Meaulnes sein. Die kurze Fahrt mit dem Eselsgespann wäre dann zu einem noch wichtigeren Ereignis geworden. Er selbst wünschte es auch, trug aber ein verächtliches Schweigen zur Schau. Alle großen Schüler saßen wie er verkehrt herum auf dem Tisch, die Füße auf der Bank, so wie wir es in Augenblicken vollkommener Entspannung und Fröhlichkeit taten. Coffin, der seinen Kittel hochgeschoben und um den Gürtel gerollt hatte, umschlang den Eisenpfeiler, der das Gebälk des Klassenraumes trug, und begann vor lauter Freude daran hochzuklettern. Aber Monsieur Seurel dämpfte die allgemeine Begeisterung, als er sagte:

»Nun, Moucheboeuf fährt!«

Und jeder setzte sich schweigend wieder auf seinen Platz.

Um vier Uhr stand ich allein mit Meaulnes auf dem eiskalten vom Regen ausgewaschenen großen Hof. Stumm betrachteten wir beide das naßglänzende Dorf, das der böige Wind nun trocknete. Bald darauf trat der kleine Coffin aus dem Haus, mit übergestülpter Kapuze und einem Stück Brot in der Hand; er strich an den Mauern entlang und blieb pfeifend vor der Tür des Stellmachers stehen. Meaulnes öffnete das Portal, rief ihn an, und einen Augenblick später hatten wir es uns alle drei gemütlich gemacht, hinten in der roten warmen Werkstatt, durch die jäh eisige kalte Windstöße fuhren: Coffin und ich saßen dicht an der Esse, unsere schlammbespritzten Füße in weißer Hobelspäne; Meaulnes, die Hände in den Taschen, lehnte schweigsam an einem Flügel des Eingangstors. Von Zeit zu Zeit ging eine Frau aus dem Dorf vorbei, die, den Kopf gegen den Wind gesenkt, vom Schlachter zurückkam, und wir reckten den Hals, um zu sehen, wer es war.

Niemand sprach. Der Schmied und sein Gehilfe, der eine den Blasebalg tretend, der andere das Eisen hämmernd, warfen große wilde Schatten an die Wand... Dieser Abend ist in meiner Erinnerung einer der großen Abende meiner Jugend. Eine Mischung aus Freude und Angst erfüllte mich: ich fürchtete, mein Freund würde mir das bescheidene Vergnügen rauben, im Wagen zum Bahnhof zu fahren; und dennoch erwartete ich von ihm, ohne daß ich es mir einzugestehen wagte, ein außergewöhnliches Unternehmen, das alles veränderte.

Von Zeit zu Zeit wurde die friedliche, gleichmäßige Arbeit in der Werkstatt für einen Augenblick unterbrochen. Der Schmied ließ seinen Hammer mit kurzen Schlägen schwer und hellklingend auf den Amboß fallen. Er prüfte das Eisenstück, das er bearbeitet hatte, indem er es näher an seine Lederschürze heranzog. Und den Kopf hebend, sagte er zu uns, um ein wenig zu verschnaufen:

»Na, wie geht es der Jugend?«

Der Gehilfe ließ die Hand oben an der Blasebalgkette, stemmte seine linke Faust in die Hüfte und sah uns lachend an.

Dann begann wieder die dumpfe und lärmende Arbeit.

Während einer dieser Pausen sahen wir durch die Flügeltür Millie fest in einen Schal gehüllt und mit kleinen Paketen beladen im Sturm vorbeigehen.

Der Schmied fragte:

»Kommt Monsieur Charpentier bald?«

»Morgen«, antwortete ich, »mit meiner Großmutter, ich hole sie im Wagen vom vier Uhr zwei Zug ab.«

»Mit Fromentins Wagen vielleicht?«

Ich antwortete rasch:

»Nein, mit Père Martins.«

»Oh! Dann werdet ihr nicht so bald zurück sein!«

Und beide, sein Gehilfe und er, lachten los.

Der Gehilfe bemerkte bedächtig, um auch mal etwas zu sagen:

»Mit der Stute von Fromentin hätte man sie sogar aus Vierzon abholen können. Der Zug hält dort eine Stunde. Es ist fünfzehn Kilometer von hier. Ihr wärt zurück, bevor Martins Esel angespannt ist.«

»Das«, sagte der andere, »das ist eine Stute, die läuft!...«

»Und ich glaube, daß Fromentin sie gerne ausborgt.«

Hier brach die Unterhaltung ab. Von neuem war die Werkstatt voll von Funken und Lärm, ein Ort, wo jeder seinen Gedanken nachhing.

Als es Zeit zum Nachhausegehen war und ich aufstand, um dem großen Meaulnes einen Wink zu geben, bemerkte er mich zuerst gar nicht... An die Tür gelehnt und mit zur Seite geneigtem Kopf schien er nur mit dem eben Gesagten beschäftigt. Als ich ihn so sah, wie er gedankenverloren wie durch meilenweiten Nebel diese friedlich arbeitenden Männer anschaute, dachte ich plötzlich an jenes Bild aus Robinson Crusoe, wo man den jungen Engländer sieht, wie er vor seiner großen Reise »oft die Werkstatt eines Korbmachers besucht«...

Und häufig habe ich seitdem daran zurückgedacht.

Kapitel 4

Die Flucht

Am nächsten Tag um ein Uhr liegt der Klassenraum des Cours Supérieur mitten in der froststarrenden Landschaft hell wie ein Schiff auf dem Ozean. Es riecht dort zwar weder nach Salzlake noch nach Schmieröl wie auf einem Fischerboot, dafür aber nach gebratenen Heringen und nach den versengten Wollsachen der Schüler, die sich nach der Pause zu dicht am Ofen aufgewärmt haben.

Die Klassenarbeitshefte sind verteilt worden, denn das Jahresende naht. Und während Monsieur Seurel die Aufgaben an die Tafel schreibt, tritt eine nur unvollkommene Stille ein, vermischt mit geflüsterten Gesprächen, unterbrochen von kurzen erstickten Ausrufen und Sätzen, die man nach den ersten Worten abbrach, um seinen Nachbarn zu erschrecken:

»Monsieur! Jemand hat mich...!«

Monsieur Seurel denkt beim Anschreiben der Aufgaben

an andere Dinge. Von Zeit zu Zeit dreht er sich um und sieht alle streng und gleichzeitig geistesabwesend an. Dann hört für einen Moment das heimliche Getuschel völlig auf, um sofort danach wieder einzusetzen, zuerst ganz leise, wie ein Schnurren.

Allein ich schweige inmitten dieser Unruhe. Ich sitze am Ende einer Bank in der Gruppe der Jüngsten, dicht bei den großen Fenstern, und ich brauche mich nur ein wenig aufzurichten, um den Garten, den tiefer gelegenen Bach und die Felder zu sehen.

Von Zeit zu Zeit stelle ich mich auf die Zehenspitzen und blicke ängstlich hinüber zum Belle-Étoile Hof. Schon zu Beginn der Stunde hatte ich festgestellt, daß Meaulnes nach der Mittagspause nicht zurückgekommen war. Auch sein Banknachbar muß das gemerkt haben. Bis jetzt hat er, ausschließlich mit den Aufgaben beschäftigt, noch nichts gesagt. Doch wenn er nachher den Kopf hebt, wird die Neuigkeit die Runde durch die ganze Klasse machen und irgend jemand wird wie üblich nicht versäumen, lauthals die ersten Worte des Satzes zu rufen:

»Monsieur! Meaulnes...«

Ich weiß, daß Meaulnes fort ist. Genauer, ich habe den Verdacht, daß er ausgerissen ist. Gleich nach dem Mittagessen muß er über die niedrige Mauer gesprungen und über die Felder nach Belle-Étoile gelaufen sein, nachdem er bei Vieille-Planche den Bach überquert hat. Er hat bestimmt um die Stute gebeten, um Monsieur und Madame Charpentier abzuholen. In diesem Augenblick läßt er wohl gerade anspannen.

Belle-Étoile drüben am Uferhang auf der anderen Seite des Baches ist ein großer Hof, der sich im Sommer hinter den Ulmen, den Eichen und den dichten Hecken versteckt. Er liegt an einem kleinen Weg, der auf der einen Seite in die Hauptstraße zum Bahnhof mündet, auf der anderen in eine

Nebenstraße. Umgeben von hohen Mauern mit Stützpfeilern, deren Fuß im Mist versinkt, ist das feudale Gebäude im Juni unter Blattwerk begraben, und in der Schule hört man bei Einbruch der Nacht nur das Rollen der Fuhrwerke und die Rufe der Kuhhirten. Aber heute kann ich vom Fenster aus zwischen den kahlen Bäumen die hohe, hellgraue Hofmauer und die Einfahrt sehen und zwischen den gestutzten Hecken auch einen Streifen des reifbedeckten Weges, der neben dem Bach verläuft und auf die Straße zum Bahnhof führt.

Noch rührt sich nichts in der klaren Winterlandschaft. Noch hat sich nichts verändert.

Monsieur Seurel ist fast fertig, die zweite Aufgabe anzuschreiben. Gewöhnlich gibt er uns drei. Wenn er heute zufällig nur zwei geben würde... Er stiege dann gleich wieder aufs Katheder und würde Meaulnes' Fehlen bemerken. Er würde zwei Jungen losschicken, um ihn im ganzen Dorf suchen zu lassen, und sie würden ihn sicher finden, noch bevor die Stute angeschirrt wäre...

Monsieur Seurel läßt kurz seinen ermüdeten Arm sinken, nachdem er die zweite Aufgabe angeschrieben hat... Dann fängt er zu meiner großen Erleichterung eine neue Zeile an und sagt:

»Also, diese ist nur noch ein Kinderspiel!«

... Zwei dünne schwarze Striche, die hinter den Mauern von Belle-Étoile hervorragten und die gut die Deichsel eines Pferdewagens sein konnten, sind verschwunden. Ich bin jetzt sicher, daß dort drüben Vorbereitungen für Meaulnes' Abfahrt getroffen werden. Da taucht die Stute mit Kopf und Hals zwischen den beiden Pfeilern der Einfahrt auf und bleibt stehen, während bestimmt hinten auf dem Wagen ein weiterer Sitz für die Reisenden, die Meaulnes angeblich abholen will, angebracht wird. Schließlich verläßt das ganze Gespann langsam den Hof, verschwindet für einen Augenblick hinter der Hecke, um mit derselben Langsamkeit auf dem kurzen Stück des Weges wieder aufzutauchen, das man zwischen zwei Zaunlücken erblickt. Jetzt erkenne ich in der schwarzen Gestalt, die die Zügel hält und lässig wie ein Bauer einen Ellenbogen auf den Wagenrand stützt, meinen Kameraden Augustin Meaulnes.

Noch einen Augenblick, dann verschwindet alles hinter der Hecke. Zwei Männer, die am Tor von Belle-Étoile stehengeblieben sind und dem Wagen nachgeblickt haben, beratschlagen sich jetzt mit zunehmender Heftigkeit. Einer der beiden hält schließlich eine Hand wie einen Trichter vor den Mund, ruft Meaulnes nach und läuft ihm dann einige Schritte auf dem Weg hinterher... Aber da ändert Meaulnes auf dem Wagen, der allmählich die Straße zum Bahnhof erreicht hat und den man von dem kleinen Weg aus nun nicht mehr sehen kann, plötzlich seine Haltung. Einen Fuß nach vorne gestemmt, hoch aufgerichtet wie ein römischer Wagenlenker schüttelt er mit beiden Händen die Zügel, treibt das Tier aufs äußerste an und verschwindet im Nu hinter der Anhöhe. Der Mann auf dem Weg, der ihm nachgerufen hat, läuft weiter hinterher; der andere hetzt im Galopp querfeldein und scheint auf uns zuzukommen.

Einige Minuten darauf, in dem Augenblick, als Monsieur Seurel sich beim Zurücktreten von der Tafel die Kreide von den Händen reibt, und in dem Augenblick, als drei Stimmen gleichzeitig hinten in der Klasse rufen:

»Monsieur! Der große Meaulnes ist weg!«

ist der Mann in der blauen Bluse an der Tür, reißt sie plötzlich weit auf, zieht seinen Hut und fragt noch auf der Schwelle:

»Entschuldigen Sie, Monsieur, haben Sie den Schüler nach dem Wagen geschickt, um Ihre Eltern von Vierzon abzuholen? Uns ist auf einmal der Verdacht gekommen...«

»Aber keineswegs!« antwortet Monsieur Seurel.

Und auf der Stelle bricht in der Klasse ein entsetzliches

Durcheinander los. Die drei ersten, die dem Ausgang am nächsten sitzen und die gewöhnlich den Auftrag haben, die Ziegen und Schweine, die im Hof das Hellerkraut abfressen, mit Steinwürfen zu verjagen, sind zur Tür gestürzt. Dem lautstarken Gepolter ihrer eisenbeschlagenen Holzschuhe auf den Steinfliesen des Schulraums folgt draußen das gedämpfte Geräusch ihrer eiligen Schritte, die im Sand des Hofes knirschen und bei der Kurve an der kleinen, zur Straße geöffneten Pforte ins Rutschen kommen. Die ganze übrige Klasse drängt sich an den Fenstern zum Garten. Einige sind sogar auf die Bänke geklettert, um besser zu sehen...

Aber es ist zu spät. Der große Meaulnes ist entflohen.

»Du fährst trotzdem mit Moucheboeuf zum Bahnhof«, sagt Monsieur Seurel zu mir. »Meaulnes kennt den Weg nach Vierzon nicht. Er wird sich an den Kreuzungen verfahren und nicht um drei Uhr am Zug sein.«

Millie reckt den Kopf aus der Klasse der Kleinen und fragt:

»Was ist denn hier los?«

Auf der Dorfstraße versammeln sich die Leute. Der Bauer ist noch immer da, regungslos, starrköpfig, den Hut in der Hand, wie jemand, der Gerechtigkeit fordert.

Kapitel 5

Der Wagen kehrt zurück

Als ich die Großeltern vom Bahnhof abgeholt hatte und sie nach dem Abendessen vor dem großen Kamin sitzend bis ins Kleinste erzählten, was sich bei ihnen seit den vergangenen Ferien alles ereignet hatte, da merkte ich plötzlich, daß ich gar nicht zuhörte.

Die kleine Pforte vom Hof war ganz nahe der Eßzimmertür. Beim Öffnen knarrte sie. Gewöhnlich wartete ich bei Einbruch der Nacht, während unserer Abende auf dem Lande, insgeheim auf das Knarren der Pforte. Manchmal hörte man, wie Holzschuhe klapperten oder auf der Schwelle abgetreten wurden, manchmal Leute miteinander flüstern, die sich noch draußen besprachen. Und dann klopfte es. Es war ein Nachbar, die Lehrerinnen, jedenfalls irgend jemand, der kam, um uns an langen Abenden zu unterhalten.

Aber an jenem Abend hatte ich von draußen nichts mehr zu erhoffen, da ja alle, die ich liebte, in unserem Haus versammelt waren; und doch lauschte ich weiter auf alle Geräusche der Nacht und wartete, daß unsere Tür sich öffnete.

Der alte Großvater, der aussah wie ein struppiger Schäfer aus der Gascogne, saß da, beide Füße schwerfällig vor sich auf dem Boden, einen Stock zwischen den Beinen, eine Schulter hinunter geneigt, um seine Pfeife an der Schuhsohle abzuklopfen. Mit seinen wässrigen und gutmütigen Augen stimmte er dem zu, was die Großmutter erzählte, von ihrer Reise und ihren Hühnern, von den Nachbarn und von den Bauern, die ihre Pacht noch nicht bezahlt hatten. Aber ich war nicht mehr bei der Sache.

Ich stellte mir das Rollen eines Wagens vor, der plötzlich vor der Tür hält. Meaulnes würde vom Bock springen und hereinkommen, als wäre nichts passiert… Oder er würde vielleicht zuerst die Stute nach Belle-Étoile zurückbringen; und bald darauf würde ich seinen Schritt auf der Straße hallen und die Pforte knarren hören…

Aber nichts. Der Großvater starrte vor sich hin und seine niederfallenden Lider blieben lange über den Augen geschlossen wie kurz vorm Einschlafen. Die Großmutter wiederholte ratlos ihren letzten Satz, dem niemand zugehört hatte.

»Seit ihr wegen dieses Jungen so in Sorge?« fragte sie schließlich.

Vergeblich hatte ich sie am Bahnhof nach ihm ausgehorcht. Sie hatte beim Halt in Vierzon niemanden gesehen, der dem großen Meaulnes ähnelte. Mein Freund mußte sich unterwegs verspätet haben. Sein Unternehmen war fehlgeschlagen. Die ganze Heimfahrt hatte ich im Wagen über meiner Enttäuschung gebrütet, während meine Großmutter mit Moucheboeuf plauderte. Auf der weiß bereiften Straße flatterten kleine Vögel um die trippelnden Eselshufe. Von Zeit zu Zeit erklang in der tiefen Stille des frostigen Nachmittags der ferne Ruf einer Schäferin oder eines Jungen, der von einem Tannenwäldchen zum anderen seinem Kameraden etwas zurief. Und jedesmal ließ mich dieser langgezogene Schrei über den öden Hügeln auffahren, als wäre es die Stimme von Meaulnes, die mich lockte, ihm in die Ferne zu folgen…

Während mir dies alles durch den Kopf ging, wurde es Zeit, schlafen zu gehen. Der Großvater war schon in das rote Zimmer gegangen, in den Salon, der ganz feucht und eiskalt war, weil er seit dem letzten Winter verschlossen war. Damit er es sich dort bequem machen konnte, waren die Sesseldeckchen aus Spitze entfernt, die Teppiche aufgerollt und alle zerbrechlichen Gegenstände beiseite geräumt worden. Er hatte seinen Stock auf einen Stuhl gelegt, seine derben Schuhe unter einen Sessel geschoben und gerade seine Kerze ausgeblasen; wir standen herum, sagten uns gute Nacht, wollten gerade auseinander gehen, als ein Wagengeräusch uns verstummen ließ.

Es hörte sich an, als ob zwei Fuhrwerke sich im leichten Trab nacheinander näherten. Sie wurden noch langsamer und kamen schließlich unter dem zur Straße gelegenen Eßzimmerfenster, das zugestellt war, zum Stehen.

Mein Vater hatte die Lampe genommen und öffnete unverzüglich die Tür, die bereits abgeschlossen war. Dann stieß er die Pforte auf, trat auf den Treppenabsatz hinaus und hob das Licht hoch über den Kopf, um zu sehen, was da vor sich ging.

Tatsächlich hielten dort zwei Wagen, das Pferd des einen hinter dem anderen Wagen angebunden. Ein Mann war heruntergesprungen und zögerte...

»Ist hier die Mairie?« fragte er beim Näherkommen. »Könnten Sie mir sagen, wo Monsieur Fromentin wohnt, der Pächter von Belle-Étoile? Ich habe seinen Wagen und seine Stute gefunden, wie sie herrenlos auf einem Weg nahe der Straße von Saint-Loup-des-Bois entlangtrabte. Im Schein meines Windlichts konnte ich seinen Namen und seine Adresse auf dem Schild lesen. Da es auf meinem Weg lag, habe ich sein Gespann hierher gebracht, um einen Unfall zu verhindern, aber es hat mich furchtbar aufgehalten.«

Wir standen alle verblüfft da. Mein Vater ging näher heran. Mit der Lampe leuchtete er den zweirädrigen Wagen an.

»Es gibt überhaupt keine Spur von einem Reisenden«, fuhr der Mann fort. »Nicht einmal eine Decke. Das Tier ist erschöpft; es lahmt ein wenig.«

Ich hatte mich ganz nach vorne gedrängelt und betrachtete zusammen mit den anderen dieses verlorene Gespann, das zu uns zurückgekehrt war wie Treibgut, das die hohe See wieder freigegeben hatte – das erste und vielleicht auch das letzte Treibgut von Meaulnes' Abenteuer.

»Wenn es noch weit ist bis zu Fromentin«, sagte der Mann, »dann lasse ich den Wagen hier bei Ihnen. Ich habe schon viel Zeit verloren, und bei mir zu Hause wird man sich Sorgen machen.«

Mein Vater war einverstanden. Auf diese Weise konnten wir noch heute abend das Gespann nach Belle-Étoile zurückbringen, ohne zu sagen, was passiert war. Später konnte man dann entscheiden, was man den Leuten erzählen und der Mutter von Meaulnes schreiben sollte... Nachdem der

Mann das ihm angebotene Glas Wein ausgeschlagen hatte, trieb er sein Tier mit der Peitsche an.

Als wir schweigend ins Haus zurückgingen und mein Vater den Wagen zum Pachthof lenkte, rief mein Großvater von hinten aus seinem Zimmer, in dem er die Kerze wieder angezündet hatte:

»Nun? Ist er zurück, dieser Reisende?«

Die Frauen verständigten sich sekundenschnell mit einem Blick:

»Aber ja, er ist bei seiner Mutter gewesen. Schlaf weiter! Mach dir keine Sorgen!«

»Na also, umso besser. Das hatte ich mir auch gedacht«, sagte er.

Und zufrieden löschte er das Licht und drehte sich im Bett auf die andere Seite, um zu schlafen.

Genau dieselbe Erklärung gaben wir den Leuten im Dorf. Was die Mutter des Flüchtlings betraf, so wurde beschlossen, noch abzuwarten, bis man ihr schrieb. Und wir behielten unsere Besorgnis für uns drei lange Tage. Ich sehe noch meinen Vater, wie er gegen elf Uhr mit nachtfeuchtem Schnurrbart vom Pachthof zurückkehrt und ganz leise, besorgt und aufgebracht mit Millie spricht...

Kapitel 6

Jemand klopft ans Fenster

Der vierte Tag war einer der kältesten in jenem Winter. Am frühen Morgen wärmten sich die als erste im Hof eingetroffenen Schüler beim Schlittern um den Brunnen auf. Sie warteten, daß der Ofen in der Schule angeheizt wurde, um dann gleich hineinzustürzen.

Hinter dem Portal lauerten wir zu mehreren auf die Ankunft der Jungen vom Land. Sie kamen, noch ganz geblendet von ihrem Weg durch die reifbedeckte Landschaft und vom Anblick der zugefrorenen Weiher und der ins Unterholz flüchtenden Hasen... In ihren Kitteln war ein schwerer Geruch von Heu und Stall, der sich in der Klasse ausbreitete, als sie sich um den rotglühenden Ofen drängten. Und an jenem Morgen hatte einer von ihnen in einem Korb ein erfrorenes Eichhörnchen mitgebracht, das er unterwegs gefunden hatte. Ich erinnere mich noch, wie er versuchte, das langgestreckte, steife Tier an seinen Krallen am Pfosten des Pausendachs aufzuhängen.

Dann begann die langweilige Winter-Unterrichtsstunde...

Ein plötzliches Klopfen ans Fenster ließ uns aufblicken. Wir sahen den großen Meaulnes erhobenen Hauptes und wie geblendet vor der Tür stehen und sich vor dem Hereinkommen den Reif von seinem Kittel klopfen.

Die beiden Schüler, die der Tür am nächsten saßen, stürzten vor, um ihm zu öffnen: am Eingang gab es erst noch ein verschwörerisches Getuschel, von dem wir nichts verstehen konnten, ehe der Flüchtling sich endlich entschloß, einzutreten.

Dieser Schwall frischer Luft, der vom leeren Hof hereinströmte, die Strohhalme, die an der Kleidung des großen Meaulnes hafteten, vor allem sein Aussehen eines erschöpften, hungrigen, aber verzückten Wanderers, all das weckte in uns ein seltsames Gefühl von Freude und Neugier.

Monsieur Seurel, der uns gerade ein Diktat schreiben ließ, war die zwei Stufen von dem kleinen Katheder herabgestiegen, und der große Meaulnes ging herausfordernd auf ihn zu. Ich erinnere mich noch, wie schön ich ihn, den großen Gefährten, in diesem Augenblick gefunden habe, trotz seines erschöpften Aussehens und seiner geröteten Augen, die er zweifellos vom Übernachten im Freien hatte.

Er trat ans Katheder und sagte im überzeugten Ton dessen, der Bericht erstattete:

»Monsieur, ich bin wieder zurück.«

»Das sehe ich«, antwortete Monsieur Seurel, der ihn neugierig betrachtete... »Setzen Sie sich auf Ihren Platz.«

Der Bursche drehte sich wieder zu uns um, den Rücken leicht gebeugt und spöttisch lächelnd wie die großen ungezogenen Schüler nach einer Bestrafung, packte mit einer Hand das Pultende und ließ sich in seine Bank gleiten.

»Sie nehmen sich ein Buch vor, das ich Ihnen gleich nenne«, sagte der Lehrer – alle Köpfe waren noch Meaulnes zugewandt – »während Ihre Kameraden das Diktat zu Ende schreiben.«

Und der Unterricht verlief weiter wie zuvor. Von Zeit zu Zeit drehte sich der große Meaulnes zu mir um, dann wieder sah er zu den Fenstern hinaus, durch die man den tiefverschneiten, stillen Garten und die öden Felder erblickte, auf die sich manchmal ein Rabe niederließ. Die Luft im Klassenzimmer war stickig, besonders in der Nähe des rotglühenden Ofens. Den Kopf in beide Hände gestützt, versuchte mein Kamerad zu lesen: zweimal sah ich seine Augen zufallen und mir schien, daß er kurz vorm Einschlafen war.

»Ich möchte lieber schlafen gehen, Monsieur«, sagte er schließlich, während er den Arm halb hob. »Ich habe drei Nächte nicht geschlafen.«

»Dann gehen Sie!« sagte Monsieur Seurel in dem Wunsch, einen Zwischenfall zu vermeiden.

Alle Köpfe hoben sich, alle Schreibfedern schwebten in der Luft: ungern sahen wir ihn gehen mit seinem im Rücken zerknitterten Kittel und seinen erdverkrusteten Schuhen.

Wie träge zog sich der Morgen hin! Gegen Mittag hörten wir, wie sich der Reisende oben in der Mansarde anschickte, herunterzukommen. Zur Essenszeit fand ich ihn vor dem Feuer sitzend, neben den sprachlosen Großeltern. Während die Uhr zwölf schlug, huschten die großen Schüler und die Jungen, die auf dem schneebedeckten Schulhof herumgetobt hatten, wie Schatten an der Eßzimmertür vorbei.

Von diesem Mittagessen habe ich nur ein tiefes Schweigen und eine große Verlegenheit in Erinnerung. Alles war eisig: das nackte Wachstuch, der kalte Wein in den Gläsern, die roten Fliesen unter den Füßen… Man hatte beschlossen, den Ausreißer nichts zu fragen, um ihn nicht rebellisch zu machen. Und er nutzte diesen Waffenstillstand und sprach kein Wort.

Endlich, als der Nachtisch vorbei war, konnten wir auf den Hof hinausstürmen. Nachmittäglicher Schulhof, wo die Holzschuhe den Schnee weggetreten hatten… schwarz gewordener Hof, wo es tauend von den Dächern tropfte… von Spiel und durchdringendem Geschrei erfüllter Hof! Meaulnes und ich rannten an den Gebäuden entlang. Schon gaben zwei oder drei von unseren Freunden aus dem Ort ihr Spiel auf und kamen mit Freudengeheul auf uns zugelaufen, die Hände in den Taschen, ihre Tücher lose um den Hals, ließen sie den Matsch unter ihren Holzschuhen aufspritzen. Aber mein Kamerad stürzte in das große Klassenzimmer, wohin ich ihm folgte, und er schloß die Glastür gerade noch rechtzeitig vor dem Ansturm der Verfolger. Es gab ein heftiges Klirren der Scheiben, Geklapper von Holzschuhen auf der Schwelle, dann einen Stoß, der den Eisenriegel verbog, der die beiden Türflügel zusammenhielt; aber schon hatte Meaulnes, unter der Gefahr, sich an dem zerbrochenen Metallring zu verletzen, den kleinen Schlüssel herumgedreht, der das Schloß sicherte.

Gewöhnlich hielten wir ein solches Verhalten für höchst unkameradschaftlich. Im Sommer liefen dann die Ausgesperrten schnell auf die Gartenseite, und oft gelang es ihnen, durch ein Fenster hineinzuklettern, bevor man sie alle hatte schließen können. Aber jetzt im Dezember war alles fest verschlossen. Eine Weile noch stemmten sie sich von draußen mit aller Kraft gegen die Tür und riefen uns Schimpfworte zu; dann drehten sie einer nach dem anderen ab und zogen, ihre Halstücher festbindend, mit hängenden Köpfen davon.

In dem Klassenraum, wo es nach Kastanien und saurem Wein roch, waren nur noch zwei Jungen dabei, auszukehren und Bänke zu rücken. Ich trat dicht an den Ofen, um mich bis zum Wiederbeginn des Unterrichts aufzuwärmen, während Augustin Meaulnes im Lehrerpult und in den Bänken herumsuchte. Bald schon entdeckte er einen kleinen Atlas, den er, auf dem Podest stehend, eifrig zu studieren begann, die Ellenbogen auf dem Pult und den Kopf in den Händen.

Ich wollte gerade zu ihm gehen; ich hätte ihm meine Hand auf die Schulter gelegt und gemeinsam hätten wir auf der Karte die Strecke gefunden, die er zurückgelegt hatte – als plötzlich die Verbindungstür zur Klasse der Kleinen unter einem heftigen Stoß sperrangelweit aufflog und Jasmin Delouche, gefolgt von einem Jungen aus dem Dorf und drei anderen vom Land, mit Triumphgeheul hereinplatzte. Eines der Fenster der Nebenklasse war sicher nicht verriegelt gewesen; sie mußten es aufgestoßen haben und dort eingestiegen sein.

Jasmin Delouche war, obwohl noch immer recht klein, einer der ältesten im Cours Supérieur. Er war sehr eifersüchtig auf den großen Meaulnes, auch wenn er sich als seinen Freund ausgab. Vor der Ankunft unseres Pensionsschülers, war er, Jasmin, der Anführer der Klasse gewesen. Er hatte ein blasses, ziemlich fades Gesicht und mit Pomade eingeschmierte Haare. Einziger Sohn der Witwe Delouche, einer Wirtin, spielte er sich gern als Mann auf; wichtigtuerisch gab er das wieder, was er von Billardspielern und Wermuttrinkern aufgeschnappt hatte.

Bei seinem Eintreten hob Meaulnes den Kopf und schrie stirnrunzelnd die Jungen an, die sich zum Ofen drängelten:

»Kann man hier denn nicht mal eine Minute ungestört sein?«

»Wenn es dir nicht paßt, hättest du bleiben sollen, wo du warst«, antwortete, ohne aufzublicken, Jasmin Delouche, der sich im Beisein seiner Gefährten stark fühlte.

Ich glaube, Augustin war in dem Zustand von Übermüdung, wo der Zorn einen widerstandslos übermannt.

»Du«, sagte er, indem er sich aufrichtete und ein wenig bleich sein Buch zuschlug, »du verschwindest auf der Stelle von hier!«

Der andere lachte höhnisch:

»Oh«, schrie er. »Bloß weil du drei Tage ausgerissen bist, glaubst du wohl, daß du jetzt der Größte bist?«

Und die anderen in den Streit einbeziehend:

»Uns wirst du nicht hinauswerfen, verstehst du?«

Aber schon war Meaulnes über ihm. Es gab zuerst ein Herumschubsen; die Blusenärmel krachten und platzten aus den Nähten. Nur Martin, einer der Jungen vom Lande, die mit Jasmin gekommen waren, griff ein:

»Laß ihn sofort los!« sagte er mit geblähten Nüstern, den Kopf wie ein Widder schüttelnd.

Mit einem kräftigen Stoß schleuderte Meaulnes ihn so, daß er mit ausgebreiteten Armen mitten ins Klassenzimmer taumelte; dann versuchte er, Delouche, den er mit einer Hand am Hals packte, während er mit der anderen die Tür öffnete, hinauszuwerfen. Jasmin klammerte sich an die Tische und ließ seine Füße mit den eisenbeschlagenen Schuhen laut schrammend über die Fliesen schleifen, während Martin, der das Gleichgewicht wiedergefunden hatte, sich wütend, den Kopf vorgereckt, heranschlich. Meaulnes ließ Delouche los, um sich mit diesem Dummkopf zu raufen, und es hätte womöglich schlecht für ihn ausgesehen, als sich plötzlich die Wohnungstür halb öffnete. Monsieur Seurel erschien, noch zur Küche gewandt, um vor dem Eintreten das Gespräch mit jemandem zu beenden...

Sofort hörte der Kampf auf. Diejenigen, die bis zum Schluß vermieden hatten, Partei zu ergreifen, scharten sich mit gesenktem Kopf um den Ofen. Meaulnes setzte sich auf seinen Platz, seine Ärmel waren an den Schulternähten eingerissen. Und Jasmin, der puterrot war, hörte man, wenige Sekunden bevor ein Schlag mit dem Lineal den Stundenbeginn verkündete, rufen:

»Er kann nichts mehr vertragen. Er markiert den Angeber. Er bildet sich vielleicht ein, wir wüßten nicht, wo er gewesen ist!«

»Idiot! Ich weiß es ja selber nicht«, antwortete Meaulnes in die schon große Stille hinein.

Dann beugte er sich achselzuckend, den Kopf in die Hände gestützt, über seine Aufgaben.

Kapitel 7
Die Seidenweste

Unser Zimmer war, wie gesagt, eine große Mansarde. Halb Mansarde, halb Zimmer. Die anderen Räume für Hilfslehrer hatten Fenster; ich weiß nicht, warum unser Raum nur durch eine Dachluke Licht bekam. Es war unmöglich, die Tür, die über den Fußboden schleifte, ganz zu schließen. Wenn wir abends dort hinaufstiegen, wobei wir mit der Hand unsere Kerze vor jedem Luftzug des großen Gebäudes schützten, dann versuchten wir jedesmal, diese Tür zu schließen, und jedesmal mußten wir aufgeben. Und die ganze Nacht spürten wir um uns die Stille der drei Dachböden, die bis in unser Zimmer drang.

Dort also trafen wir, Augustin und ich, uns am Abend des gleichen Wintertages wieder.

Während ich mich im Handumdrehen ausgezogen und meine Sachen auf einen Haufen über den Stuhl am Kopfende meines Bettes geworfen hatte, begann mein Kamerad, sich wortlos langsam zu entkleiden. Von meinem Eisenbett mit seinem weinrankengemusterten Cretonnevorhang, in das ich bereits geklettert war, sah ich ihm dabei zu. Bald setzte er sich auf sein niedriges Bett, das ohne Vorhang war, bald stand er auf und ging sich weiter ausziehend auf und ab. Die Kerze, die er auf ein von Zigeunern geflochtenes Weidentischchen gestellt hatte, warf einen unstet wandernden, riesigen Schatten an die Wand.

Ganz im Gegensatz zu mir, faltete er seine Schülertracht mit geistesabwesender und bitterer Miene, aber sorgfältig zusammen und räumte sie ordentlich weg. Ich sehe ihn wieder seinen schweren Gürtel über den Sessel werfen; seinen stark zerknitterten und verschmutzten schwarzen Kittel gefaltet über die Rückenlehne hängen; dann eine Art dunkelblauen Paletot, den er unter dem Kittel trug, ausziehen und auf dem Fußende seines Bettes ausbreiten, wobei er sich vorbeugt und mir den Rücken zukehrt... Aber als er sich wieder aufrichtete und sich mir erneut zuwandte, sah ich, daß er statt der kurzen Weste mit den Kupferknöpfen, die eigentlich unter den Paletot gehörte, eine seltsame, weitausgeschnittene Seidenweste anhatte, die unten von einer Reihe engstehender kleiner Perlmuttknöpfe geschlossen wurde.

Es war ein entzückend phantasievolles Kleidungsstück, wie es wohl die jungen Leute trugen, die mit unseren Großmüttern auf den Bällen um achtzehnhundertdreißig tanzten.

Wieder sehe ich in diesem Augenblick den großen, bäuerischen Schüler barhäuptig vor mir, denn seine Mütze hatte er mit Sorgfalt auf seine anderen Sachen gelegt – das Gesicht so jung, so kühn und schon so hart. Er hatte sein Umherwandern durch das Zimmer wieder aufgenommen, als er anfing, dieses geheimnisvolle Kleidungsstück, das ihm nicht gehörte, aufzuknöpfen. Und es war seltsam anzusehen, wie er, in Hemdsärmeln, mit den viel zu kurzen Hosen und den schmutzigen Schuhen, seine Hand auf diese Weste eines Marquis legte.

Kaum hatte er sie berührt, schrak er plötzlich aus seinen Träumen auf, drehte sich um und sah beunruhigt zu mir herüber. Ich mußte beinahe lachen. Er lächelte gleichzeitig mit mir und sein Gesicht hellte sich auf.

»Oh, sag mir, was ist das!« flüsterte ich ermutigt. »Wo hast du sie her?«

Aber da erlosch sein Lächeln schlagartig. Er fuhr zweimal mit seiner schweren Hand über sein kurzgeschorenes Haar, und ganz unvermittelt, wie jemand, der einem Verlangen nicht länger widerstehen kann, zog er sich über der feinen Hemdkrause wieder seine Jacke an, die er fest zuknöpfte, und seinen zerknitterten Kittel; dann zögerte er einen Augenblick, sah mich von der Seite an.. Schließlich setzte er sich auf die Bettkante und zog die Schuhe aus, die polternd zu Boden fielen; und völlig angekleidet wie ein Soldat in Alarmbereitschaft legte er sich auf sein Bett und blies die Kerze aus.

Gegen Mitternacht wachte ich plötzlich auf. Meaulnes stand mitten im Raum, die Mütze auf dem Kopf, und suchte etwas am Garderobenhaken – einen Umhang, den er sich überwarf... Im Zimmer war es stockfinster. Da war nicht einmal die Helligkeit, die mitunter der Widerschein des Schnees hineinwirft. Ein schwarzer, eisiger Wind fegte durch den abgestorbenen Garten und über das Dach.

Ich richtete mich ein wenig auf und rief ihn ganz leise an:

»Meaulnes! Gehst du wieder fort?«

Er antwortete nicht. Da sagte ich völlig unbeherrscht:

»Also, ich geh mit dir. Du mußt mich mitnehmen.«

Und ich sprang aus dem Bett.

Er kam zu mir, packte mich am Arm, und indem er mich zwang, mich auf die Bettkante zu setzen, sagte er zu mir:

»Ich kann dich nicht mitnehmen, François. Wenn ich den Weg genau wüßte, könntest du mich begleiten. Aber zuerst einmal muß ich ihn auf der Karte wiederfinden, und das ist mir noch nicht gelungen.«

»Also, dann kannst du auch nicht alleine wieder fortgehen?«

»Du hast recht, es ist ziemlich sinnlos...« meinte er entmutigt. »Los, leg dich wieder hin. Ich verspreche dir, ich gehe nicht ohne dich.«

Und wieder wanderte er kreuz und quer durchs Zimmer. Ich wagte nicht mehr, ihn anzusprechen. Er lief, blieb stehen, ging schneller auf und ab, wie jemand, der im Geist seinen Erinnerungen nachspürt oder sie noch einmal vorbeiziehen läßt, sie einander gegenüberstellt, sie vergleicht, abwägt, und der auf einmal glaubt, es gefunden zu haben; dann erneut den Faden verliert, abermals zu suchen beginnt...

Dies war nicht die einzige Nacht, in der ich, aufgeweckt durch das Geräusch seiner Schritte, ihn gegen ein Uhr morgens vorfand, wie er quer durch das Zimmer und über die Dachböden stapfte – wie die Seeleute, die sich nicht abgewöhnen können, Wache zu gehen, und die auch auf ihrem bretonischen Besitz zur gewohnten Zeit aufstehen und sich ankleiden, um die Nacht an Land zu überwachen.

Noch zwei- oder dreimal wurde ich im Januar und in der ersten Februarhälfte auf diese Weise aus dem Schlaf gerissen. Dann stand der große Meaulnes da, völlig angezogen, die Pelerine über den Schultern, bereit zu gehen, und jedesmal hielt er inne, zögerte er am Rande des geheimnisvollen Landes, in das er schon einmal geflüchtet war. In dem Augenblick, da er die Tür zur Treppe aufklinken und durch die Küchentür verschwinden wollte, die er leicht hätte öffnen können, ohne daß ihn jemand gehört hätte, wich er abermals zurück... Während der langen nächtlichen Stunden durchmaß er dann grübelnd und wie im Fieber die leeren Dachböden.

Eines Nachts schließlich, um den 15. Februar herum, weckte er mich, indem er mir die Hand leicht auf die Schulter legte.

Der Tag war ziemlich lebhaft gewesen. Meaulnes, der sich von allen Spielen seiner früheren Kameraden ganz fernhielt, war während der letzten Pause in seiner Bank sitzengeblieben und vollauf damit beschäftigt, einen geheimnisvollen kleinen Plan anzufertigen, wobei er mit dem Finger auf der Karte des Departements Cher entlangfuhr und ausführliche Berechnungen anstellte. Zwischen Hof und Klassenzimmer entwickelte sich ein unablässiges Hin und Her. Die Holzschuhe klapperten. Die Jungen jagten sich von Tisch zu Tisch und sprangen mit einem Satz über Bänke und Katheder... Sie wußten, daß es nicht ratsam war, sich Meaulnes zu nähern, wenn er so konzentriert arbeitete; als sich die Pause aber ausdehnte, näherten sich dennoch wie im Spiel zwei oder drei Dorfjungen auf Zehenspitzen und blickten ihm über die Schulter. Einer wagte es sogar, die anderen gegen Meaulnes zu schubsen... Der schlug den Atlas zu, steckte sein Blatt Papier ein und griff sich den ersten der drei Jungen, während es den anderen gelang zu entkommen.

... Es war der streitsüchtige Giraudat, der wehleidig losjammerte, Fußtritte auszuteilen versuchte und schließlich von Meaulnes hinausgeworfen wurde, dem er wutschnaubend zurief:

»Du gemeiner Kerl! Es wundert mich gar nicht, daß alle gegen dich sind und dich bekriegen wollen!...« und noch eine Flut von Schimpfworten, die wir zurückgaben, ohne richtig verstanden zu haben, was er eigentlich sagen wollte. Ich selbst schrie am lautesten, denn ich hatte Partei für den großen Meaulnes ergriffen. Es bestand jetzt gleichsam ein Pakt zwischen uns. Sein Versprechen, mich mitzunehmen, ohne dabei wie alle anderen zu sagen, »daß ich so weit nicht laufen könne«, hatte mich ihm für immer verbunden. Und dauernd dachte ich an seine geheimnisvolle Reise. Ich war überzeugt, daß er ein junges Mädchen getroffen hatte. Sie war zweifellos unendlich viel schöner als alle Mädchen aus unserer Gegend, schöner als Jeanne, die man im Klostergarten durchs Schlüsselloch sehen konnte, und schöner als Madeleine, die Bäckerstochter mit der rosigen Haut und dem blonden Haar; und schöner auch als Jenny, die Tochter der Schloßbesitzerin, die zwar wunderschön, aber wahnsinnig und deshalb immer eingesperrt war. Es war ganz bestimmt ein junges Mädchen, an das er nachts dachte, wie ein Romanheld. Und ich war fest entschlossen, offen mit ihm darüber zu sprechen, wenn er mich das erste Mal wecken würde...

Am späten Nachmittag dieser Prügelei waren wir beide kurz vor vier Uhr gerade damit beschäftigt, die Gartengeräte wegzuräumen, Hacken und Schaufeln, die zum Ausheben gedient hatten, als wir plötzlich Geschrei auf der Straße hörten. Im Laufschritt kam da eine Horde junger Burschen in Viererkolonne heran, die Schwenks machte wie eine perfekt gedrillte Kompanie und die angeführt wurde von Delouche, Daniel, Giraudat und noch jemandem, den wir nicht kannten. Sie hatten uns erblickt und verhöhnten uns. Der ganze Ort war also gegen uns, und man führte eine Art Kriegsspiel im Schilde, von dem wir ausgeschlossen waren.

Wortlos nahm Meaulnes den Spaten und die Hacke von der Schulter und stellte sie unter das Vordach...

Aber um Mitternacht spürte ich seine Hand auf meinem Arm und ich schreckte aus dem Schlaf hoch.

»Steh auf«, sagte er, »wir gehen los.«

»Kennst du jetzt den Weg bis zum Ende?«

»Ein ziemliches Stück weit. Und den Rest werden wir dann schon finden!« antwortete er mit zusammengebissenen Zähnen.

»Hör zu, Meaulnes«, erwiderte ich, während ich mich aufsetzte. »Hör zu: wir müssen unbedingt eines tun, nämlich beide zusammen bei Tageslicht mit Hilfe deiner Karte den Teil des Weges suchen, der uns noch fehlt.«

»Aber, das ist sehr weit weg von hier.«

»Nun, dann fahren wir eben mit dem Wagen, im nächsten Sommer, sobald die Tage wieder länger werden.«

Ein langes Schweigen drückte sein Einverständnis aus.

»Da wir also gemeinsam das junge Mädchen, das du liebst, finden wollen«, fuhr ich schließlich fort, »sag mir doch, wer sie ist, erzähl mir von ihr.«

Er setzte sich ans Fußende meines Bettes. Im Dunkel sah ich seinen gesenkten Kopf, seine verschränkten Arme und seine Knie. Dann holte er tief Luft wie jemand, dem lange etwas auf der Seele lastete und der endlich sein Geheimnis preisgibt...

Kapitel 8
Das Abenteuer

Mein Freund erzählte mir in jener Nacht nicht alles, was er unterwegs erlebt hatte. Und selbst als er sich in den Tagen der Not, von denen ich noch berichten werde, entschlossen hatte, mich ganz ins Vertrauen zu ziehen, blieb es für lange Zeit das große Geheimnis unserer Jugend. Aber heute, da alles zu Ende ist, nun, da nichts bleibt als Staub

von soviel Leid, von soviel Glück,

da kann ich sein seltsames Abenteuer erzählen.

...

An jenem eisigen Nachmittag um halb zwei ließ Meaulnes sein Pferd auf der Straße nach Vierzon flott traben, denn er wußte, daß er spät dran war. Anfangs reizte ihn nur der Gedanke an unsere überraschten Gesichter, wenn er um vier Uhr mit Großvater und Großmutter Charpentier im Wagen heimkehren würde. Denn zu diesem Zeitpunkt hatte er gewiß nichts anderes im Sinn.

Als die Kälte ihn allmählich erstarren ließ, wickelte er seine Beine in die Decke, die er zunächst abgelehnt hatte und die die Leute von La Belle-Étoile trotzdem im Wagen verstaut hatten.

Um zwei Uhr fuhr er durch La Motte. Er war noch nie während der Schulzeit durch ein Dorf gekommen und es amüsierte ihn, es so verlassen, so verschlafen zu sehen. Kaum, daß sich hier und dort eine Gardine hob und das neugierige Gesicht eines alten Mütterchens zeigte.

Am Ortsende von La Motte, gleich hinter der Schule, hatte er die Wahl zwischen zwei Straßen. Er zögerte und glaubte sich zu erinnern, daß man sich links halten mußte, um nach Vierzon zu gelangen. Aber da war niemand, den er fragen konnte. So ließ er die Stute weiter auf der Straße traben, die von nun an schmaler und schlechter gepflastert war. Eine Zeitlang fuhr er an einem Tannenwald entlang und schließlich traf er einen Fuhrmann, den er, eine Hand zum Sprachrohr geformt, fragte, ob dies der richtige Weg nach Vierzon sei. Die Stute zerrte an den Zügeln und trabte weiter, so daß der Mann ihn wohl kaum verstehen konnte; er rief irgend etwas, wobei er eine vage Geste machte, und so setzte Meaulnes seinen Weg aufs Geratewohl fort.

Um ihn herum war nur das weite vereiste Land, ohne jede Unebenheit und Abwechslung; bisweilen flog eine vom Wagen erschreckte Elster auf und ließ sich etwas weiter auf einer abgeknickten Ulme nieder. Der Reisende hatte sich die große Decke wie einen Umhang um die Schultern gelegt. Die Beine ausgestreckt und einen Ellbogen auf den Wagenrand gestützt, muß er dann wohl für geraume Zeit eingenickt sein...

Als Meaulnes durch die Kälte, die nun auch durch die Decke drang, wieder wach geworden war, bemerkte er, daß sich die Landschaft verändert hatte. Statt des fernen Horizonts und des endlosen weißen Himmels, in dem der Blick sich verlor, sah er jetzt kleine, noch grüne und von hohen Einfriedungen umsäumte Wiesen. Rechts und links gluckerte in den Straßengräben das Wasser unter dem Eis dahin. All dies deutete auf die Nähe eines Flusses. Und die Straße zwischen den hohen Hecken war nur noch ein schmaler, tief ausgefahrener Weg.

Die Stute trabte seit einer Weile nicht mehr. Mit einem Peitschenhieb wollte Meaulnes sie wieder zu schnellerem Tempo antreiben, sie aber ging trotzdem nur in ganz langsamem Schritt weiter, und als der große Schüler, die Hände vorn auf den Wagen gestützt, seitlich hinunterblickte, sah er, daß sie auf einem Hinterbein lahmte. Sofort sprang er äußerst beunruhigt herunter.

»So kommen wir niemals pünktlich zum Zug nach Vierzon«, sagt er halblaut vor sich hin.

Und seine schlimmste Befürchtung wagte er sich gar nicht einzugestehen, nämlich die Vermutung, den Weg verfehlt zu haben und nicht mehr auf der Straße nach Vierzon zu sein.

Gründlich untersuchte er den Fuß des Tieres, konnte aber nicht die geringste Spur einer Verletzung entdecken. Sobald er ihn berühren wollte, zuckte die Stute ängstlich zurück und scharrte den Boden mit dem schweren, plumpen Huf. Schließlich begriff er, daß sie sich ganz einfach einen Stein eingetreten hatte. Erfahren im Umgang mit Tieren, ging er in die Hocke und versuchte, ihren rechten Hinterhuf mit der linken Hand zu fassen und zwischen seine Knie zu klemmen, aber der Wagen behinderte ihn stark dabei. Zweimal entwischte ihm die Stute und lief ein paar Meter weiter. Das Trittbrett schlug ihm gegen den Kopf und das Rad verletzte ihn am Knie. Er aber gab nicht nach und bändigte endlich das verängstigte Tier; der Stein jedoch war so tief eingedrungen, daß Meaulnes sein Bauernmesser hervorholen mußte, um ihn herauszubekommen.

Als er mit seiner Arbeit fertig war und endlich den Kopf hob, ein wenig schwindelig und mit verschwommenem Blick, merkte er bestürzt, daß die Nacht hereinbrach...

Jeder andere als Meaulnes hätte auf der Stelle kehrt gemacht. Das war die einzige Möglichkeit, sich nicht noch weiter zu verirren. Aber er dachte, daß er jetzt schon zu weit von La Motte entfernt war. Überdies konnte die Stute, während er geschlafen hatte, einen Nebenweg eingeschlagen haben. Letztlich mußte dieser Weg früher oder später doch in irgendein Dorf führen... Zu all diesen Überlegungen kam hinzu, daß der große Bursche, als er wieder aufs Trittbrett kletterte, während das Pferd schon ungeduldig an den Zügeln zerrte, in sich den verzweifelten Wunsch aufsteigen fühlte, die Sache auf jeden Fall zu Ende zu bringen und irgendwohin zu gelangen, trotz aller Hindernisse.

Er peitschte die Stute, die nach einem Satz zur Seite wieder in flotten Trab fiel. Die Dunkelheit nahm rasch zu. Der ausgewaschene Pfad bot dem Wagen nur noch knapp Platz zur Durchfahrt. Ab und zu verfing sich ein dürrer Heckenzweig in einem Rad und brach mit trockenem Knacken... Als es dann völlig dunkel geworden war, dachte Meaulnes plötzlich, und das Herz zog sich ihm zusammen, an das Eßzimmer von Sainte-Agathe, wo wir wohl um diese Zeit alle versammelt waren. Da übermannte ihn die Wut, dann aber Stolz und tiefe Freude, daß es ihm gelungen war auszureißen, ohne es eigentlich gewollt zu haben...

Kapitel 9

Ein Halt

Plötzlich verlangsamte die Stute ihr Tempo, so, als sei sie im Dunkeln gestolpert. Meaulnes sah ihren Kopf zweimal sich senken und sich wieder heben; dann blieb sie unvermittelt, die Nüstern tief unten, ganz stehen und schien etwas zu wittern. Um die Füße des Tieres war Wassergeplätscher zu hören. Ein Bach schnitt den Weg ab. Im Sommer mochte hier eine Furt sein. Aber zu dieser Jahreszeit war die Strömung so stark, daß sich keine Eisdecke hatte bilden können und es gefährlich gewesen wäre, weiterzufahren.

Meaulnes zog die Zügel leicht an, um ein paar Schritte zurückzusetzen, und richtete sich ganz überrascht im Wagen auf. Er hatte durch die Bäume hindurch ein Licht schimmern sehen. Zwei oder drei Wiesen nur schienen es vom Weg zu trennen...

Der Schüler stieg vom Wagen und führte die scheuende Stute weiter zurück, wobei er, um sie zu besänftigen, beruhigend zu ihr sprach:

»Komm, altes Mädchen! Komm! Jetzt haben wir es nicht mehr weit. Gleich werden wir wissen, wohin wir geraten sind.«

Und indem er das halb geöffnete Gatter einer kleinen Wiese am Weg aufstieß, lenkte er sein Gespann dort hinein. Seine Füße versanken im weichen Gras. Der Wagen schaukelte geräuschlos. Seinen Kopf gegen den der Stute gepreßt, spürte er ihre Wärme und das harte Stoßen ihres Atems... Er führte sie bis ans Ende der Wiese und legte ihr die Decke über den Rücken; als er dann die Zweige der Hecke auseinanderbog, erblickte er wieder das Licht, das von einem einzeln stehenden Haus herüberschien.

Er mußte doch noch drei Wiesen überqueren und über einen trügerisch kleinen Bach springen, in dem er beinahe mit beiden Füßen gelandet wäre... Schließlich, nach einem letzten Sprung von einer Böschung, fand er sich im Hof eines Bauernhauses wieder. Ein Schwein grunzte in seinem Koben. Beim Klang der Schritte auf dem gefrorenen Boden begann ein Hund wütend zu bellen.

Ein Türladen stand offen und der Lichtschein, den Meaulnes gesehen hatte, kam von einem Reisigfeuer im Kamin. Außer diesem Feuer gab es kein anderes Licht. Drinnen im Haus erhob sich eine alte Frau und kam an die Tür, ohne im mindesten erschrocken zu sein. Gerade in diesem Augenblick schlug eine Pendeluhr halb acht.

»Entschuldigen Sie, gute Frau«, sagte der große Junge, »ich glaube fast, daß ich in Ihre Chrysanthemen getreten bin.«

Sie war, eine Schale in der Hand, stehengeblieben und sah ihn an.

»Es ist aber auch so dunkel im Hof«, sagte sie, »daß man nicht sieht, wohin man tritt.«

Es folgte ein Schweigen, in dem Meaulnes die wie in einem Wirtshaus mit illustrierten Zeitschriften tapezierten Zimmerwände betrachtete und den Tisch, auf dem ein Männerhut lag.

»Ist der Hausherr nicht da?« fragte er und setzte sich.

»Er kommt gleich wieder«, sagte die Frau vertrauensvoll. »Er holt Brennholz.«

»Nicht, daß ich ihn persönlich brauche«, fuhr der junge Mann fort und rückte seinen Stuhl näher ans Feuer. »Aber wir sind hier mit mehreren Jägern auf der Pirsch. Ich wollte Sie bitten, uns ein wenig Brot abzugeben.«

Der große Meaulnes wußte, daß man sich gegenüber den Leuten auf dem Lande, besonders auf einem einsamen Gehöft, mit großer Zurückhaltung, ja mit Diplomatie äußern mußte und vor allem niemals erkennen lassen durfte, daß man nicht aus der Gegend war.

»Brot?« wiederholte sie. »Wir können euch nicht viel geben. Der Bäcker, der sonst immer dienstags vorbeikommt, ist heute nicht hier gewesen.«

Augustin, der einen Augenblick lang gehofft hatte, sich in der Nähe eines Dorfes zu befinden, erschrak.

»Der Bäcker aus welcher Gegend?« fragte er.

»Na, der aus Vieux-Nançay«, antwortete die Frau verwundert.

»Und wie weit genau ist es von hier nach Le Vieux-Nançay?« fragte Meaulnes beunruhigt weiter.

»Auf der Landstraße, das kann ich ihnen nicht sagen, aber querfeldein sind es dreieinhalb Meilen.«

Und sie begann zu erzählen, daß ihre Tochter dort in Stellung sei, daß sie zu Fuß jeden ersten Sonntag im Monat sie besuche und daß ihre Herrschaft...

Aber Meaulnes unterbrach sie völlig verwirrt und fragte:

»Ist Vieux-Nançay das nächste Dorf?«

»Nein, das ist Les Landes, fünf Kilometer von hier. Aber dort gibt es weder einen Kaufmann noch einen Bäcker. Nur einmal im Jahr, am St. Martinstag, findet dort eine kleine Kirmes statt.«

Meaulnes hatte noch nie von Les Landes gehört. Er merkte, er hatte sich dermaßen verirrt, daß es ihn schon fast amüsierte. Aber die Frau, die gerade ihre Schale im Ausguß abspülte, drehte sich neugierig um, sah ihn direkt an und fragte langsam:

»Dann sind Sie gar nicht aus dieser Gegend?«

In diesem Moment erschien an der Tür ein betagter Bauer mit einem Armvoll Holz, das er auf den Fliesenboden warf. Mit sehr lauter Stimme, so, als wäre er schwerhörig, erklärte ihm die Frau, worum der junge Mann gebeten hatte.

»Nun, kein Problem«, sagte er einfach. »Rücken Sie doch näher, Monsieur. Sie wärmen sich ja gar nicht.«

Kurz darauf saßen alle beide dicht beim Feuer: der Alte zerbrach das Holz und warf es in die Flammen, Meaulnes trank ein Schälchen Milch und aß dazu Brot, das man ihm angeboten hatte. Unser Reisender war selig, sich nach all den Aufregungen in diesem bescheidenen Häuschen geborgen zu fühlen; und in der Annahme, sein seltsames Abenteuer sei zu Ende, dachte er schon daran, später noch einmal mit seinen Kameraden wiederzukommen, um diese guten Leute zu besuchen. Er wußte nicht, daß dies hier nur ein Halt war und daß er schon sehr bald wieder unterwegs sein sollte.

Bald jedoch bat er, ihm den Weg nach La Motte zu zeigen. Und indem er nach und nach der Wahrheit näher kam, erzählte er nun, daß er sich mit seinem Gespann von den anderen Jägern getrennt und sich jetzt völlig verirrt habe. Deshalb bestanden der Mann und die Frau so hartnäckig darauf, daß er über Nacht bleiben müsse und erst bei Tagesanbruch weiterfahren dürfe, bis Meaulnes schließlich einwilligte und hinausging, um sein Pferd in den Stall zu bringen.

»Achten Sie auf die Löcher im Pfad!« warnte ihn der Mann.

Meaulnes wagte nicht zu gestehen, daß er gar nicht über den »Pfad« gekommen war. Er war nahe daran, den guten Mann zu bitten, ihn zu begleiten. Er zögerte eine Sekunde lang auf der Schwelle, und seine Unentschlossenheit war so groß, daß er zu schwanken schien. Dann ging er hinaus in den dunklen Hof.

Kapitel 10

Der Schafstall

Um sich wieder zu orientieren, kletterte Meaulnes die Böschung hinauf, von der er hinuntergesprungen war.

Vorsichtig und mühsam wie auf dem Hinweg tastete er sich zwischen Gräsern und Rinnsalen durch die Weidenhecken und suchte den Wagen am Ende der Wiese, wo er ihn zurückgelassen hatte. Der Wagen war nicht mehr da... Reglos, mit pochenden Schläfen lauschte er angestrengt auf alle nächtlichen Geräusche, und jede Sekunde glaubte er, ganz in der Nähe das Halsgeschirr des Pferdes klirren zu hören. Nichts... Er suchte die Wiese ringsum ab; das Gatter war halb geöffnet, halb niedergerissen, so als wäre ein Wagenrad darübergerollt. Demnach mußte die Stute ganz allein ausgerissen sein.

Als er den Weg zurückging, verfingen sich seine Füße nach wenigen Schritten in der Decke, die der Stute vom Rükken gerutscht sein mußte. Er schloß daraus, daß sie in dieser Richtung entflohen war. Er begann zu laufen.

Mit nichts anderem im Sinn als dem beharrlichen und verrückten Gedanken, seinen Wagen wiederzufinden, mit glühendem Gesicht und von einem panischen, angstgleichen Drang getrieben, lief er immer weiter... Manchmal stolperte er in den Wagenspuren. An den Wegbiegungen rannte er in der völligen Dunkelheit gegen die Hecken und, viel zu müde, um noch rechtzeitig anhalten zu können, stürzte er mit den Armen voraus in die Dornen, riß sich die Hände auf, mit denen er sein Gesicht schützte. Bisweilen blieb er stehen, lauschte – und lief weiter. Einmal glaubte er, ein Wagengeräusch zu hören, aber es war nur ein Karren, der weit entfernt auf der Straße zur Linken vorüberrumpelte...

Dann kam der Augenblick, wo sein Knie, das er sich nachmittags am Trittbrett verletzt hatte, ihn derart schmerzte, daß er stehenblieb und das Bein gerade halten mußte. Da fiel ihm ein, daß er die Stute, wenn sie nicht im gestreckten Galopp durchgegangen war, schon längst hätte einholen müssen. Er sagte sich auch, daß ein Wagen nicht einfach verlorengehe und irgend jemand ihn schon wiederfände. Schließlich kehrte er um, erschöpft, wütend, sich nur noch mühselig weiterschleppend.

Allmählich glaubte er, sich wieder in der Gegend zu befinden, aus der er gekommen war, und bald darauf erblickte er das Licht des Hauses, das er suchte. Ein tief ausgetretener Pfad öffnete sich in der Hecke.

»Das muß der sein, von dem der Alte gesprochen hat«, dachte Augustin.

Also schlug er diesen Weg ein, glücklich, nicht noch mehr Hecken und Böschungen überwinden zu müssen. Kurz darauf bog der Weg nach links ab und das Licht schien nach rechts zu gleiten, und als Meaulnes an eine Weggabelung kam, nahm er in seiner Hast, schnell wieder das bescheidene Quartier zu erreichen, kurzentschlossen den Pfad, der direkt dorthin zu führen schien. Doch keine zehn Schritte weiter in dieser Richtung verschwand das Licht – entweder, weil es durch eine Hecke verdeckt wurde oder weil die Bauersleute, müde vom Warten, die Fensterläden geschlossen hatten. Mutig rannte der Schüler querfeldein und lief geradewegs in die Richtung, aus der das Licht eben noch gekommen war. Dabei geriet er, nachdem er noch eine Hecke überstiegen hatte, auf einen anderen Pfad...

So verlor sich nach und nach die Spur des großen Meaulnes, und das Band zu denen, die er verlassen hatte, zerriß.

Entmutigt und fast am Ende seiner Kräfte, entschloß er

sich in seiner Verzweiflung, diesen Weg bis ans Ende zu gehen. Nach hundert Schritten mündete er in eine große graue Wiese, auf der man hier und da Schatten, Wacholderbüsche vielleicht, und ein dunkles, in einer Senke gelegenes Gebäude erkennen konnte. Meaulnes ging näher heran. Es war nur eine Art Viehgehege oder ein verlassener Schafstall. Die Tür gab knarrend nach. Wenn der starke Wind die Wolken vertrieb, drang der Mondschein durch die Ritzen des Verschlags. Über allem hing ein modriger Geruch.

Ohne noch lange weiterzusuchen, streckte sich Meaulnes auf dem feuchten Stroh aus, den Ellbogen aufgestützt, den Kopf in der Hand. Nachdem er den Gürtel gelöst hatte, rollte er sich mit angezogenen Beinen in seinem Kittel zusammen. Jetzt sehnte er sich nach der Decke, die er auf dem Weg hatte liegenlassen, und fühlte sich so unglücklich, war so wütend auf sich, daß ihn eine starke Lust überkam, loszuweinen...

Deshalb zwang er sich, an etwas anderes zu denken. Durchfroren bis auf die Knochen, erinnerte er sich an einen Traum – vielmehr eine Vision, die er als kleines Kind gehabt hatte und über die er noch nie mit jemandem gesprochen hatte: eines Morgens hatte er sich beim Aufwachen anstatt in seiner Kammer, wo Hose und Jacke hingen, in einem schmalen grünen Zimmer mit Tapeten wie Laubwerk wiedergefunden. Den ganzen Raum durchflutete solch süßes Licht, daß man glaubte, es schmecken zu können. Vorne am ersten Fenster, den Rücken ihm zugewandt, saß nähend ein junges Mädchen und schien auf sein Erwachen zu warten... Er hatte nicht die Kraft gehabt, aus dem Bett zu schlüpfen und sich genauer in diesem verzauberten Zimmer umzusehen. Er war wieder eingeschlafen... Aber beim nächsten Mal, das schwor er sich, würde er aufstehen. Morgen früh, vielleicht...

Kapitel 11

Das geheimnisvolle Gut

Bei Tagesanbruch machte er sich wieder auf den Weg. Aber sein geschwollenes Knie tat ihm weh; der Schmerz war so heftig, daß er alle Augenblicke stehenbleiben und sich hinsetzen mußte. Dazu noch befand er sich in der ödesten Gegend der Sologne. Den ganzen Morgen sah er nur eine Schäferin am Horizont, die ihre Herde zusammentrieb. Er konnte noch so laut rufen und versuchen, hinzulaufen: sie verschwand, ohne ihn zu hören.

Dennoch ging er mit quälender Langsamkeit in ihre Richtung weiter... Nicht ein Dach, nicht eine Menschenseele. Nicht einmal der Ruf eines Brachvogels im Schilfmoor. Und über dieser vollkommenen Einsamkeit gleißte klar und eisig die Dezembersonne.

Es mußte gegen drei Uhr nachmittags sein, als er endlich die Spitze eines grauen Türmchens über einen Tannenwald ragen sah.

»Irgendein alter verlassener Landsitz«, vermutete er, »irgendein leerer Taubenschlag...«

Und so ging er ohne Eile weiter. Am Waldrand tat sich zwischen zwei weißen Pfählen eine Allee auf, in die Meaulnes einbog. Nach einigen Schritten blieb er überrascht stehen, von einem unerklärlichen Gefühl aufgewühlt. Dennoch ging er mit dem gleichen schleppenden Gang weiter, der eisige Wind ließ seine Lippen aufspringen, nahm ihm bisweilen den Atem; und dennoch hielt ihn eine erstaunliche Zufriedenheit aufrecht, eine vollkommene, beinahe berauschende Ruhe, die Gewißheit, daß er sein Ziel erreicht und von nun an nur noch Glück zu erwarten habe. So fühlte er sich früher am Abend vor den Sommerfesten schwindelig werden, wenn bei Einbruch der Dunkelheit in den Dorfstraßen Tannen aufgestellt wurden und ihre Zweige das Fenster seines Zimmers versperrten.

»So viel Freude«, sagte er sich, »nur weil ich zu diesem alten, zugigen Taubenschlag voller Eulen komme!...«

Und wütend über sich selbst, blieb er stehen und fragte sich, ob es nicht besser wäre, umzukehren und den Weg bis ins nächste Dorf fortzusetzen. Er überlegte schon eine Weile mit gesenktem Kopf, als er plötzlich bemerkte, daß die Allee in großen, gleichmäßigen Schwüngen gefegt war, wie es zuhause vor Feiertagen üblich war. Er befand sich auf einem Weg, der aussah wie die Hauptstraße von La Ferté am Morgen von Mariä Himmelfahrt!... Hätte er noch in der Biegung der Allee Leute in festlicher Stimmung den Staub aufwirbeln sehen wie im Juni, er wäre auch nicht weiter erstaunt gewesen.

»Gibt es hier in dieser Einöde etwa ein Fest?« fragte er sich.

Als er die erste Biegung erreichte, vernahm er ein Stimmengewirr, das sich näherte. Er sprang seitlich in das niedrige, dichte Tannengestrüpp, kauerte sich nieder und lauschte mit angehaltenem Atem. Es waren Kinderstimmen. Eine Gruppe von Kindern kam ganz dicht an ihm vorüber. Eines von ihnen, wohl ein kleines Mädchen, redete in solch einem altklugen und verständigen Ton, daß Meaulnes, obwohl er den Sinn der Worte kaum verstand, ein Lächeln nicht unterdrücken konnte:

»Eine Sache macht mir wirklich Sorge«, sagte sie, »und zwar das Problem mit den Pferden. Man wird Daniel beispielsweise nie und nimmer daran hindern können, auf das große, gelbe Pony zu steigen!«

»Auf gar keinen Fall lasse ich mich daran hindern«, erwiderte eine spöttische Jungenstimme. »Ist uns denn nicht alles erlaubt?... Sogar, daß wir uns wehtun, wenn es uns gefällt...«

Und während die Stimmen sich entfernten, kam schon eine andere Kinderschar heran.

»Wenn das Eis morgen früh aufgetaut ist«, sagte ein kleines Mädchen, »machen wir eine Bootspartie.«

»Aber wird man uns das denn erlauben?« fragte ein anderes.

»Ihr wißt doch wohl, daß wir das Fest nach unserem Geschmack gestalten.«

»Und wenn Frantz schon heute abend mit seiner Braut zurückkäme?«

»Nun ja, dann würde er tun, was wir wollen.«

»Es handelt sich offenbar um eine Hochzeit«, sagte sich Meaulnes. »Aber haben hier die Kinder das Sagen? Ein seltsames Anwesen!«

Er wollte sein Versteck verlassen und sie fragen, wo es etwas zu essen und zu trinken gäbe. Er richtete sich auf und sah, wie sich die letzte Gruppe entfernte. Es waren drei Mädchen in schlichten, knielangen Kleidern. Sie trugen hübsche Hüte mit Kinnbändern. Eine weiße Feder hing allen dreien in den Nacken hinunter. Ein Mädchen hatte sich halb umgewandt und lauschte einer Gefährtin, die leicht vorgebeugt mit erhobenem Zeigefinger weitschweifige Erklärungen gab.

»Ich würde ihnen Angst machen«, meinte Meaulnes angesichts seines zerrissenen Bauernkittels und des ungefügen Schülergürtels von Sainte-Agathe.

Aus Furcht, daß ihm die Kinder bei ihrer Rückkehr auf der Allee begegneten, ging er durch die Tannen in Richtung ›Taubenschlag‹ fort, ohne lange zu überlegen, was er dort sagen sollte. Bald schon wurde er am Waldrand durch eine kleine, bemooste Mauer aufgehalten. Auf der anderen Seite, zwischen der Mauer und den Nebengebäuden des Gutshauses, war ein langer, schmaler Hof voll mit Wagen wie ein Wirtshaushof am Markttag. Es gab alle Arten und Formen: elegante kleine Viersitzer, die Deichsel in der Luft, Kremser, altmodische Bourbonnaisen mit umlaufenden Zierleisten; und sogar alte Berlinen mit hochgezogenen Fenstern.

Hinter den Tannen versteckt, um nicht gesehen zu werden, musterte Meaulnes das Durcheinander; da entdeckte er auf der anderen Hofseite, direkt über dem Kutschbock eines hohen Kremsers, ein halb offen stehendes Fenster im Nebentrakt. Zwei Eisenstäbe, wie man sie auf der Rückseite der Gutshöfe vor den immer verschlossenen Fensterläden der Ställe sieht, mußten diese Öffnung einst verriegelt haben. Aber die Zeit hatte sie aus der Wand gebrochen.

»Da steige ich ein«, sagte sich der Schüler, »ich werde im Heu schlafen und bei Tagesanbruch wieder aufbrechen, ohne die schönen kleinen Mädchen zu ängstigen.«

Mühsam wegen des verletzten Knies kletterte er über die Mauer, und von einem Wagen zum anderen, vom Bock eines Kremsers aufs Verdeck einer Berline steigend, gelangte er bis zu dem Fenster hinauf, das er wie eine Tür geräuschlos aufstieß.

Aber er landete nicht auf einem Heuboden, sondern in einem geräumigen Zimmer mit niedriger Decke, das wohl ein Schlafraum sein mußte. Im Halbdunkel des Winterabends war zu erkennen, daß der Tisch, der Kamin und sogar die Sessel vollgestellt waren mit großen Vasen, kostbaren Gegenständen und alten Waffen. Hinten im Zimmer hingen Vorhänge, die sicher einen Alkoven verbargen.

Meaulnes hatte das Fenster geschlossen, teils wegen der Kälte, teils aus Furcht, von draußen gesehen zu werden. Er zog den Vorhang hinten im Raum beiseite und erblickte ein großes, niedriges Bett, das alte Bücher mit Goldschnitt, Lauten mit gesprungenen Saiten und durcheinandergeworfene Kandelaber gänzlich bedeckten. Er schob all diese Dinge nach hinten in den Alkoven, dann streckte er sich auf dem Bett aus, um sich auszuruhen und ein wenig nachzudenken über das seltsame Abenteuer, in das er sich gestürzt hatte.

Eine tiefe Stille lag über dem Gut. Von Zeit zu Zeit hörte man nur den heftigen Dezemberwind heulen.

Und während er so ausgestreckt dalag, begann Meaulnes sich zu fragen, ob dies hier trotz der seltsamen Begegnungen, trotz der Kinderstimmen in der Allee, trotz des Wagengedränges nicht einfach ein altes, verlassenes Gebäude in der Wintereinsamkeit war, wie er zuerst angenommen hatte.

Bald darauf schien es ihm, als trüge der Wind den Klang einer fernen Musik herüber. Es war wie eine Erinnerung voller Zauber und Wehmut. Sie rief in ihm die Zeit wach, als seine noch junge Mutter sich nachmittags im Salon an das Klavier setzte und er stumm hinter der Tür, die in den Garten führte, ihr lauschte bis in den Abend hinein...

»Man könnte glauben, hier spielt irgendwo jemand Klavier?« überlegte er.

Aber er ließ die Frage unbeantwortet und von Müdigkeit überwältigt schlief er sofort ein...

Kapitel 12

Das Wellington-Zimmer

Es war Nacht, als er aufwachte. Völlig durchfroren wälzte er sich auf seinem Lager von einer Seite auf die andere, zerknitterte und zerknautschte seinen schwarzen Kittel. Die Vorhänge des Alkovens waren in ein mattes blaugrünes Licht getaucht.

Er setzte sich auf und steckte den Kopf durch die Vorhänge. Jemand hatte das Fenster geöffnet und zwei grüne venezianische Laternen am Rahmen angebracht.

Kaum hatte Meaulnes einen Blick darauf geworfen, da vernahm er im Treppenflur gedämpfte Schritte und leise Stimmen. Er ließ sich in den Alkoven zurückfallen, dabei brachten seine genagelten Schuhe einen der Bronzegegenstände, die er an die Wand geschoben hatte, zum Tönen. Erschrokken hielt er einen Augenblick den Atem an. Die Schritte kamen näher und zwei Schatten huschten ins Zimmer.

»Mach keinen Krach!« sagte der eine.

»Ach was«, meinte der andere, »langsam wird es Zeit, daß er aufwacht!«

»Hast du sein Zimmer geschmückt?«

»Na klar, wie die anderen auch.«

Die Fensterflügel schlugen im Wind.

»Da!« sagte der erste, »du hast nicht einmal das Fenster geschlossen. Der Wind hat schon einen Lampion ausgeblasen. Er muß wieder angezündet werden.«

»Ach«, erwiderte der andere in einem plötzlichen Anfall von Trägheit und Entmutigung. »Wozu die Beleuchtung nach hinten auf die Felder, sozusagen auf die Einöde hinaus? Dort wird sie niemand sehen.«

»Niemand? Aber im Laufe der Nacht werden doch noch Leute eintreffen. In ihren Wagen da hinten auf der Straße werden sie sehr froh sein, unsere Lichter zu sehen!«

Meaulnes hörte, wie ein Streichholz angezündet wurde. Derjenige, der zuletzt gesprochen hatte und der Chef zu sein schien, fuhr fort mit schleppender Stimme wie ein Shakespeare'scher Totengräber:

»Du hast grüne Lampions in das Wellington-Zimmer gehängt. Genausogut hättest du rote nehmen können... Du kennst dich damit nicht besser aus als ich!«

Stille.

»... Wellington, war das nicht ein Amerikaner? Also, ist das eine amerikanische Farbe, dieses Grün? Du als weitgereister Komödiant solltest das wissen.«

»Oh la la!« erwiderte der Komödiant, »weitgereist? Ja, ich bin weit gereist! Aber gesehen habe ich nichts! Was soll man in einem Wohnwagen schon sehen?«

Vorsichtig spähte Meaulnes durch die Vorhänge.

Derjenige, der hier das Kommando führte, war ein dicker barhäuptiger und in einen riesigen Paletot gehüllter Mann. In der Hand trug er eine lange Stange mit bunten Lampions, und mit übergeschlagenen Beinen sah er gelassen seinem Gefährten bei der Arbeit zu.

Was den Komödianten angeht, so war das die jämmerlichste Gestalt, die man sich vorstellen kann. Lang, mager, schlotternd, mit graugrünen Augen; sein über den fast zahnlosen Mund herabhängender Schnurrbart ließ an das Gesicht eines Ertrunkenen denken, von dem es auf den Boden rieselt. Er war in Hemdsärmeln und klapperte mit den Zähnen. In Worten und Gesten offenbarte er die vollkommene Verachtung seiner selbst.

Nach einer Weile verbitterten und zugleich komischen Nachdenkens trat er vor seinen Partner und gestand ihm mit ausgebreiteten Armen:

»Soll ich dir was sagen?... Ich verstehe nicht, warum man gerade solche widerlichen Kerle wie uns beide ausgesucht hat, bei einem Fest wie diesem aufzutreten. So geht's, Alter!...«

Aber ungerührt von diesem heftigen Gefühlsausbruch sah der dicke Mann ihm weiter mit übergeschlagenen Beinen bei der Arbeit zu, gähnte und schniefte ungeniert; dann machte er kehrt und ging, die Stange über der Schulter, davon, wobei er sagte:

»Los, komm jetzt! Es ist Zeit, sich zum Abendessen umzuziehen.«

Der Komödiant folgte ihm; aber als er am Alkoven vorbeikam, sagte er unter Verbeugungen und mit spöttischem Tonfall:

»Monsieur Schlafmütze, Sie müssen jetzt nur noch aufwachen und sich als Marquis kleiden, auch wenn Sie so ein armer Schlucker sind wie ich, und dann werden Sie zu dem Kostümfest hinuntergehen, wie es nun einmal der Wille der kleinen Damen und Herren ist.«

Im Ton eines Marktschreiers und mit einer letzten Verbeugung fügte er hinzu:

»Unser Kamerad Maloyau vom Küchenpersonal wird sich Ihnen als Harlekin präsentieren und Ihr ergebenster Diener als der große Pierrot.«

Kapitel 13
Das seltsame Fest

Sobald sie verschwunden waren, kam der Schüler aus seinem Versteck. Er hatte eiskalte Füße und steife Gelenke, aber er war ausgeruht und sein Knie schien geheilt.

»Zum Abendessen hinuntergehen«, dachte er, »die Gelegenheit werde ich nicht auslassen. Ich werde einfach ein Gast sein, dessen Namen alle vergessen haben. Im übrigen bin ich kein ungebetener Gast hier. Offenbar haben Monsieur Maloyau und sein Begleiter mich erwartet...«

Als er aus der völligen Finsternis des Alkovens stieg, konnte er in dem von den grünen Lampions erhellten Zimmer alles einigermaßen deutlich sehen.

Der Gaukler hatte es »ausgeschmückt«. Mäntel waren an den Garderobenhaken aufgehängt. Auf einem schweren Frisiertisch mit gesprungener Marmorplatte hatte man bereitgelegt, was den Jungen, der die vorige Nacht in einem verlassenen Schafstall verbracht hatte, in einen Gecken verwandeln sollte. Auf dem Kamin lagen Streichhölzer neben einem großen Leuchter. Man hatte aber vergessen, das Parkett zu bohnern; und Meaulnes fühlte unter seinen Sohlen Sand und Mörtel. Wieder hatte er den Eindruck, in einem seit langem verlassenen Haus zu sein... Auf dem Weg zum Kamin wäre er beinahe über einen Stapel großer Kartons und kleiner Schachteln gestolpert: er streckte den Arm aus, zündete die Kerze an, hob dann die Deckel hoch und bückte sich, um hineinzusehen.

Es waren Kostüme für junge Leute von ehedem, Gehröcke mit hohem Samtkragen, elegante, weit ausgeschnittene Westen, endlos lange weiße Halsbinden und Lackschuhe vom Anfang des Jahrhunderts. Er wagte nicht einmal, etwas mit den Fingerspitzen zu berühren, aber nachdem er sich fröstelnd gesäubert hatte, zog er über seinen Schulkittel einen der großen Mäntel, dessen gefältelten Kragen er hochschlug, tauschte seine Nagelschuhe gegen elegante Lackschuhe und schickte sich an, barhäuptig hinunterzugehen.

Ohne jemandem zu begegnen, erreichte er das Ende einer Holztreppe in einem Winkel des dunklen Hofes. Der eisige Atem der Nacht blies ihm ins Gesicht und hob einen Zipfel des Mantels.

Er machte ein paar Schritte und dank des schwachen Lichts am Himmel konnte er bald Umrisse erkennen. Er befand sich in einem kleinen Hof, der von Nebengebäuden gebildet wurde. Alles sah hier alt und verfallen aus. Am Fuß der Treppe klafften Öffnungen, denn die Türen waren seit langem ausgehängt; man hatte auch die Scheiben der Fenster nicht mehr ersetzt, so daß nur schwarze Löcher in den Mauern gähnten. Und trotzdem hatten diese Gebäude ein geheimnisvolles festliches Aussehen. Eine Art farbiger Widerschein wogte in den unteren Räumen, wo man zum offenen Gelände hin anscheinend auch Lampions angezündet hatte. Der Erdboden war gefegt; das wuchernde Gras hatte man ausgerupft. Schließlich glaubte Meaulnes, als er aufmerksam lauschte, Gesang zu hören, wie Stimmen von Kindern und jungen Mädchen, hinten bei den schemenhaften Gebäuden, wo der Wind die Zweige schüttelte vor den rosafarbenen, grünen und blauen Fensteröffnungen.

Er stand da in seinem großen Mantel wie ein Jäger, halb vorgebeugt, aufmerksam lauschend, als ein außergewöhnlich kleiner junger Mann aus dem Nachbargebäude trat, das man für unbewohnt gehalten hätte.

Er trug einen stark gewölbten Zylinder, der in der Dunkelheit glänzte, als sei er aus Silber; er hatte einen Frack an, dessen Kragen ihm bis in die Haare hinaufreichte, eine weit ausgeschnittene Weste, eine Hose mit Stegen... Dieser Dandy, der vielleicht fünfzehn Jahre alt war, ging auf Zehenspitzen, als ob die Gummizüge seiner Hose ihn emporhöben, aber mit außergewöhnlicher Geschwindigkeit. Er grüßte Meaulnes, ohne stehenzubleiben, im Vorübergehen mit einer tiefen mechanischen Verbeugung und verschwand in der Nacht in Richtung Hauptgebäude, Gutshaus, Schloß oder Kloster, dessen Turm dem Schüler am frühen Nachmittag den Weg gewiesen hatte.

Nach kurzem Zögern folgte unser Held dem merkwürdigen Persönchen auf dem Fuße. Sie überquerten eine Art großen Hofgarten, liefen zwischen massivem Mauerwerk hindurch, umrundeten einen eingezäunten Fischteich, einen Brunnen und standen endlich vor dem Eingang des Hauptgebäudes.

Eine schwere Holztür, oben rundbogig und mit Nägeln beschlagen wie eine Pfarrhaustür, stand halb offen. Der Dandy stürzte sich hinein. Meaulnes folgte ihm, und gleich nach seinen ersten Schritten im Flur fand er sich, ohne jemanden zu sehen, umgeben von Lachen, Singen, Rufen und Verfolgungsjagden.

Ganz am Ende des Flures verlief ein Quergang. Meaulnes zögerte, ob er sich bis dort hinten vorwagen oder lieber eine der Türen öffnen sollte, hinter denen er Stimmengewirr vernahm, als er hinten im Gang zwei Mädchen vorbeilaufen sah, die Fangen spielten. Um sie einzuholen und sie sich anzusehen, pirschte er sich mit seinen Tanzschuhen auf leisen Sohlen an sie heran. Geräuschvoll geöffnete Türen, zwei Gesichter von Fünfzehnjährigen, von der Abendkühle und vom Fangenspiel rosig überhaucht, unter großen Schutenhüten, und dann verschwand alles in plötzlicher Lichtflut.

Einen Augenblick drehen sie sich zum Spaß um sich selbst, ihre weiten leichten Röcke fliegen hoch und bauschen sich; man sieht die Spitzen ihrer lustigen langen Hosen; nach dieser Pirouette hüpfen sie dann zusammen ins Zimmer und schließen die Tür.

Meaulnes bleibt einen Moment geblendet und taumelnd im finsteren Flur. Er fürchtet jetzt, überrascht zu werden. Bei seinem zögerlichen und linkischen Gebaren würde man ihn zweifellos für einen Dieb halten. Er hat sich fest entschlossen, zum Ausgang zurückzukehren, als er hinten im Korridor wieder Schritte und Kinderstimmen hört. Es sind zwei kleine Jungen, die plaudernd näher kommen.

»Wird man bald zu Abend essen?« fragt Meaulnes sie dreist.

»Komm mit uns«, erwiderte der größere, »wir führen dich hin.«

Und mit dem Vertrauen und dem Bedürfnis nach Freundschaft, das Kinder haben am Abend vor einem großen Fest, nehmen sie ihn jeder bei der Hand. Wahrscheinlich sind es zwei kleine Bauernjungen. Man hat ihnen ihre besten Sachen angezogen: kurze, bis an die Waden reichende Hosen, die ihre groben Wollstrümpfe und ihre Holzpantinen erkennen lassen, eine enganliegende Jacke aus blauem Samt, eine gleichfarbene Mütze und eine weiße Halsbinde.

»Kennst du sie?« fragt das eine Kind.

»Ich?« sagt das kleinere, das einen runden Kopf und treuherzige Augen hat. »Mama hat mir gesagt, daß sie ein schwarzes Kleid anhatte und einen runden Kragen und daß sie wie ein hübscher Pierrot aussah.«

»Wer denn?« fragt Meaulnes.

»Nun, die Braut, die Frantz gerade abholt...«

Ehe der junge Mann etwas sagen kann, sind alle drei an der Tür eines großen Saales angekommen, in dem ein schönes Kaminfeuer brennt. Als Tisch dienen aufgebockte Bretter, über die man weiße Tischtücher gelegt hat, und Leute jeglicher Herkunft halten ein festliches Mahl.

Kapitel 14

Das seltsame Fest *(Fortsetzung)*

In einem großen Saal mit niedriger Decke fand ein Festessen statt, wie man es am Vorabend einer Dorfhochzeit für Verwandte gibt, die von weit her angereist sind.

Die beiden Kinder hatten die Hände des Schülers losgelassen und waren in einen Nebenraum gestürzt, von wo Kinderstimmen und Löffelgeklapper auf Tellern zu hören waren. Kühn und gelassen kletterte Meaulnes über eine Bank und setzte sich neben zwei alte Bäuerinnen. Er begann gleich mit unbändigem Appetit zu essen; und erst nach einer Weile hob er den Kopf, um sich die Gäste anzusehen und anzuhören.

Man sprach übrigens wenig. Diese Leute schienen sich kaum zu kennen. Die einen kamen wohl aus der tiefsten Provinz, die anderen aus entfernten Städten. Hier und da an den Tischen saßen Greise mit Backenbart und andere, die glatt rasiert waren und ehemalige Seefahrer sein konnten. Neben ihnen speisten andere Alte, die ihnen ähnelten: dasselbe wettergegerbte Gesicht, dieselben flinken Augen unter struppigen Brauen, dieselben Krawatten, schmal wie Schnürsenkel...

Aber es war leicht zu erkennen, daß sie niemals weiter gesegelt waren als bis an die Grenze ihres Landstrichs; und wenn sie mehr als tausendmal unter Regengüssen und vor dem Wind dahingestampft, herumgeschlingert waren, dann war es auf jener mühseligen, aber ungefährlichen Reise, die darin besteht, die Furche zu ziehen bis zum Ende des Ackers und dann den Pflug zu wenden... Man sah nur wenige Frauen; einige alte Bäuerinnen mit runden Gesichtern, runzlig wie Äpfel, unter hohen Hauben.

Unter den Gästen war kein einziger Mensch, mit dem Meaulnes sich nicht wohl gefühlt und zu dem er nicht Vertrauen gefaßt hätte. Er erklärte diesen Eindruck später so: wenn man, sagte er, einen schweren unverzeihlichen Fehler begangen hat, denkt man manchmal mitten in großer Verbitterung: »Trotzdem gibt es Menschen in der Welt, die mir verzeihen würden.« Man stellt sich alte Leute vor, Großeltern voller Nachsicht, die im voraus überzeugt sind, daß alles, was man tut, wohlgetan ist. Sicher waren die Gäste im Saal unter solch sanftmütigen Leuten ausgesucht worden. Die übrigen waren Jugendliche und Kinder...

Unterdessen plauderten die beiden alten Frauen neben Meaulnes miteinander:

»Bestenfalls«, sagte die ältere mit einer komischen, schrillen Stimme, die sie vergeblich zu mildern suchte, »wird das Brautpaar morgen kurz vor drei Uhr hier sein.«

»Sei still, du bringst mich noch in Wut«, antwortete die andere in ruhigem Ton.

Sie trug um den Kopf einen gestrickten Schal.

»Rechnen wir nach!« begann die erste ganz gelassen. »Anderthalb Stunden Bahnfahrt von Bourges nach Vierzon, und sieben Meilen mit dem Wagen von Vierzon bis hierher...«

Der Wortwechsel ging weiter. Meaulnes entging keine Silbe. Dank dieses friedfertigen Streits klärte sich die Situation ein wenig: Frantz de Galais, der Sohn des Schloßherrn – Student oder Seemann oder vielleicht Seekadett, man wußte es nicht – war nach Bourges gefahren, um ein junges Mädchen von dort abzuholen und zu heiraten. Sonderbar, dieser Bursche, der sehr jung und sehr überspannt sein mußte, bestimmte alles auf dem Gut nach seinen Wünschen. Er hatte verlangt, daß das Haus, in das seine Braut einziehen sollte, einem Palast im Festschmuck ähneln müsse. Und um die Ankunft des jungen Mädchens festlich zu begehen, hatte er persönlich diese Kinder und diese gutmütigen alten Leute eingeladen. Das waren die Punkte, die aus der Unterhaltung der beiden Frauen klar hervorgingen. Alles übrige ließen sie im Dunkeln und erörterten unaufhörlich die Frage nach der Ankunft des Brautpaares. Die eine blieb beharrlich beim nächsten Vormittag, die andere beim Nachmittag.

»Meine gute Moinelle, du bist töricht wie immer«, sagte die jüngere ruhig.

»Und du, meine gute Adèle, immer gleich dickköpfig. Vier Jahre habe ich dich nicht gesehen, und du hast dich nicht verändert«, antwortete die andere achselzuckend, aber mit ihrer friedfertigsten Stimme.

Und so fuhren sie fort, sich die Stirn zu bieten ohne die geringste Übellaunigkeit. Meaulnes mischte sich ein in der Hoffnung, mehr zu erfahren.

»Ist sie auch wirklich so hübsch, wie man behauptet, die Braut von Frantz?«

Sie schauten ihn verdutzt an. Niemand außer Frantz hatte das junge Mädchen jemals gesehen. Er selbst hatte sie auf dem Rückweg von Toulon eines Abends in tiefer Verzweiflung angetroffen in den Gartenanlagen von Bourges, die man Les Marais nennt. Ihr Vater, ein Weber, hatte sie aus dem Haus gejagt. Sie war bildhübsch, und Frantz hatte sofort beschlossen, sie zu heiraten. Das war eine sonderbare Geschichte; aber sein Vater, Monsieur de Galais, und seine

Schwester Yvonne, hatten sie ihm nicht immer alles gewährt?...

Meaulnes wollte vorsichtig gerade weitere Fragen stellen, da erschien an der Tür ein reizendes Pärchen: ein sechzehnjähriges Mädchen mit Samtmieder und einem Rock mit breitem Faltenbesatz; ein junger Bursche in einem Frack mit hohem Kragen und in langen Hosen mit Stegen. Sie glitten in einem Pas de deux quer durch den Saal; andere schlossen sich an; wieder andere eilten mit Geschrei vorüber, verfolgt von einem großen weißen Pierrot mit viel zu langen Ärmeln, eine schwarze Mütze auf dem Kopf und lachend mit zahnlosem Mund. Er rannte in großen ungeschickten Sätzen, als ob er bei jedem Schritt ein Sprung machen müßte, und schwenkte seine langen leeren Ärmel. Die jungen Mädchen fürchteten sich ein bißchen; die jungen Männer drückten ihm die Hand, und er war offenbar die Wonne der Kinder, die ihm mit kreischenden Stimmen nachliefen. Im Vorbeihasten starrte er Meaulnes mit seinen glasigen Augen an, und der Schüler glaubte in dem nun Glattrasierten den Begleiter von Monsieur Maloyau wiederzuerkennen, den Komödianten, der vor kurzem die Lampions aufgehängt hatte.

Das Festessen war zu Ende. Alle standen auf.

In den Gängen entwickelten sich Rundtänze und Farandolen. Irgendwo wurde zu einem Menuett aufgespielt... Meaulnes, den Kopf halb verborgen im Mantelkragen wie in einer Halskrause, fühlte sich wie ein anderer Mensch. Auch er, von der Fröhlichkeit angesteckt, schickte sich an, den großen Pierrot durch die Flure des Gutshauses zu verfolgen, wie in den Kulissen eines Theaters, wohin die Pantomime von der Bühne sich ausgebreitet hat. So fand er sich bis zum Morgengrauen einbezogen mitten in der ausgelassenen Menge mit den extravaganten Kostümen. Manchmal öffnete er eine Tür und geriet in ein Zimmer, wo man die Laterna magica vorführte. Kinder klatschten laut und heftig... Manchmal, in einem Winkel des Salons, wo getanzt wurde, knüpfte er ein Gespräch an mit irgendeinem Dandy und zog frühzeitig Erkundigungen ein über die Kostüme, die man an den folgenden Tagen tragen würde...

Mit der Zeit wurde ihm ein wenig bang bei all diesen Lustbarkeiten, die sich ihm darboten, und er fürchtete jeden Augenblick, daß sein halb offener Mantel seinen Schülerkittel sehen ließ. Deshalb zog er sich für einen Moment zurück in den friedlichsten und dunkelsten Teil des Gebäudes. Dort hörte man nur den gedämpften Klang eines Klaviers.

Er betrat ein ruhiges Zimmer, ein Eßzimmer, das von einer Hängelampe erhellt wurde. Auch hier feierte man ein Fest, aber ein Fest für die kleinen Kinder.

Die einen, auf Sitzkissen, blätterten in Alben, die sie aufgeschlagen auf ihren Knien hielten; andere kauerten auf dem Boden vor einem Stuhl und breiteten mit ernster Miene auf dem Sitz Bilder aus; andere, dicht beim Kaminfeuer, sagten nichts, taten nichts, aber lauschten auf den Festlärm, fern in dem weitläufigen Gebäude.

Eine Tür des Eßzimmers stand weit offen. Im angrenzenden Zimmer hörte man Klavierspiel. Meaulnes schob neugierig den Kopf vor. Es war eine Art kleiner Salon; eine Frau oder ein junges Mädchen, einen weiten kastanienbraunen Mantel über den Schultern, wandte ihm den Rücken zu und spielte leise Rundtanzweisen und Couplets. Dicht daneben auf dem Diwan saßen aufmerksam zuhörend sechs oder sieben kleine Jungen und Mädchen, ordentlich wie auf einem Gemälde, artig wie Kinder zu sein pflegen, wenn es spät wird. Von Zeit zu Zeit nur richtete sich eines von ihnen auf, stemmte sich dabei mit den Handgelenken ab, glitt auf den Boden und ging ins Eßzimmer: eines von den Kindern, das die Bilder zu Ende angeschaut hatte, nahm dann seinen Platz ein...

Nach diesem Fest, wo alles bezaubernd war, aber fieberhaft unruhig und ausgelassen, und wo er selbst so närrisch den großen Pierrot verfolgt hatte, fand Meaulnes sich hier in das stillste Glück auf Erden versetzt.

Während das junge Mädchen weiterspielte, kehrte er geräuschlos in das Eßzimmer zurück, setzte sich, und, eines der großen roten auf dem Tisch verstreuten Bücher öffnend, begann er geistesabwesend zu lesen.

Fast augenblicklich näherte sich einer der Kleinen, die auf dem Boden hockten, hängte sich an seinen Arm und kletterte auf ein Knie, um gemeinsam mit ihm die Bilder anzuschauen; ein anderes Kind tat das gleiche auf der anderen Seite. Jetzt war es ein Traum wie sein Traum von einst. Lange Zeit bildete er sich ein, er sei an einem schönen Abend in seinem eigenen Haus, verheiratet, und dieses bezaubernde unbekannte Geschöpf, das in seiner Nähe Klavier spielte, sei seine Frau...

Kapitel 15
Die Begegnung

Am nächsten Morgen war Meaulnes als einer der ersten wach. Wie man ihm geraten hatte, zog er ein einfaches, schwarzes, altmodisches Kostüm an, eine engtaillierte Jacke mit Puffärmeln, eine geköperte Weste und eine nach unten breiter werdende Hose, die seine feinen Schuhe verdeckte; dazu setzte er einen Zylinder auf.

Der Hof war noch menschenleer, als er hinunterkam. Er ging ein paar Schritte und wähnte sich in einen Frühlingstag versetzt. Es war wirklich der mildeste Morgen in jenem Winter. Die Sonne schien wie in den ersten Apriltagen. Der Rauhreif schmolz, und das nasse Gras funkelte wie von Tau befeuchtet. In den Bäumen sangen ein paar kleine Vögel, und von Zeit zu Zeit strich eine laue Brise über das Gesicht des Spaziergängers.

Er tat, was Gäste tun, die vor dem Hausherrn aufgestanden sind. Er trat hinaus auf den Hof des Gutes und erwartete jeden Augenblick, daß eine herzliche, fröhliche Stimme hinter ihm herrief:

»Schon munter, Augustin?...«

Aber lange Zeit spazierte er allein durch den Garten und über den Hof. Oben im Hauptgebäude rührte sich nichts, weder an den Fenstern noch im Türmchen. Man hatte jedoch schon die beiden Flügel der rundbogigen Holztür geöffnet. Und auf eines der oberen Fenster fiel ein Sonnenstrahl wie im Sommer in den frühen Morgenstunden.

Meaulnes sah zum ersten Mal am hellichten Tag das Innere des Anwesens. Die Reste einer Mauer trennten den verwilderten Garten vom Hof, wo man vor kurzem Sand gestreut und geharkt hatte. Am äußersten Ende der Nebengebäude, wo er wohnte, lagen in lustiger Unordnung erbaute Ställe, welche die vielen, mit üppigem Buschwerk und wildem Wein überwachsenen Winkel vermehrten. Bis an das Gut brandeten Tannenwälder, die es vor dem ganzen flachen Land verbargen; nur nach Osten hin erblickte man blaue felsige Hügel, ebenfalls mit Tannen bedeckt.

Im Garten beugte sich Meaulnes einen Augenblick über den wackligen Zaun, der den Fischteich umgab; an den Rändern knisterte noch ein wenig Eis, dünn und gekräuselt wie Schaum. Er sah sich im Wasser gespiegelt, wie über den Himmel gebeugt, in seinem romantischen Studentenkostüm. Und er glaubte einen anderen Meaulnes zu sehen, nicht mehr den Schüler, der mit einem Bauernwagen ausgerissen war, sondern eine reizvolle, phantastische Gestalt aus einem Preisbuch...

Da er Hunger bekommen hatte, eilte er zum Hauptgebäude. In dem großen Saal, wo er am Vorabend gegessen hatte, deckte eine Bäuerin den Tisch. Sowie Meaulnes sich vor eine der Trinkschalen, die auf dem Tischtuch aufgereiht waren, niedergelassen hatte, schenkte sie ihm Kaffee ein mit den Worten:

»Sie sind der erste, Monsieur.«

Er wollte nichts erwidern, so sehr fürchtete er, sofort als Fremder erkannt zu werden. Er fragte nur, wann das Schiff auslaufen werde zur angekündigten morgendlichen Spazierfahrt.

»Nicht vor einer halben Stunde, Monsieur. Noch ist niemand heruntergekommen«, war die Antwort.

Auf der Suche nach dem Bootssteg irrte er also weiter um das langgestreckte, schloßartige Gebäude herum, das mit seinen ungleichen Flügeln wie eine Kirche aussah. Als er um den Südflügel bog, erblickte er plötzlich, so weit das Auge reichte, Schilf, das die ganze Landschaft prägte. Das Wasser des Sees bespülte an dieser Seite den Fuß der Mauern, und vor mehreren Türen hingen kleine Holzbalkone, die über die plätschernden Wellen vorsprangen.

Müßig bummelte der Spaziergänger längere Zeit am Ufer entlang, das sandig war wie ein Treidelpfad. Neugierig musterte er die großen staubigen Glastüren, die in baufällige oder verlassene Zimmer führten, in Rumpelkammern, vollgestopft mit Schubkarren, rostigem Gerät und zerbrochenen Blumentöpfen – als er plötzlich am anderen Ende des Gebäudes Schritte im Sand knirschen hörte.

Es waren zwei Frauen, die eine sehr alt und gebeugt, die andere ein blondes, schlankes junges Mädchen, dessen entzückendes Kleid Meaulnes nach all den Verkleidungen des Vorabends zunächst außergewöhnlich erschien.

Sie blieben einen Augenblick stehen, um die Landschaft zu betrachten, während Meaulnes mit einem Staunen, das ihm später plump vorkam, sich sagte:

»Das ist zweifellos, was man ein junges exzentrisches Mädchen nennt – vielleicht eine Schauspielerin, die man für das Fest engagiert hat.«

Inzwischen gingen die beiden Frauen dicht an ihm vorbei, und Meaulnes betrachtete reglos das junge Mädchen. Später, wenn er nach verzweifelten Versuchen, sich an das verblaßte schöne Gesicht zu erinnern, einschlief, sah er oft im Traum Reihen junger Frauen vorüberziehen, die ihr ähnelten. Die eine trug einen Hut wie sie und die andere hatte ihre etwas vorgebeugte Haltung; die nächste hatte ihren so klaren Blick; wieder eine andere ihre zierliche Figur und noch eine andere auch ihre blauen Augen; aber keine dieser Frauen war jemals das große junge Mädchen.

Meaulnes hatte gerade Zeit, unter schwerem blonden Haar ein kleines Gesicht wahrzunehmen, dessen Züge aber mit einer fast schmerzlichen Feinheit gezeichnet waren. Und als sie schon an ihm vorbeigegangen war, musterte er ihr Kleid, das wohl das einfachste und vornehmste aller Kleider war...

Unschlüssig fragte er sich, ob er sich ihnen anschließen sollte, als das junge Mädchen, unmerklich ihm zugewandt, zu ihrer Begleiterin sagte:

»Das Schiff wird wohl nicht mehr lange auf sich warten lassen, denke ich?...«

Und Meaulnes folgte ihnen. Die gebrechliche, zittrige alte Dame lachte und plauderte heiter ohne Unterbrechung. Das junge Mädchen antwortete geduldig. Und als sie zur Anlegestelle hinunterstiegen, hatte sie wieder diesen unschuldigen und ernsten Blick, der zu sagen schien:

»Wer sind Sie? Was machen Sie hier? Ich kenne Sie nicht. Und doch kommt es mir vor, als kenne ich Sie.«

Zwischen den Bäumen warteten jetzt vereinzelt andere Gäste. Und drei Vergnügungsschiffe legten an, um die Spaziergänger aufzunehmen. Als die Damen, offenbar die Schloßherrin und ihre Tochter, vorübergingen, grüßten die jungen Burschen einer nach dem anderen mit tiefer Verbeugung, und die Demoiselles verneigten sich. Seltsamer Morgen! Seltsame Vergnügungsfahrt! Trotz der Wintersonne war es kalt, und die Frauen schlangen sich die Federboas um den Hals, die damals Mode waren...

Die alte Dame blieb am Ufer zurück, und, ohne zu wissen wie, fand sich Meaulnes auf dem gleichen Boot wieder wie die junge Schloßherrin. An die Reling gelehnt, hielt er mit einer Hand seinen Hut fest, an dem der starke Wind zerrte, so konnte er in aller Ruhe das junge Mädchen beobachten, das sich in einem geschützten Winkel niedergelassen hatte. Auch sie betrachtete ihn. Sie gab ihren Begleiterinnen Antwort, lächelte, dann richtete sie ihre blauen Augen sanft auf ihn, während sie sich leicht auf die Lippen biß.

Tiefe Stille herrschte an den nahen Uferböschungen. Das Schiff fuhr schnell dahin mit dem ruhigen Geräusch der Maschine und des Wassers. Man hätte glauben können mitten im Sommer zu sein. Offenbar wollte man an dem schönen Garten eines Landhauses anlegen. Das junge Mädchen würde dort unter einem weißen Sonnenschirm lustwandeln. Bis zum Abend könnte man das Gurren der Turteltauben hören... Aber plötzlich erinnerte ein eisiger Windstoß die Gäste dieses seltsamen Festes an den Dezember.

Man legte bei einem Tannenwald an. Auf dem Landungssteg mußten die Passagiere dicht aneinandergedrängt eine Weile warten, bis einer vom Schiffspersonal das Vorhängeschloß am Schlagbaum geöffnet hatte... Mit welcher Erregung erinnerte Meaulnes sich später an diese Minute, als er am Ufer des Sees unmittelbar neben seinem eigenen Gesicht das seither verlorene Antlitz des jungen Mädchens spürte! Er hatte dieses so reine Profil derart intensiv angestarrt, daß ihm beinahe die Tränen in die Augen traten. Und er erinnerte sich, wie an ein zartes Geheimnis, das sie ihm anvertraut hatte, an einen Hauch Puder auf ihrer Wange...

An Land lief alles ab wie in einem Traum. Während die Kinder mit Freudengeschrei herumtobten, während sich Gruppen bildeten und sich im Wald zerstreuten, näherte Meaulnes sich einer Allee, wo zehn Schritte vor ihm das junge Mädchen ging. Ehe er Zeit zum Überlegen hatte, stand er schon neben ihr.

»Sie sind schön«, sagte er einfach.

Aber sie beschleunigte ihren Schritt und bog, ohne zu antworten, in eine Seitenallee. Andere Spaziergänger liefen tändelnd durch die Alleen, streiften jeder nach Lust und Laune umher, nur von der eigenen Phantasie geleitet. Der junge Mann warf sich heftig sein Benehmen vor, das, was er seine Tolpatschigkeit, seine Grobheit, seine Dummheit nannte. Er irrte auf gut Glück herum, überzeugt, daß er dieses anmutige Geschöpf nie wiedersehen würde, als er sie plötzlich auf sich zukommen sah, denn auf dem schmalen Pfad war sie gezwungen, dicht an ihm vorbeizugehen. Mit bloßen Händen strich sie die Falten ihres weiten Mantels glatt. Sie trug schwarze, offene Schuhe. Ihre Knöchel waren so zart, daß sie manchmal umknickten und man fürchten mußte, sie brechen zu sehen.

Diesmal grüßte der junge Mann und sagte ganz leise:

»Können Sie mir verzeihen?«

»Ich verzeihe Ihnen«, sagte sie ernst. »Aber ich muß wieder zu den Kindern, weil sie heute die Herren sind. Adieu.«

Meaulnes bat sie inständig, noch einen Augenblick zu bleiben. Er redete unbeholfen auf sie ein, so verstört, so verwirrt, daß sie langsamer ging und ihm zuhörte.

»Ich weiß nicht einmal, wer Sie sind«, sagte sie schließlich.

Sie betonte jedes Wort gleich, legte auf jedes Wort besonderen Nachdruck, nur das letzte klang sanfter... Dann setzte sie wieder ihre gleichgültige Miene auf, sie biß sich leicht auf die Lippen, und ihre blauen Augen blickten starr in die Ferne.

»Ich kenne Ihren Namen auch nicht«, erwiderte Meaulnes.

Sie folgten jetzt einem Weg in offenem Gelände, und in einiger Entfernung sah man die Gäste sich um ein Haus drängen, das einsam in den Feldern lag.

»Das ist das ›Haus von Frantz‹«, sagte das junge Mädchen; »ich muß Sie jetzt verlassen…«

Sie zögerte, lächelte ihn einen Moment an und sagte:

»Mein Name?… Ich bin Mademoiselle Yvonne de Galais…«

Und sie eilte davon.

Das ›Haus von Frantz‹ war damals unbewohnt. Aber Meaulnes fand es bis zum Dachboden erfüllt von der Schar der Gäste. Übrigens hatte er kaum Muße, den Ort, wo er sich aufhielt, näher zu prüfen: man nahm hastig einen kalten, in den Booten mitgebrachten Imbiß zu sich, was sehr wenig zur Jahreszeit paßte, aber die Kinder hatten es zweifellos beschlossen; danach brach man wieder auf. Als Meaulnes Mademoiselle de Galais hinausgehen sah, trat er auf sie zu und anknüpfend an ihre vorhin geäußerten Worte sagte er:

»Der Name, den ich Ihnen gegeben habe, war schöner.«

»Wie? Welcher Name war das denn?« fragte sie, immer mit dem gleichen Ernst.

Aber er hatte Angst, etwas Dummes gesagt zu haben, und gab keine Antwort.

»Mein Name ist Augustin Meaulnes«, fuhr er fort, »und ich bin Student.«

»Oh! Sie studieren?« sagte sie. Und sie sprachen noch einen Augenblick miteinander. Sie sprachen in aller Ruhe, überglücklich – freundschaftlich. Dann änderte sich das Verhalten des jungen Mädchens. Weniger hochmütig und weniger ernst erschien sie jetzt noch unruhiger. Man hätte meinen können, sie habe Angst vor dem, was Meaulnes sagen würde, und erschrecke schon im voraus. Sie stand neben ihm am ganzen Körper bebend wie eine Schwalbe, die sich einen

Moment auf der Erde niedergelassen hat und schon zittert vor Verlangen, ihren Flug wieder aufzunehmen.

»Wozu? Wozu nur?« entgegnete sie sanft den Plänen, die Meaulnes machte.

Aber als er endlich wagte, sie um Erlaubnis zu bitten,auf dieses schöne Gut zurückzukehren, antwortete sie einfach:

»Ich werde Sie erwarten.«

Sie kamen in Sichtweite des Landungsstegs. Unvermittelt blieb sie stehen und sagte nachdenklich:

»Wir sind zwei Kinder; wir haben eine Dummheit begangen. Diesmal dürfen wir nicht wieder in das gleiche Schiff einsteigen. Adieu, folgen Sie mir nicht.«

Meaulnes blieb einen Augenblick sprachlos stehen und sah ihr nach. Dann fing er sich und ging weiter. Und weit vorne hielt das junge Mädchen inne, bevor es sich von neuem in der Menge der Gäste verlor, drehte sich nach ihm um und blickte ihn zum ersten Mal lange an. War das ein letztes Lebewohl? War es ein Verbot, sie zu begleiten? Oder hatte sie ihm vielleicht noch etwas zu sagen?...

Sobald man zum Gut zurückgekehrt war, begann hinter dem Pachthof auf einer großen Wiese am Hang das Ponywettrennen. Das war der letzte Teil des Festes. Wahrscheinlich würde das Brautpaar zeitig genug eintreffen, um dabeizusein, und Frantz würde die Leitung übernehmen.

Man mußte jedoch ohne ihn beginnen. Die Jungen im Jockeydress, die Mädchen im Reitkostüm, so führten die einen feurige, bändergeschmückte Ponys herbei, die anderen sehr alte folgsame Pferde, unter Geschrei und kindlichem Gelächter, Wetten und langem Glockengebimmel. Man glaubte sich auf den grünen, kurzgeschorenen Rasen einer Rennbahn en miniature versetzt.

Meaulnes erkannte Daniel und die kleinen Mädchen mit den Federhüten, die er tags zuvor in der Waldallee belauscht hatte... Das weitere Spektakel entging ihm, so angestrengt war er darauf bedacht, in der Menge den anmutigen Rosenhut und den weiten kastanienbraunen Mantel wiederzufinden. Aber Mademoiselle de Galais erschien nicht. Er suchte sie noch immer, als heftiges Glockengebimmel und frenetisches Freudengeschrei das Ende des Rennens verkündeten. Ein kleines Mädchen auf einer alten weißen Stute hatte den Sieg davongetragen. Im Triumph ritt es auf seiner Mähre vorüber, und der Federbusch seines Hutes wehte im Wind.

Dann plötzlich war alles still. Die Spiele waren zu Ende, und Frantz war nicht zurück. Man zögerte eine Weile; man beriet sich verlegen. Schließlich gingen alle in Gruppen wieder in die Gebäude, um schweigsam und voller Unruhe auf die Rückkehr des Brautpaares zu warten.

Kapitel 16

Frantz de Galais

Das Rennen war zu früh zu Ende. Es war erst halb fünf und noch taghell draußen, als Meaulnes sich wieder in seinem Zimmer einfand, den Kopf voll von den Ereignissen dieses außergewöhnlichen Tages. Er setzte sich untätig an den Tisch und wartete auf das Abendessen und auf das Fest, das folgen sollte.

Wieder blies der Sturm so heftig wie am ersten Abend. Man hörte ihn tosen wie einen Wildbach oder brausen wie einen Wasserfall. Der Zugregler des Kamins schepperte von Zeit zu Zeit. Zum ersten Mal fühlte Meaulnes jene leichte Beklommenheit, die einen am Ende allzu schöner Tage erfaßt. Einen Augenblick überlegte er, ob er ein Feuer anzünden sollte; aber vergeblich versuchte er, den rostigen Schieber des

Kamins zu öffnen. Daraufhin machte er sich daran, das Zimmer aufzuräumen; er hängte seine schönen Kleidungsstücke an die Garderobenständer und stellte die umgestürzten Stühle längs der Wand wieder auf, als wollte er alles für einen längeren Aufenthalt herrichten.

Da er jedoch daran dachte, daß er sich ständig reisefertig halten mußte, legte er ordentlich gefaltet seinen Kittel und seine andere Schulkleidung wie einen Reiseanzug über eine Stuhllehne; unter den Stuhl stellte er seine noch schmutzverkrusteten Nagelschuhe.

Dann setzte er sich wieder und musterte, schon viel ruhiger, seine Umgebung, seine Bleibe, die er aufgeräumt hatte.

Ab und zu zog ein Regentropfen eine Spur auf dem Fenster, das zum Hof mit den Wagen und auf den Tannenwald hinausging. Zufrieden, daß er sein Zimmer in Ordnung gebracht hatte, fühlte der große Junge sich nun vollkommen glücklich. Da war er, geheimnisvoller Fremder, inmitten dieser unbekannten Welt, in einem Zimmer, das er gewählt hatte. Was er bisher erreicht hatte, übertraf all seine Erwartungen. Und jetzt war es für sein Glück genug, an das Gesicht des jungen Mädchens zu denken, das sich ihm zugewandt hatte im Sturm...

Während dieser Träumerei war die Nacht hereingebrochen, ohne daß er überhaupt daran gedacht hätte, die Kerzen anzuzünden. Ein Windstoß ließ die Tür des Hinterzimmers klappern, das mit seinem Raum verbunden war und dessen Fenster auch auf den Hof mit den Wagen hinausging. Als Meaulnes sie schließen wollte, bemerkte er in diesem Zimmer einen Lichtschein wie von einer auf dem Tisch brennenden Kerze. Er steckte den Kopf durch den Türspalt. Jemand war dort eingedrungen, zweifellos durch das Fenster, und ging mit leisen Schritten auf und ab. Soviel man sehen konnte, handelte es sich um einen ganz jungen Mann. Ohne

Kopfbedeckung, einen Reiseumhang über den Schultern, lief er rastlos hin und her, wie getrieben von einem unerträglichen Schmerz. Der Wind blies durch das Fenster, das er weit offen hatte stehen lassen, und ließ seinen Umhang flattern, und jedesmal, wenn er nah beim Kerzenlicht vorbeikam, sah man die goldenen Knöpfe an seinem eleganten Gehrock aufschimmern. Er pfiff durch die Zähne eine Art Seemannslied, wie es die Matrosen und die leichten Mädchen in den Hafenkneipen singen, um in Fahrt zu kommen.

Mitten in seinem erregten Auf und Ab hielt er einen Moment inne, beugte sich über den Tisch, wühlte in einer Schachtel und nahm mehrere Blatt Papier heraus... Im Kerzenschein sah Meaulnes im Profil ein sehr feingeschnittenes bartloses Gesicht mit einer Adlernase unter üppigem, seitlich gescheitelten Haar. Er hatte aufgehört zu pfeifen. Sehr blaß, mit halbgeöffneten Lippen, schien er nach Luft zu ringen, so als hätte ihn ein tödlicher Stich ins Herz getroffen.

Meaulnes überlegte noch, ob er sich rücksichtsvoll zurückziehen oder auf ihn zugehen, ihm kameradschaftlich die Hand auf die Schulter legen und mit ihm reden sollte. Aber da hob der andere den Kopf und erblickte ihn. Er fixierte ihn eine Sekunde, dann kam er, ohne weiter erstaunt zu sein, näher, und mit kaum gefestigter Stimme sagte er:

»Monsieur, ich kenne Sie zwar nicht, aber ich bin froh, Sie zu sehen. Da Sie nun einmal hier sind, werde ich Ihnen alles erklären... Also!...«

Er schien völlig aus der Fassung zu sein. Als er »also« sagte, packte er Meaulnes, wie um seine Aufmerksamkeit zu erzwingen, am Rockaufschlag. Dann drehte er den Kopf zum Fenster, wie um zu überlegen, was er sagen sollte, blinzelte – und Meaulnes spürte, daß er heftig mit den Tränen kämpfte.

Mit einem Ruck überwand er all diesen kindlichen Schmerz und während er noch immer zum Fenster starrte, fuhr er mit veränderter Stimme fort:

»Nun ja, also: Es ist vorbei; das Fest ist zu Ende. Sie können hinuntergehen und es ihnen sagen. Ich bin ganz allein zurückgekommen. Meine Braut kommt nicht mehr. Wohl aus Bedenken, aus Furcht, aus Mangel an Vertrauen... übrigens, Monsieur, möchte ich Ihnen erklären...«

Aber er konnte nicht weiterreden; sein ganzes Gesicht verzerrte sich. Er erklärte nichts. Er wandte sich plötzlich um und machte sich im Dunkeln daran, Schubfächer voller Kleidung und Bücher zu öffnen und wieder zu schließen.

»Ich werde mich für die Abreise bereit machen«, sagte er. »Daß man mich bloß nicht stört!«

Er legte verschiedene Gegenstände auf den Tisch, ein Toilettennecessaire, eine Pistole...

Und Meaulnes verließ ihn völlig verwirrt und wagte weder ihn anzusprechen noch ihm die Hand zu drücken.

Unten schienen alle schon etwas geahnt zu haben. Fast alle jungen Mädchen hatten sich umgezogen. Im Hauptgebäude hatte das Abendessen begonnen, aber voller Hast, in einem Durcheinander wie unmittelbar vorm Aufbruch.

Es gab ein unablässiges Kommen und Gehen von diesem großen Speisesaal zu den Zimmern oben und zu den Ställen. Diejenigen, die schon mit dem Essen fertig waren, standen in Gruppen beieinander und verabschiedeten sich.

»Was ist denn los?« fragte Meaulnes einen Bauernburschen, der mit aufgesetztem Filzhut und vorgebundener Serviette hastig seine Mahlzeit hinunterschlang.

»Wir fahren ab«, antwortete der. »Das wurde plötzlich beschlossen. Um fünf waren wir noch immer allein, alle geladenen Gäste zusammen. Wir haben so lange wie möglich gewartet. Das Brautpaar konnte nicht mehr kommen. Irgend jemand hat gesagt: ›Wenn wir abreisen...! Und alle haben sich fertig gemacht.‹«

Meaulnes antwortete nicht. Es machte ihm nichts aus, jetzt wegzugehen. Hatte er nicht sein Abenteuer bis zum

Ende ausgekostet?... Hatte er diesmal nicht alles erreicht, was er sich gewünscht hatte? Er hatte kaum Zeit gehabt, sich das schöne Gespräch vom Morgen noch einmal in Ruhe durch den Kopf gehen zu lassen. Im Moment ging es nur darum, abzureisen. Und schon bald würde er wiederkommen – aber dann ohne falsches Spiel...

»Wenn Sie mit uns fahren möchten«, ergänzte der andere, der im gleichen Alter wie Meaulnes war, »dann beeilen Sie sich mit dem Umkleiden. Wir werden gleich anspannen.«

Er verschwieg den Gästen, was er wußte, ließ seine angefangene Mahlzeit stehen und lief schnell davon. Der Park, der Garten und der Hof waren in tiefer Dunkelheit versunken. An diesem Abend gab es keine Lampions in den Fenstern.

Aber als sollte trotz allem dieses Abendessen wenigstens gegen Ende dem Abschluß eines Hochzeitsmahls ähneln, hatten einige weniger gesittete Gäste, die vielleicht schon getrunken hatten, zu singen begonnen. Im gleichen Maß wie er sich entfernte, hörte Meaulnes ihre Trinklieder immer lauter erschallen durch diesen Park, der seit zwei Tagen für ihn so viel Anmut und so viel Wunderbares bereitgehalten hatte. Und das war der Beginn von Verwirrung und Verwüstung. Er kam in der Nähe des Fischteichs vorbei, in dem er sich am selben Morgen noch gespiegelt hatte. Wie sehr schien sich schon alles verändert zu haben... – mit diesem Lied, das, im Chor angestimmt, bruchstückweise herüberklang:

Wo kommst du her, du kleines Liebchen?
Deine Haube ist zerrissen,
Dein Haar ist zerwühlt...

Und auch dieses noch:

Meine Schuhe sind rot...
Adieu, Ihr Amouren...
Meine Schuhe sind rot...
Für immer Adieu!

Als er am Fuße der Treppe, die zu seinem abgelegenen Zimmer führte, angelangt war, kam ihm jemand von oben entgegen, stieß ihn im Dunkeln an und sagte:

»Adieu, Monsieur!«

und verschwand, wobei er sich in seinen Umhang hüllte, als wäre ihm sehr kalt. Es war Frantz de Galais.

Die Kerze, die Frantz in seinem Zimmer zurückgelassen hatte, brannte noch. Nichts war verändert. Aber auf einem Bogen Briefpapier, auffällig hingelegt, las er folgende Worte:

Meine Braut ist verschwunden, sie hat mir ausrichten lassen, daß sie nicht meine Frau werden kann; daß sie eine Näherin ist und keine Prinzessin. Ich weiß nicht, wie es weitergehen soll, ich gehe fort. Ich will nicht mehr weiterleben. Yvonne soll mir verzeihen, daß ich ihr nicht ›Adieu‹ gesagt habe, aber sie kann mir auch nicht mehr helfen..

Die Kerze war heruntergebrannt, die Flamme flackerte, glomm noch eine Sekunde und erlosch. Meaulnes ging in sein eigenes Zimmer zurück und schloß die Tür. Obwohl es dunkel war, erkannte er jeden der Gegenstände, die er bei Tageslicht voller Glück bereitgelegt hatte, nur wenige Stunden zuvor. Stück für Stück fand er tatsächlich seine ganze alte ärmliche Kleidung wieder, von den schäbigen Stiefeln bis zum derben Gürtel mit der Kupferschnalle. Er zog sich aus und schnell wieder an, vertauschte aber zerstreut beim Anlegen der geliehenen Sachen die Westen auf dem Sessel.

Unter den Fenstern ging es im Hof mit den Wagen inzwischen drunter und drüber. Es wurde gezogen, geschrien, gestoßen, denn jeder wollte seinen Wagen aus dem unentwirrbaren Gewühl, in dem er verkeilt war, freibekommen. Ab und zu kletterte ein Mann auf den Sitz eines Karrens, auf das Verdeck eines Planwagens und schwenkte seine Laterne.

Ihr Schein streifte das Fenster: einen Augenblick erwachte und lebte wieder um Meaulnes herum das mittlerweile vertraute Zimmer, in dem ihm alle Dinge wie Freunde erschienen waren... Und so verließ er, sorgfältig die Tür schließend, diesen geheimnisvollen Ort, den er wohl nie wiedersehen würde.

Kapitel 17

Das seltsame Fest *(Ende)*

Schon rollte langsam eine Reihe von Wagen durch die Nacht auf das Gittertor am Walde zu. Vorne führte ein Mann im Ziegenfellmantel, eine Laterne in der Hand, das Pferd des ersten Gespanns am Zügel.

Meaulnes hatte es eilig, jemanden zu finden, der ihn mitnehmen würde. Er hatte es eilig fortzukommen. Er befürchtete im Grunde seines Herzens, daß er plötzlich allein wäre auf dem Gut und sein Schwindel aufflöge.

Als er vor dem Hauptgebäude ankam, waren die Kutscher gerade dabei, die Leute in den letzten Wagen gleichmäßig zu verteilen. Alle Fahrgäste mußten aufstehen, damit die Sitze näher aneinander – oder weiter auseinandergerückt werden konnten, und die in ihre Tücher gehüllten jungen Mädchen standen mühsam auf, die Wolldecken rutschten auf ihre Füße, und man sah die ängstlichen Gesichter derer, die sich neben den Laternen hinabbeugten.

In einem der Kutscher erkannte Meaulnes den jungen Bauern wieder, der sich vorhin erboten hatte, ihn mitzunehmen.

»Darf ich einsteigen?« fragte er ihn.

»Wohin willst du, mein Junge?« antwortete der andere, der ihn nicht wiedererkannte.

»In Richtung Sainte-Agathe«

»Dann mußt du Maritain um einen Platz bitten.«

Und so suchte der große Schüler unter den Nachzüglern nach diesem ihm unbekannten Maritain. Man verwies ihn auf einen der Zechkumpanen, die in der Küche sangen.

»Das ist ein fideles Haus«, sagte man ihm. »Der sitzt dort noch um drei Uhr in der Früh.«

Meaulnes dachte einen Augenblick an das junge Mädchen, das unruhig, fiebrig, voller Kummer die betrunkenen Bauern bis in die Nacht hinein auf dem Gut singen hören würde. In welchem Zimmer war sie wohl? Wo war ihr Fenster inmitten dieser geheimnisvollen Gebäude? Aber es würde dem Schüler nichts nutzen, länger hierzubleiben. Er mußte fort. Einmal nach Sainte-Agathe zurückgekehrt, würde sich alles klären; er wäre dann kein ausgerissener Schüler mehr; von neuem könnte er an die junge Schloßherrin denken.

Einer nach dem anderen fuhren die Wagen ab; die Räder knirschten über den Sand der großen Allee. Und im Dunkel der Nacht sah man sie wenden und verschwinden, beladen mit dick eingemummelten Frauen und warm eingehüllten Kindern, die bereits einschliefen. Noch ein großer Planwagen, dann ein Kremser, in dem die Frauen Schulter an Schulter dichtgedrängt saßen, fuhren vorbei und ließen Meaulnes bestürzt am Eingang des Hauses zurück. Bald blieb nur noch eine alte Berline übrig, die ein Bauer im Kittel lenkte.

»Sie können einsteigen«, antwortete der auf Augustins Erklärungen, »wir fahren in die Richtung.«

Mühsam öffnete Meaulnes den Schlag des alten Klapperkastens, dessen Fenster schepperte und dessen Türangeln quietschten. Auf der Bank in einer Ecke des Wagens schliefen zwei ganz kleine Kinder, ein Junge und ein Mädchen. Durch den Lärm und den Kälteschwall wachten sie auf, reckten sich, blickten unsicher um sich, dann kuschelten sie sich fröstelnd wieder in ihre Ecke und schliefen wieder ein...

Schon fuhr der alte Wagen los. Meaulnes schloß leise die Tür und ließ sich vorsichtig in der anderen Ecke nieder, dann versuchte er begierig durch das Fenster die Stätte, die er gerade verließ, und den Weg, auf dem er gekommen war, zu unterscheiden: er ahnte trotz der Dunkelheit, daß der Wagen den Hof und den Garten durchquerte, an dem Aufgang zu seinem Zimmer vorbei durch das Gittertor fuhr, das Gut verließ und in den Wald einbog. Verschwommen konnte man die Stämme der alten Tannen erkennen, die am Fenster vorbeiflogen.

»Vielleicht begegnen wir Frantz von Galais,« sagte sich Meaulnes mit klopfendem Herzen.

Jäh wich der Wagen auf dem schmalen Weg zur Seite, um nicht mit einem Hindernis zusammenzustoßen. Soweit man in der Nacht anhand der Umrisse ausmachen konnte, handelte es sich um einen beinahe mitten im Wege haltenden Wohnwagen, der dort wohl schon während der letzten Tage in der Nähe des Festes gestanden hatte.

Nachdem dies Hindernis überwunden war und die Pferde wieder trabten, war Meaulnes es müde, aus dem Fenster zu starren in der vergeblichen Anstrengung, die Finsternis ringsum zu durchdringen, als plötzlich in der Tiefe des Waldes ein Blitz aufzuckte, dem ein Knall folgte. Die Pferde fielen in Galopp, und Meaulnes begriff zunächst nicht, ob der Kutscher im Kittel bemüht war, sie zu zügeln oder sie im Gegenteil zu Eile antrieb. Er wollte den Wagenschlag öffnen. Weil der Griff sich außen befand, versuchte er vergeblich, das Fenster herunterzudrücken, er rüttelte daran... Die Kinder, die aus dem Schlaf aufgeschreckt waren, drängten sich stumm aneinander. Und während er, das Gesicht an die Scheibe gepreßt, weiter am Fenster rüttelte, bemerkte er dank einer Wegbiegung eine weiße Gestalt, die fortrannte. Es war der große Pierrot vom Fest, der Gaukler im Kostüm der Maskerade, der, verstört und außer sich, in seinen Armen gegen seine Brust gepreßt einen menschlichen Körper trug. Dann war alles verschwunden.

Im Wagen, der in schnellem Tempo durch die Nacht davonstob, waren die beiden Kinder wieder eingeschlafen. Niemand, mit dem er über die geheimnisvollen Ereignisse dieser beiden Tage reden konnte. Nachdem er lange alles, was er gesehen und gehört, im Geist hatte noch einmal vorbeiziehen lassen, überließ sich der junge Mann dem Schlaf, todmüde und mit schwerem Herzen, wie ein trauriges Kind...

Es war noch vor Tagesanbruch, als der Wagen auf der Straße anhielt und Meaulnes von jemandem geweckt wurde, der an das Fenster klopfte. Der Kutscher öffnete mühsam die Tür und, während der kalte Nachtwind den Schüler bis ins Mark erstarren ließ, rief er:

»Sie müssen hier aussteigen. Es wird gleich hell. Wir nehmen jetzt den Seitenweg. Sie sind ganz in der Nähe von Sainte-Agathe.«

Halb zusammengekrümmt gehorchte Meaulnes, tastete mit einer unbewußten Bewegung benommen nach seiner Mütze, die unter die Füße der beiden schlafenden Kinder in die dunkelste Ecke des Wagens gerollt war, und stieg dann gebückt aus.

»Also, auf Wiedersehen«, sagte der Mann und kletterte wieder auf seinen Sitz. »Sie haben nicht mehr als sechs Kilometer zu laufen. Sehen Sie, da ist der Meilenstein am Wegesrand.«

Meaulnes, der sich noch nicht ganz vom Schlaf losgerissen hatte, ging gebeugt und mit schwerem Schritt zum Meilenstein, und mit gekreuzten Armen und gesenktem Kopf ließ er sich darauf nieder wie um weiterzuschlafen.

»Oh nein!« rief der Fuhrmann. »Sie dürfen da nicht einschlafen. Es ist zu kalt. Aufstehen, los, laufen Sie ein Stück...«

Schwankend wie ein Betrunkener, die Hände in den Taschen und mit hochgezogenen Schultern, machte sich der große Junge langsam auf den Weg nach Sainte-Agathe, während, letzte Spur des geheimnisvollen Festes, die alte Berline den Kies der Landstraße verließ und sich leise rumpelnd auf dem Gras des Seitenwegs entfernte. Nur den Hut des Kutschers sah man noch über den Heckenzäunen tanzen...

TEIL 2

Kapitel 1

Das große Spiel

Sturm und Frost, Regen oder Schnee, die Unmöglichkeit, durch langes Suchen ans Ziel zu kommen, hielten uns davon ab, Meaulnes und mich, vor dem Ende des Winters wieder über das Verlorene Land zu sprechen. Nichts konnten wir ernsthaft beginnen an diesen kurzen Februartagen, diesen von jähen Windstößen durchfurchten Donnerstagen, die regelmäßig gegen fünf Uhr mit einem trostlosen Eisregen endeten.

Nichts erinnerte uns an das Abenteuer von Meaulnes, wenn nicht der seltsame Umstand gewesen wäre, daß wir seit dem Nachmittag seiner Rückkehr keine Freunde mehr hatten. In den Pausen gab es die gleichen Spiele wie eh und je, aber Jasmin sprach mit Meaulnes kein Wort mehr. Abends, sobald die Klasse ausgefegt war, leerte sich der Hof wie in den Zeiten, als ich allein war, und ich sah meinen Gefährten umherirren, vom Garten zum Schuppen und vom Hof zum Eßzimmer.

An den Donnerstagvormittagen, wenn wir uns jeder am Katheder in einem der beiden Klassenräume niedergelassen hatten, lasen wir Rousseau und Paul-Louis Courier, die wir in den Wandschränken zwischen Englischbüchern und sauber kopierten Notenheften aufgestöbert hatten. Am Nachmittag war es irgendein Besuch, der uns aus der Wohnung fliehen ließ; und wieder kehrten wir zurück in die Schule... Manchmal hörten wir Gruppen von großen Schülern, die einen Augenblick, wie zufällig, vor dem großen Portal stehenblieben, in unbegreiflichen Kriegsspielen dagegenstießen und wieder davonliefen... Dieses traurige Leben setzte sich fort bis Ende Februar. Ich begann zu glauben, Meaulnes hätte alles vergessen, als ein Abenteuer, seltsamer noch als die anderen, mir zeigte, daß ich mich getäuscht hatte, und daß eine heftige Krise unter der trüben Oberfläche dieses Winterdaseins sich vorbereitete.

Es war gerade ein Donnerstagabend, gegen Ende des Monats, als die erste Nachricht von dem seltsamen Gut, die erste Welle jenes Abenteuers uns erreichte, von dem wir nicht wieder sprachen. Es war schon spät. Meine Großeltern waren abgereist, nur Millie und mein Vater saßen noch mit uns zusammen, und beide ahnten nicht das geringste von dem heimlichen Zerwürfnis, durch das die ganze Klasse in zwei Lager geteilt war.

Um acht Uhr hatte Millie die Tür geöffnet, die Krümel vom Abendessen nach draußen geschüttet und mit so heller Stimme gerufen:

»Ah!«

daß wir zu ihr liefen und sehen wollten, was es gab. Auf der Schwelle lag eine Schicht Schnee. Es war sehr dunkel, deshalb ging ich einige Schritte in den Hof hinaus, um zu sehen, ob die Schicht tief war. Ich spürte leichte Flocken, die mir über das Gesicht glitten und sogleich zerschmolzen. Man rief mich schnell wieder herein, und Millie schloß fröstelnd die Tür.

Um neun Uhr schickten wir uns an, zum Schlafen nach oben zu gehen; meine Mutter hatte schon die Lampe in der Hand, als wir sehr deutlich zwei laute Schläge hörten, die mit voller Wucht gegen das Portal am anderen Ende des Hofes dröhnten. Sie stellte die Lampe zurück auf den Tisch und alle blieben wir gespannt lauschend stehen, die Ohren gespitzt.

Die Absicht, nachzuschauen, was dort vor sich ging, war zwecklos. Bevor wir den Hof auch nur zur Hälfte überquert hätten, wäre die Lampe ausgelöscht worden und das Glas zerbrochen. Es entstand eine kurze Stille und mein Vater sagte, »das war bestimmt...«, als genau unter dem Fenster des Eßzimmers, das, wie schon gesagt, zur Bahnhofstraße hinauslag, ein Alarmpfiff losging, gellend und langgezogen und sicher bis zur Rue de l'Église zu hören. Unmittelbar darauf brachen vor dem Fenster, kaum gedämpft von den Scheiben, durchdringende Schreie los, ausgestoßen von Leuten, die sich offenbar auf das äußere Sims hinaufgezogen hatten.

»Her mit ihm! Her mit ihm!«

Am anderen Flügel des Gebäudes antworteten die gleichen Schreie. Dorthin hatten sie nur über das Feld von Père Martin gelangen können; sie mußten auf die niedrige Mauer geklettert sein, die es von unserem Hof trennte.

Dann erscholl an allen Seiten nacheinander von acht oder zehn Unbekannten mit verstellter Stimme das Wutgebrüll:

»Her mit ihm!« – auf dem Dach des Vorratsschuppens, das sie wohl über einen Stapel von Reisigbündeln erreicht hatten, die außen an der Wand aufgeschichtet waren – auf einer kleinen Mauer, die den Schuppen mit dem Portal verband und deren abgerundete Oberkante es erlaubte, sich bequem im Reitersitz darauf niederzulassen – auf der vergitterten Mauer zur Bahnhofstraße, auf die man mit Leichtigkeit steigen konnte... Endlich kam von hinten durch den Garten ein Trupp Nachzügler an, der den gleichen Veitstanz aufführte, und dieses Mal schrie: »Auf zum Entern!«

Und wir hörten das Echo ihrer Schreie in den leeren Klassenräumen nachhallen, deren Fenster sie geöffnet hatten.

Meaulnes und ich, wir kannten so gut die Winkel und Gänge des großen Baus, daß wir wie auf einem Plan ganz deutlich all die Punkte vor uns sahen, an denen die Unbekannten im Begriff waren anzugreifen.

Eigentlich waren wir nur im allerersten Moment erschrokken. Der Alarmpfiff hatte uns alle vier an einen Überfall von Landstreichern und Zigeunern denken lassen. Tatsächlich wohnten seit vierzehn Tagen auf dem Platz hinter der Kirche ein großer Vagabund und ein junger Bursche, der den Kopf in einem festen Verband trug. Bei den Wagnern und Schmieden gab es auch Arbeiter, die nicht aus der Gegend waren.

Aber sobald wir die Angreifer hatten schreien hören, waren wir davon überzeugt, daß wir es mit Leuten aus dem Dorf – und wahrscheinlich jungen Leuten – zu tun hatten. Es waren sicher sogar kleine Bengel – man erkannte ihre schrillen Stimmen – in dem Trupp, der gegen unser Anwesen vorstürmte, so wie man ein Schiff entert.

»Das wäre ja noch schöner«, schrie mein Vater.

Und Millie fragte leise:

»Was soll das heißen?«

als plötzlich die Stimmen am Tor und an der vergitterten Mauer – dann die am Fenster – verstummten. Zwei Alarmpfiffe gellten. Das Geschrei der Leute, die auf den Vorratsschuppen geklettert waren, und der Angreifer aus dem Garten wurde immer schwächer, brach ganz ab; wir hörten den ganzen Trupp an der Wand des Eßzimmers entlangstreichen, ihre eilig sich entfernenden Schritte, die gedämpft waren vom Schnee.

Irgend jemand störte sie offenbar. Zu jener nachtschlafenden Stunde, hatten sie geglaubt, in Ruhe dieses einsame Haus am Ausgang des Ortes erstürmen zu können. Aber nun war da etwas, das ihren Schlachtplan durchkreuzte.

Kaum hatten wir Zeit gehabt, zur Besinnung zu kommen – denn der Angriff war überraschend gewesen, wie eine gut geplante Kaperfahrt – und wollten gerade hinausgehen, als wir eine unbekannte Stimme an der kleinen Gitterpforte hörten:

»Monsieur Seurel! Monsieur Seurel!«

Es war Monsieur Pasquier, der Schlachter. Der kleine, dicke Mann strich sich an der Schwelle die Holzschuhe ab, schüttelte seinen kurzen, schneebedeckten Kittel aus und kam herein. Er gab sich gewitzt und aufgeregt, wie jemand, der dem ganzen Geheimnis einer dunklen Sache auf die Spur gekommen ist:

»Ich war in meinem Hof auf der Seite zur Place des Quatre-Routes. Ich wollte gerade den Ziegenstall abschließen. Wen sehe ich da plötzlich im Schnee stehen: zwei große Kerle, die anscheinend Wache schoben oder auf etwas lauerten. Sie waren hinten beim Kreuz. Ich mache zwei Schritte auf sie zu – Hopp! weg sind sie im gestreckten Galopp, zu Ihnen rüber. Ah! da gab es keine Zeit zu verlieren, ich habe meine Laterne genommen und mir gesagt: das werde ich Monsieur Seurel erzählen..«

Und er fängt von vorne an mit seiner Geschichte:

»Ich war bei mir hinterm Haus, im Hof..« worauf er einen Likör angeboten bekommt, den er gerne annimmt, und ausgefragt wird über Einzelheiten, die er nicht nennen kann.

Er hatte nichts gesehen, als er bei uns ankam. Gewarnt von den beiden Wachposten, die er aufgescheucht hatte, waren alle Trupps sofort getürmt. Zu sagen, wer diese Meldegänger sein konnten...

»Das könnten wohl Zigeuner sein«, brachte er vor. »Seit bald einem Monat sind sie auf dem Platz und warten auf gutes Wetter für ihre Vorstellung, die haben doch immer ein krummes Ding vor.«

All das half uns kaum weiter, und so standen wir dort, ratlos, während der Mann seinen Likör schlürfte und von neuem seine Geschichte zum besten gab, als Meaulnes, der bis dahin mit großer Aufmerksamkeit zugehört hatte, die Laterne des Schlachters auf den Boden stellte und entschied:

»Wir müssen nachsehen!«

Er öffnete die Tür, und wir folgten ihm, Monsieur Seurel, Monsieur Pasquier und ich.

Millie, schon wieder beruhigt, da die Angreifer fort waren, und wie alle ordentlichen und gewissenhaften Leute von Natur aus sehr wenig neugierig, erklärte:

»Geht, wenn ihr wollt. Aber schließt die Tür ab und nehmt den Schlüssel mit. Ich gehe schlafen. Die Lampe lasse ich brennen.«

Kapitel 2

Wir geraten in einen Hinterhalt

Wir liefen los auf dem Schnee, in vollkommenem Schweigen. Meaulnes ging voran und verbreitete um sich den gefächerten Schein seiner vergitterten Laterne... Kaum waren wir aus dem großen Portal gekommen, als hinter der Gemeindewaage, deren Rückseite an unser Pausendach grenzte, zwei vermummte Gestalten wie aufgescheuchte Rebhühner davoneilten. Sei es aus Spott, sei es aus Lust an dem seltsamen Spiel, das sie da spielten, oder aus nervöser Erregung und aus der Angst heraus, gefaßt zu werden, riefen sie sich im Davonrennen zwei oder drei von Gelächter unterbrochene Worte zu.

Meaulnes ließ seine Laterne in den Schnee fallen und schrie:

»Hinter mir her, François!...«

Und wir ließen die beiden älteren Männer, die zu einem solchen Rennen nicht in der Lage waren, stehen und machten uns an die Verfolgung der beiden Schatten, die, nachdem sie eine Weile auf dem Chemin de la Vieille-Planche den unteren Teil des Ortes umrundet hatten, entschlossen wieder zur Kirche hinaufrannten. Sie liefen gleichmäßig, ohne sich allzusehr zu beeilen, und wir hatten keine Mühe, ihnen zu folgen. Sie überquerten die Rue de l'Église, wo alles in tiefem Schlaf lag, und bogen hinter dem Friedhof in ein Labyrinth von schmalen Sträßchen und Sackgassen ein.

Es war das Viertel der Tagelöhner, der Schneiderinnen und Weber, das man die Petits-Coins nannte. Hier kannten wir uns ziemlich schlecht aus, und nachts waren wir noch nie dort gewesen. Tagsüber war das eine öde Gegend: die Tagelöhner waren fort, die Weber hinter verschlossenen Türen; in der großen Stille dieser Nacht jedoch schien sie noch verlassener zu sein, in noch tieferem Schlaf zu liegen als die anderen Viertel im Ort. Es gab also nicht die geringste Aussicht, daß jemand auftauchen und uns zu Hilfe kommen würde.

Ich kannte nur einen Weg zwischen diesen kleinen Häusern, die da zufällig wie Pappschachteln hingesetzt waren, das war jener, der zu der Schneiderin führte, die »die Stumme« genannt wurde. Man stieg zuerst einen ziemlich steilen, hier und da gepflasterten Hang hinunter und gelangte, nachdem man zwei- oder dreimal zwischen den kleinen Höfen der Weber oder leeren Ställen nach rechts und links abgebogen war, in eine breite Sackgasse, an deren Ende ein seit langem verlassener Bauernhof lag. Bei der Stummen konnte ich, während sie meine Mutter mit wirbelnden Fingern in ein stilles, nur gelegentlich von dem kurzen Krächzen einer Behinderten unterbrochenes Gespräch verwickelte, durch die Scheiben die große Mauer des Bauernhofes sehen, dem letzten Haus auf dieser Seite der Siedlung, das immer verschlossene Gatter zum Trockenhof, ohne Stroh, wo sich nie mehr etwas ereignete...

Genau diesen Weg schlugen die beiden Unbekannten ein. An jeder Biegung fürchteten wir, sie zu verlieren, aber zu meiner Überraschung erreichten wir immer die Ecke der nächsten Gasse, bevor sie daraus verschwunden waren. Ich sage: zu meiner Überraschung, denn bei der Kürze dieser Gassen wäre das nicht möglich gewesen, wenn sie nicht jedes Mal, während wir sie aus den Augen verloren hatten, ihr Tempo verringerten.

Endlich bogen sie ohne Zögern in die Straße ein, die zu der Stummen führte, und ich rief Meaulnes zu:

»Wir haben sie, das ist eine Sackgasse!«

Eigentlich waren sie es, die uns hatten. Sie hatten uns dahin geführt, wo sie uns haben wollten. An der Mauer drehten sie sich entschlossen zu uns um, und einer der beiden stieß den gleichen Pfiff aus, den wir an diesem Abend schon zweimal gehört hatten.

Sofort stürmten an die zehn Burschen aus dem Hof des verlassenen Bauernhauses, um uns zu empfangen. Anscheinend waren sie dort postiert gewesen. Den Kopf hatten alle in Kapuzen gehüllt, das Gesicht hinter einem Halstuch verborgen...

Wer das war, wußten wir im voraus, aber wir waren fest entschlossen, Monsieur Seurel, den unsere Angelegenheiten nichts angingen, kein Wort davon zu sagen. Da waren Delouche, Denis, Giraudat und all die anderen. Wir erkannten im Kampf ihre Art, sich zu schlagen, und ihre abgehackten Stimmen. Aber ein Punkt blieb beunruhigend und schien Meaulnes beinahe zu erschrecken: da war jemand, den wir nicht kannten und der wohl der Anführer war...

Er rührte Meaulnes nicht an: er beobachtete die Manöver seiner Soldaten, die alle Hände voll zu tun hatten und, von oben bis unten in Fetzen, durch den Schnee geschleift, in erbittertem Gefecht gegen den atemlos keuchenden großen Burschen loswüteten. Zwei von ihnen hatten mich vorgenommen, mich mit Mühe überwältigt, denn ich schlug mich wie ein Teufel. Ich war am Boden, saß in der Hocke, auf den Fersen; man hielt mir die Arme auf dem Rücken zusammen, und ich betrachtete die Szene mit gespannter Neugier und zugleich mit Entsetzen.

Meaulnes hatte sich vier Jungen aus der Schule vom Halse geschafft, sie von seinem Kittel abgeschüttelt, indem er sich wirbelnd um sich selbst drehte und sie mit vollem Schwung in den Schnee schleuderte... Hoch aufgerichtet verfolgte der Unbekannte mit Interesse, aber seelenruhig die Schlacht und wiederholte von Zeit zu Zeit mit klarer Stimme:

»Vorwärts... Mut... Zurück da.. Go on, my boys...«

Offensichtlich hatte er das Kommando... Wo kam er her? Wo und wie hatte er sie für die Schlacht gedrillt? Das blieb für uns das Geheimnis. Wie die anderen hatte er sein Gesicht mit einem Halstuch verhüllt, aber als Meaulnes, seiner Widersacher ledig, drohend auf ihn losging, legte die Bewegung, die er machte, um deutlicher zu sehen und der Situation begegnen zu können, ein Stück weißes Leinen frei, mit dem sein Kopf wie mit einem Verband umwickelt war.

In diesem Augenblick schrie ich Meaulnes zu:

»Paß auf, hinter dir! Da ist noch einer.«

Er hatte nicht die Zeit, sich umzudrehen, denn hinter dem Tor, in seinem Rücken, war ein großer Teufel aufgetaucht, und während er ihm geschickt sein Halstuch um die Kehle schlang, warf er meinen Freund hinterrücks um. Sofort griffen die vier Gegner von Meaulnes, die mit der Nase im Schnee gesteckt hatten, von neuem an, um seine Arme und Beine kampfunfähig zumachen; die Arme schnürten sie ihm mit einem Strick, die Beine mit einem Halstuch zusammen, und der junge Mensch mit dem verbundenen Kopf durchwühlte seine Taschen... Der, der zuletzt erschienen war, der Mann mit dem Lasso, hatte eine kleine Kerze angezündet; er schützte die Flamme mit der Hand, und jedesmal, wenn er ein neues Stück Papier entdeckte, beugte der Anführer sich über den Lichtstumpf und überprüfte, was darauf stand. Schließlich entfaltete er jene mit Eintragungen bedeckte Karte, an der Meaulnes seit seiner Rückkehr arbeitete, und jubelte:

»Jetzt haben wir ihn. Da ist der Plan! Da ist die Karte! Wir werden sehen, ob dieser Herr genau dort war, wo ich meine...«

Sein Gehilfe löschte die Kerze. Jeder nahm seine Mütze

oder seinen Gürtel. Und alle verschwanden lautlos, wie sie gekommen waren. Mich ließen sie frei, so daß ich in aller Eile meinen Freund losbinden konnte.

»Sehr weit wird der nicht kommen mit diesem Plan«, sagte Meaulnes und erhob sich.

Und langsam zogen wir ab, denn er hinkte ein wenig.

Auf dem Chemin de l'Église trafen wir wieder auf Monsieur Seurel und den alten Pasquier.

»Ihr habt nichts gesehen?« sagten sie... »Wir auch nicht!«

In der tiefschwarzen Nacht merkten sie zum Glück nichts. Der Schlachter verließ uns und Monsieur Seurel ging auf schnellstem Wege heim, um sich schlafen zu legen.

Wir beide jedoch waren oben in unserem Zimmer im Schein der Lampe, die Millie für uns stehengelassen hatte, lange noch damit beschäftigt, die aufgeplatzten Nähte unserer Kittel zusammenzuflicken, und leise besprachen wir, was uns zugestoßen war, wie zwei Waffenbrüder am Abend einer verlorenen Schlacht...

Kapitel 3

Der Zigeuner in der Schule

Am nächsten Morgen war das Erwachen qualvoll. Um halb neun, als Monsieur Seurel eben zum Unterricht läutete, kamen wir keuchend in der Schule an und stellten uns in Reih und Glied. Wir waren zu spät, und so schlüpften wir irgendwo zwischen die anderen, dabei war der große Meaulnes für gewöhnlich der erste in der langen Schlange von Schülern, die Ellbogen an Ellbogen, beladen mit Büchern, Heften und Federhalter dort standen und von Monsieur Seurel inspiziert wurden.

Mich überraschte der stille Eifer, mit dem man uns zur Mitte der Schlange hin Platz machte; und während Monsieur Seurel, der den Unterrichtsbeginn einige Sekunden hinausgeschoben hatte, den großen Meaulnes in Augenschein nahm, reckte ich neugierig den Kopf und schaute nach rechts und nach links, um die Gesichter unserer Feinde vom Vorabend zu betrachten.

Der erste, den ich bemerkte, war gerade der, an den ich ununterbrochen dachte, aber der letzte, den zu sehen ich an diesem Ort erwartet hatte. Er stand an Meaulnes' üblichem Platz, der erste von allen, einen Fuß auf der Steinstufe, eine Schulter und die Ecke des Ranzens, den er auf dem Rücken trug, an den Türrahmen gelehnt. Sein zartes, sehr bleiches, mit einigen Sommersprossen gesprenkeltes Gesicht hielt er geneigt und wandte es uns mit einer Art verächtlichen und belustigten Neugier zu. Sein Kopf und eine Gesichtshälfte war mit weißen Leinenstreifen verbunden. Ich erkannte den Anführer der Bande, den jungen Zigeuner, der uns in der letzten Nacht beraubt hatte.

Doch schon traten wir ins Klassenzimmer und jeder ging an seinen Platz. Der neue Schüler setzte sich neben den Pfeiler an der linken Ecke der langen Bank, auf der Meaulnes rechts den ersten Platz einnahm. Giraudat, Delouche und die anderen drei aus der ersten Bank hatten sich dicht nebeneinander gedrängt, um ihm Platz zu machen, so als ob alles vorher vereinbart gewesen wäre...

Oft waren so im Winter Zufallsschüler unter uns, Schiffer, die das Eis im Kanal überrascht hatte, Lehrjungen, Reisende, die vom Schnee festgehalten wurden. Sie blieben zwei Tage in der Schule, einen Monat, selten länger... In den ersten Stunden Gegenstand der Neugier, wurden sie bald schon nicht mehr beachtet und gingen sehr schnell in der Menge der normalen Schüler unter.

Dieser jedoch sollte sich nicht so schnell vergessen lassen.

Noch immer sehe ich dieses eigenartige Wesen vor mir und all die seltsamen Schätze, die er in seinem Tornister mitbrachte. Da waren zuerst die »Panorama«-Federhalter, die er herauszog, um sein Diktat zu schreiben. Wenn man das eine Auge zudrückte, sah man durch einen Spalt im Griff verschwommen und übergroß die Basilika von Lourdes oder irgendein unbekanntes Bauwerk. Er wählte einen für sich, und sofort gingen die anderen von Hand zu Hand. Dann war da ein chinesischer Federkasten voller Zirkel und anderer unterhaltsamer Instrumente, die zur linken Bank herüber wanderten, still und heimlich unter den Heften von Hand zu Hand glitten, damit Monsieur Seurel nichts merkte.

Auch nagelneue Bücher kamen vorbei, deren Titel ich sehnsuchtsvoll auf den Einbänden der wenigen alten Schmöker in unserem Bücherschrank gelesen hatte: *La Teppe aux Merles, La Roche aux Mouettes, Mon ami Benoist*... Manche blätterten mit einer Hand diese Bände auf den Knien durch, die von Gottweißwoher stammten, vielleicht gestohlen waren, mit der anderen schrieben sie das Diktat. Andere ließen unten in ihrem Fach die Zirkel kreisen. Es gab einige, die, während Monsieur Seurel ihnen beim Diktieren den Rücken kehrte und zum Fenster hinüberspazierte, schnell ein Auge zukniffen und vor das andere den Spalt mit der meergrünen, löchrigen Aussicht auf Notre Dame de Paris preßten. Und der fremde Schüler, die Feder in der Hand, das feine Profil vor dem grauen Pfeiler, blinzelte, zufrieden mit all diesem heimlichen Treiben, das um ihn herum entstand.

Nach und nach war die ganze Klasse beunruhigt: die Dinge, die man vorsichtig »herumgehen ließ« kamen eines nach dem anderen in die Hände des großen Meaulnes, der sie nachlässig, ohne sie eines Blickes zu würdigen, neben sich legte. Bald hatte er einen bunten Haufen sauber aufgeschichtet, wie zu Füßen der Frau, die in allegorischen Kompositionen die Wissenschaft darstellt. Unvermeidlich würde Monsieur Seurel dieses ungewöhnliche Warenlager entdecken und das Spiel durchschauen. Überdies hatte er sicher ein Verhör zu den Ereignissen der letzten Nacht im Sinn. Die Anwesenheit des Bohemiens würde die Sache erleichtern…

Bald blieb er wirklich erstaunt vor dem großen Meaulnes stehen.

»Wem gehört das alles«, fragte er und deutete dabei auf »Das alles« mit dem Rücken seines Buches, das er über dem Zeigefinger geschlossen hatte.

»Davon weiß ich nichts«, gab Meaulnes mürrisch zur Antwort, ohne den Kopf zu heben.

Aber der unbekannte Schüler mischte sich ein:

»Das gehört mir«, sagte er.

Und sogleich setzte er mit einer weit ausholenden eleganten Handbewegung eines jungen Herrn, welcher der alte Lehrer nicht widerstehen konnte, hinzu:

»Aber ich stelle Ihnen alles zur Verfügung, Monsieur, wenn Sie es anschauen möchten.«

In wenigen Sekunden huschte die ganze Klasse geräuschlos nach vorn, wie um die neue Lage der Dinge nicht zu verderben, und scharte sich neugierig um den Schulmeister, der seinen halb kahlen, halb mit Locken bedeckten Kopf über diesen Schatz beugte, und um den blassen jungen Mann, der mit dem Ausdruck stillen Triumphes die nötigen Erklärungen abgab. Indessen hatte der große Meaulnes, schweigend und vollkommen alleingelassen auf seiner Bank, eine Kladde aufgeklappt und vertiefte sich mit gerunzelter Stirn in eine schwierige Aufgabe… Die »Viertelstunde« überraschte uns bei dieser Beschäftigung. Das Diktat war nicht fertig geworden und in der Klasse herrschte Unordnung. Eigentlich war schon vom Morgen an dauernd Pause.

Um halb elf, als der düstere, matschige Hof von Schülern überschwemmt wurde, konnte man sehr schnell merken, daß ein neuer Meister Herr der Spiele war.

Von all den neuen Vergnügungen, die der Zigeuner seit diesem Morgen bei uns einführte, erinnere ich mich nur noch an das blutigste: es war eine Art Turnier, bei dem die Pferde die großen Schüler waren, beladen mit den kleineren, die sich auf ihrem Rücken festklammerten.

In zwei Gruppen stürzten sie von beiden Seiten des Hofes aufeinander los und versuchten, den Gegner durch die Gewalt des Zusammenpralls umzuwerfen, und die Reiter, die ihre Halstücher als Lassos oder die ausgestreckten Arme als Lanzen nutzten, bemühten sich angestrengt, ihre Rivalen aus dem Sattel zu werfen. Einigen konnte man ausweichen; sie verloren das Gleichgewicht und lagen kurz darauf der Länge nach im Matsch, der Reiter unter seinem Tier begraben. Andere Schüler hingen nur noch halb im Sattel; das Pferd hielt sie an den Beinen gepackt, und neu zum Kampf aufgestachelt, kletterten sie zurück auf seine Schultern. Von dem großen Delage herunter mit seinen unförmigen Gliedmaßen, dem roten Schopf und den abstehenden Ohren feuerte der schmale Reiter mit dem bandagierten Kopf die beiden gegnerischen Truppen an und lenkte geschickt und listig sein Tier, wobei er laut lachte.

Augustin stand auf der Türschwelle und beobachtete zunächst mißmutig, was aus diesem Spiel wurde. Und ich war neben ihm, unentschlossen.

»Das ist ein gerissener Hund«, sagte er durch die Zähne, die Hände in den Taschen. »Hierher zu kommen, heute morgen, das war das einzige Mittel, nicht verdächtigt zu werden. Und Monsieur Seurel ist darauf hereingefallen!«

Er blieb dort einen langen Moment und wetterte, den kurzgeschorenen Kopf im Wind, gegen den Komödianten, der eben all die Kerle zur Strecke bringen ließ, deren Hauptmann er kurze Zeit zuvor gewesen war. Und als friedliches Kind, das ich war, versäumte ich nicht, ihm beizupflichten.

Überall wurde der Kampf fortgesetzt, in Abwesenheit des Schulmeisters: die Kleinsten waren schließlich einer auf den anderen geklettert, sie rannten los und überkugelten sich schon, bevor sie den Stoß des Gegners erhalten hatten... Bald war nur mitten im Hof noch eine Gruppe auf den Beinen, ein erbittert herumwirbelndes Knäuel, aus dem alle Augenblicke der weiße Verband des neuen Anführers hervorblitzte.

Da konnte der große Meaulnes nicht mehr widerstehen. Er senkte den Kopf, legte die Hände auf die Schenkel und rief mir zu:

»Los, François!«

Überrascht von diesem plötzlichen Entschluß, sprang ich dennoch ohne zu zögern auf seine Schultern und in einer Sekunde waren wir im wildesten Getümmel, während die Mehrzahl der Streiter erschrocken und schreiend die Flucht ergriff:

»Da kommt Meaulnes! Da kommt der große Meaulnes!«

Mitten unter denen, die noch übrig waren, fing er an, sich um sich selbst zu drehen und rief mir zu:

»Streck die Arme aus: pack sie wie ich es heute nacht gemacht habe.«

Und ich, im Kampfesrausch, siegessicher, griff mir beim Herumwirbeln die Burschen, die um sich schlugen, einen Moment auf den Schultern der Großen ins Schwanken gerieten und in den Schlamm fielen. Im Nu war nur noch der Neue auf Delage in der Senkrechten; doch der, wenig geneigt, sich mit Augustin anzulegen, richtete sich mit einem heftigen Ruck auf und zwang den weißen Reiter zum Absteigen.

Die Hand auf der Schulter seines Reittiers, so wie ein Feldherr sein Pferd am Zaum hält, stand der Junge am Boden und betrachtete den großen Meaulnes mit leisem Schrecken und grenzenloser Bewunderung.

»Das läßt sich sehen!« sagte er.

Doch da läutete die Glocke und zerstreute die Schüler, die sich in Erwartung eines spannenden Auftritts um uns versammelt hatten. Und verärgert, daß er seinen Feind nicht hatte zu Boden werfen können, drehte Meaulnes sich auf dem Absatz um und rief gereizt:

»Auf ein andermal!«

Bis zum Mittag verlief der Unterricht weiter, als stünden die Ferien bevor, durchsetzt von lustigen Zwischenfällen und Gesprächen, deren Mittelpunkt der Schüler-Komödiant war.

Er erklärte, wie sie, durch die Kälte auf dem Platz festgesetzt, nicht einmal im Traum daran gedacht hätten, Abendvorstellungen zu geben, zu denen niemand käme; wie sie beschlossen hätten, daß er zur Schule ginge, um sich tagsüber die Zeit zu vertreiben, während sein Kumpan die Vögel von den fernen Inseln und die dressierte Ziege pflegte. Dann erzählte er von ihren Fahrten in der Umgebung, wie es war, wenn der Sturzregen auf das schäbige Zinkdach des Wagens prasselte und man bei Steigungen aussteigen mußte, um in die Speichen zu greifen. Die Schüler aus den letzten Bänken kamen nach vorn, damit sie alles aus nächster Nähe hören konnten. Weniger Phantasiebegabte nutzten die Gelegenheit und wärmten sich am Ofen. Aber bald packte auch sie die Neugier, und sie rückten näher an die schwatzende Gruppe heran und lauschten, eine Hand auf dem Ofendeckel, um ihren Platz zu halten.

»Und wovon leben Sie?« fragte Monsieur Seurel, der all das mit der etwas kindischen Neugier des Schulmeisters verfolgte und eine Unmenge von Fragen stellte.

Der Junge zögerte einen Augenblick, als ob er sich über diese Nebensächlichkeit noch nie Gedanken gemacht hätte.

»Nun ja«, antwortete er, »von dem, was wir im vorigen Herbst verdient haben, denke ich. Ganache hat die Kasse.«

Niemand fragte ihn, wer Ganache war. Ich aber dachte an den riesigen Teufel, der gestern Abend heimtückisch den großen Meaulnes von hinten angegriffen und zu Fall gebracht hatte...

Kapitel 4

In dem die Rede ist von dem geheimnisvollen Gut

Der Nachmittag brachte die gleichen Vergnügen und im Unterricht das gleiche Durcheinander, die gleiche Schmuggelei. Der Bohemien hatte noch andere Kostbarkeiten mitgebracht, Muscheln, Spiele, Lieder bis hin zu einem kleinen Affen, der dumpf im Inneren seiner Umhängetasche rumorte... Alle Augenblicke war Monsieur Seurel genötigt, abzubrechen und zu überprüfen, was der gewitzte Junge nun aus seinem Ranzen gezogen hatte... Es wurde vier Uhr und Meaulnes war der einzige, der seine Aufgaben gelöst hatte.

Ohne Eile gingen jetzt alle hinaus. Da war, so schien es, nicht mehr diese scharfe Trennung zwischen den Unterrichtsstunden und den Pausen, die das Schulleben einfach und geregelt machte wie den Wechsel von Tag und Nacht. Wir vergaßen sogar, Monsieur Seurel wie sonst gegen zehn vor vier, die beiden Schüler zu nennen, die dableiben mußten, um das Klassenzimmer auszufegen. Das versäumten wir sonst nie, denn es war eine Möglichkeit, den Schulschluß anzukündigen und zu beschleunigen...

Der Zufall wollte es, daß an diesem Tag der große Meaulnes an der Reihe war; und schon morgens hatte ich im Gespräch den Bohemien darauf hingewiesen, daß die neuen immer am Tag ihrer Ankunft dazu bestimmt waren, der zweite Mann beim Fegen zu sein.

Meaulnes kehrte in den Klassenraum zurück, sobald er sein Vesperbrot geholt hatte. Der Bohemien dagegen ließ lange auf sich warten und kam als letzter angelaufen, als schon die Nacht zu sinken begann…

»Du bleibst mit in der Klasse«, hatte mein Gefährte zu mir gesagt, »und während ich ihn festhalte, nimmst du ihm den Plan ab, den er mir gestohlen hat.«

Ich hatte mich also an einen kleinen Tisch am Fenster gesetzt, las beim letzten Tageslicht und sah zu, wie die beiden schweigend die Schulbänke hin- und herrückten – der große Meaulnes verschlossen und mit strenger Miene, in seinem schwarzen, hinten dreifach geknöpften und mit einem Gürtel zusammengehaltenen Kittel; der andere, zart, nervös, den Kopf verbunden wie ein Verwundeter. Er trug einen schäbigen Paletot mit Rissen, die ich am Tage nicht bemerkt hatte. Erfüllt von einem fast wilden Eifer hob und schob er die Tische in rasender Überstürzung und lächelte dabei ein wenig. Man hätte glauben können, er spielte dort irgendein seltsames Spiel, dessen Sinn und Zweck wir nicht kannten.

So langten sie in der dunkelsten Ecke des Raumes an, um den letzten Tisch zur Seite zu räumen.

Hier konnte Meaulnes seinen Gegner im Handumdrehen überwältigen, ohne daß draußen jemand die Möglichkeit gehabt hätte, sie zu entdecken oder durch das Fenster zu hören. Ich begriff nicht, daß er sich eine solche Gelegenheit entgehen ließ, der andere, der nun wieder an der Tür war, konnte von einem Augenblick zum anderen unter dem Vorwand, die Arbeit sei beendet, die Flucht ergreifen, und wir würden ihn nicht mehr wiedersehen. Der Plan und alle Auskünfte, die zu finden, zu vergleichen, zu verbinden Meaulnes so viel Zeit gekostet hatte, wären für uns verloren…

Jede Sekunde erwartete ich von meinem Kameraden ein Zeichen, eine Bewegung, die mir den Beginn des Kampfes ankündigen würde, aber der große Junge ließ sich nichts anmerken. Von Zeit zu Zeit schaute er mit seltsam starrem Blick und fragender Miene zu dem Verband des Bohemiens hinüber, der im Halbdunkel der Nacht voll großer schwarzer Flecken zu sein schien.

Der letzte Tisch wurde beiseite geräumt, ohne daß etwas geschah.

Aber gerade als sie beide wieder auf das Podest stiegen und sich anschickten, zum Schluß noch einmal mit dem Besen über die Türschwelle zu fahren, senkte Meaulnes den Kopf und, ohne unseren Feind anzusehen, sagte er leise:

»Ihr Verband ist rot von Blut und Ihre Kleider sind zerrissen.«

Der andere betrachtete ihn einen Augenblick, ohne von dem Gesagten überrascht zu sein, aber tief bewegt, es ihn so sagen zu hören.

»Die wollten mir eben auf dem Platz Ihren Plan entreißen«, antwortete er. »Als sie erfahren haben, daß ich zum Ausfegen hierher zurückkommen wollte, haben sie verstanden, daß ich Frieden mit Ihnen schließen würde und sind auf mich losgegangen. Aber ich habe ihn trotzdem gerettet«, fügte er stolz hinzu und streckte Meaulnes das kostbare, zusammengefaltete Papier entgegen.

Meaulnes drehte sich langsam zu mir um:

»Hörst du das?« sagte er. »Er hat sich für uns geschlagen und sich verwunden lassen, während wir ihm eine Falle stellen wollten!«

Dann ließ er das für die Schüler von Sainte-Agathe ungewöhnliche »Sie« fallen:

»Du bist ein wahrer Freund«, sagte er und reichte ihm die Hand.

Der Komödiant nahm sie und stand da, ohne ein Wort zu sagen, bestürzt, sprachlos... Aber bald setzte er mit brennender Neugier nach:

»Ihr wolltet mir also eine Falle stellen! Das ist ja lustig!

Das hatte ich mir gedacht und mir gesagt: die werden sich schön wundern, wenn sie mir den Plan abgenommen haben und feststellen, daß ich ihn vervollständigt habe.«

»Vervollständigt?«

»Oh! Sachte! Nicht ganz...«

Er gab diesen lockeren Ton auf, kam näher, und ernst und gemessen fügte er hinzu.

»Meaulnes, es ist Zeit, es Ihnen zu sagen: ich bin auch dort gewesen, wo Sie waren. Ich habe an diesem ungewöhnlichen Fest teilgenommen. Als die Jungen aus der Schule von Ihrem geheimnisvollen Abenteuer erzählten, habe ich gleich gewußt, daß es sich um das alte, verlorene Gut handelte. Um sicher zu sein, habe ich Ihnen Ihre Karte gestohlen... Aber mir geht es wie Ihnen: mir ist der Name des Schlosses unbekannt; ich wüßte nicht, wie ich dorthin zurückfinden sollte; den Weg, der Sie von hier aus hinführen würde, kenne ich nicht in voller Länge.«

Mit welchem Eifer, mit welch gespannter Neugier, mit welcher Zuneigung drängten wir uns an ihn! Begierig fragte Meaulnes ihn aus... Während wir unseren neuen Freund bestürmten, kam es uns beiden so vor, als würden wir ihm selbst das entlocken, was er vorgab, nicht zu wissen.

»Ihr werdet schon sehen, ihr werdet schon sehen«, antwortete der Junge ein wenig verärgert und verlegen, »ich habe euch auf dem Plan einige Angaben gemacht, die euch fehlten... Das ist alles, was ich tun konnte.«

Dann sah er unsere Bewunderung, unsere Begeisterung:

»Oh!« sagte er traurig und stolz, »ich will euch lieber warnen: ich bin kein Junge wie die anderen. Vor drei Monaten wollte ich mir eine Kugel durch den Kopf schießen. Nun wißt Ihr, was der Verband zu bedeuten hat, den ich um die Stirn trage, wie ein Mobilgardist von 1870 an der Seine...«

»Und heute abend, als Sie sich geschlagen haben, hat sich die Wunde wieder geöffnet«, sagte Meaulnes mit Wärme.

Aber ohne darauf einzugehen, fuhr der andere leicht emphatisch fort:

»Ich wollte sterben. Und da mir das nicht gelungen ist, werde ich nur noch zum Zeitvertreib weiterleben, wie ein Kind, wie ein Zigeuner. Ich habe alles aufgegeben. Ich habe keinen Vater mehr, keine Schwester, kein Haus, keine Liebe... Nichts mehr als Gefährten für meine Spiele.«

»Diese Gefährten haben Sie bereits im Stich gelassen«, sagte ich.

»Ja«, gab er lebhaft zur Antwort. »Das ist die Schuld eines gewissen Delouche. Er hat herausbekommen, daß ich mit euch gemeinsame Sache machen wollte. Er hat die Moral der Truppe untergraben, die ich in der Hand hatte. Ihr habt diesen Überfall gesehen, gestern abend, wie das geplant war, wie gut das lief! Seit meiner Kindheit habe ich nichts unternommen, was so gelungen ist.«

Er blieb einen Augenblick in Gedanken versunken, und um uns jeden Zweifel über seine Absichten zu nehmen, setzte er hinzu:

»Wenn ich zu euch beiden gekommen bin, heute abend, so habe ich das getan – weil es mehr Spaß gibt mit euch als mit der ganzen übrigen Bande. Vor allem diesen Delouche kann ich nicht leiden. Wie dumm, den starken Mann zu markieren, mit siebzehn Jahren! Nichts ist mir mehr zuwider... Meint ihr, wir könnten ihn uns schnappen?«

»Gewiß«, sagte Meaulnes. »Aber bleiben Sie lange bei uns?«

»Ich weiß es nicht. Ich möchte gerne. Ich bin furchtbar allein. Ich habe nur Ganache...«

Seine ganze fiebrige Erregung, sein ganzer Übermut waren plötzlich vergangen. Für einen Augenblick stürzte er in dieselbe Verzweiflung, in der ihn sicher eines Tages der Gedanke überfallen hatte, sich umzubringen.

»Seid meine Freunde«, sagte er plötzlich. »Schaut: ich kenne euer Geheimnis und habe es gegen alle verteidigt. Ich kann euch auf die Spur bringen, die ihr verloren habt...«

Und fast feierlich fügte er hinzu:

»Seid meine Freunde für den Tag, an dem ich wieder zwei Fingerbreit von der Hölle entfernt bin... Schwört mir, daß ihr antwortet, wenn ich euch rufe – wenn ich euch so rufe... (und er stieß eine Art seltsamen Schrei aus: Uuu... uu!...) Sie Meaulnes, schwören Sie zuerst!«

Und wir schworen, denn Kinder, die wir waren, bezauberte uns alles, was feierlicher und ernster war als das Natürliche.

»Dafür«, sagte er, »hier nun alles, was ich euch sagen kann: ich werde euch das Haus in Paris nennen, in dem das Mädchen aus dem Schloß gewöhnlich die Feiertage verbringt: Ostern und Pfingsten, den ganzen Juni und manchmal einen Teil des Winters.«

In diesem Augenblick tönte vor dem großen Portal mehrere Male der Ruf einer fremden Stimme durch die Nacht. Wir ahnten, das war Ganache, der Zigeuner, der es nicht wagte, über den Hof zu gehen, oder den Weg nicht kannte. Mit drängender, ängstlicher Stimme rief er bald laut, bald fast unhörbar:

»Uuu... uu! Uuu... uu!«

»Sagen Sie es! Sagen Sie es schnell!« schrie Meaulnes den jungen Bohemien an, der zusammengefahren war und seine Sachen in Ordnung brachte, um zu gehen.

Er nannte uns hastig eine Adresse in Paris, die wir halblaut wiederholten. Dann rannte er in die Dunkelheit, zu seinem Freund an der Gitterpforte, und ließ uns im Zustand unbeschreiblicher Verwirrung stehen.

Kapitel 5

Der Mann in Espadrillos

In dieser Nacht erhob sich gegen drei Uhr morgens die Witwe Delouche, um Feuer zu machen. Ihr Haus, der Gasthof, lag mitten im Dorf. Dumas, ihr Schwager, der bei ihr wohnte, mußte sich um vier Uhr auf den Weg machen, und die arme gute Frau, deren rechte Hand durch eine Brandnarbe verkrüppelt war, eilte in die dunkle Küche, um Kaffee zu bereiten. Es war kalt. Sie zog ein altes Schaltuch über ihre Unterjacke, und in der einen Hand die brennende Kerze, die andere – die schlimme – hielt schützend die Schürze vor die Flamme, durchquerte sie den mit leeren Flaschen und Seifenkisten vollgestellten Hof, öffnete die Tür des Schuppens, der als Hühnerstall diente, und wollte Kleinholz holen... Aber kaum hatte sie die Tür aufgestoßen, als eine Gestalt aus der Finsternis auftauchte, die mit einem Schlag die Mütze durch die Luft sausen ließ, so heftig, daß die Kerze verlosch, mit demselben Schlag die gute Frau zu Boden warf und mit riesigen Schritten davonstürzte, während die aufgescheuchten Hühner und Hähne ein höllisches Spektakel veranstalteten.

Der Mann hatte in seinem Sack – das entdeckte die Witwe Delouche einen Augenblick später, als sie wieder auf den Beinen stand – ein Dutzend ihrer schönsten Hühner mitgenommen.

Auf das Geschrei seiner Schwägerin war Dumas herbeigeeilt. Er stellte fest, daß der Schnapphahn, um hereinzukommen, mit einem Nachschlüssel die Tür zu dem kleinen Hof geöffnet haben mußte, und, ohne sie wieder zu schließen, auf demselben Weg das Weite gesucht hatte. Als ein Mann, der gewohnt war, mit Wilderern und Dieben umzugehen, zündete er sofort seine Wagenlaterne an, und das Licht in der einen, das geladene Gewehr in der anderen Hand, machte er sich auf die Spur des Räubers, eine sehr undeutliche Spur – die Person trug offenbar Espadrillos – die ihn auf die Bahnhofstraße führte und sich dann vor einer umzäunten Wiese verlor. Dort war er mit seiner Suche am Ende, er hob den Kopf, blieb stehen… und hörte in der Ferne auf derselben Straße den Lärm einer Kutsche, die davonsauste.

Jasmin Delouche nun, der Sohn der Witwe, war aufgestanden und war, während er sich hastig einen Kapuzenmantel über die Schultern warf, in Pantoffeln hinausgelaufen, um das Dorf abzusuchen. Alles schlief, alles war in Dunkelheit und tiefe Stille getaucht, die dem ersten Schimmer des Tages vorausgehen. An der Kreuzung angelangt, hörte er lediglich – ebenso wie sein Onkel – sehr weit entfernt auf dem Riaudes-Hügel den Lärm eines Wagens, dessen Pferd über den Boden zu fliegen schien. Schlitzohr und Prahlhans, der er war, sagte er sich, wie er uns später mit dem unausstehlichen rollenden R der Leute aus den Vororten von Montluçon wiederholte:

»Die sind zum Bahnhof runter, aber es ist nicht gesagt, daß ich nicht am anderen Ende vom Dorf jemandem ›einheizen‹ werde.«

Und stracks kehrte er um, Richtung Kirche, in derselben nächtlichen Stille.

Auf dem Platz, in dem Wohnwagen der Zigeuner, brannte Licht. Es war wohl jemand krank. Er wollte hingehen und fragen, was geschehen sei, als ein lautloser Schatten, Espadrillos an den Füßen, aus den Petits-Coins herausstürmte, und im Galopp, blindlings zur Wagentreppe hinüberlief…

Jasmin, der die Bewegungen von Ganache erkannt hatte, sprang vor ins Licht und fragte halblaut:

»Heh! Was ist los?«

Verstört, mit zerzaustem Haar, den zahnlosen Mund aufgesperrt, blieb der andere stehen, starrte ihn an mit einem kläglichen Lachkrampf vor Schreck und Atemnot und antwortete keuchend:

»Es ist weil... mein Freund ist krank... Er hat sich gestern abend mit jemandem geschlagen und seine Wunde ist aufgeplatzt... Ich habe gerade der Schwester Bescheid gesagt...«

Und tatsächlich, als Jasmin Delouche völlig verstört nach Haus zurückging, eilte etwa in der Mitte des Dorfes eine Nonne an ihm vorüber.

Am Morgen traten mehrere Einwohner von Sainte-Agathe mit den gleichen übernächtigten, rotgeschwollenen Augen vor ihre Türen. Überall ertönte ein Schrei der Entrüstung, es ging wie ein Lauffeuer durch das Dorf.

Bei Giraudat hatte man gegen zwei Uhr morgens einen Karren halten hören. Er wurde hastig mit Paketen beladen, die geräuschlos hineinfielen. Es waren nur zwei Frauen im Haus gewesen, und sie hatten sich nicht zu rühren gewagt. Bei Tagesanbruch war ihnen nach einem Blick in den Hühnerstall aufgegangen, daß die fraglichen Pakete die Kaninchen gewesen waren und das Federvieh... Millie fand in der ersten Pause mehrere nur zur Hälfte abgebrannte Streichhölzer vor der Tür der Waschküche. Wir kamen zu dem Schluß, daß sie über unser Anwesen nur schlecht unterrichtet waren und sich keinen Zutritt hatten verschaffen können... Bei Perreux, bei Boujardon und Clément glaubte man zuerst, sie hätten auch die Schweine gestohlen, aber im Laufe des Vormittags fand man die Tiere in verschiedenen Gärten damit beschäftigt, Salat auszugraben. Die ganze Herde hatte die Gelegenheit genutzt und sich durch die offene Tür auf einen kleinen nächtlichen Spaziergang begeben...

Fast überall war das Geflügel verschwunden; aber dabei war es dann geblieben. Madame Pignot, die Bäckersfrau, die keine Tiere hielt, schrie den ganzen Tag, man hätte ihr den Waschschlegel und ein Pfund Indigo gestohlen, aber die Tat wurde weder nachgewiesen noch zu Protokoll genommen...

Die Panik, die Furcht, das Gerede hielten den ganzen Vormittag über an. In der Schule berichtete Jasmin sein Abenteuer von der letzten Nacht:

»Oh, das sind gerissene Kerle«, sagte er. »Aber wenn meinem Onkel einer über den Weg gelaufen wäre, hat er gesagt: den knalle ich ab wie ein Kaninchen!«

Und mit einem Blick zu uns herüber setzte er hinzu:

»Ein Glück, daß ihm Ganache nicht in die Quere gekommen ist, er wäre imstande gewesen und hätte auf ihn geschossen. Das ist alles ein und dieselbe Brut, sagt er, und Dessaigne hat das auch gesagt.«

Keiner dachte jedoch daran, unsere neuen Freunde zu verhören. Erst am nächsten Abend machte Jasmin seinen Onkel darauf aufmerksam, daß Ganache Espadrillos trug wie der Dieb. Sie kamen überein, dies lohne die Mühe, es dem Gendarme zu melden. So beschlossen sie in aller Stille, sobald sie frei hätten, zur Kreisstadt zu fahren und den Polizeiinspektor zu benachrichtigen.

An den darauffolgenden Tagen ließ der junge Bohemien, der an seiner von neuem aufgeplatzten Wunde litt, sich nicht blicken.

Am Abend streiften wir über den Kirchplatz, nur um den Schein seiner Lampe hinter den roten Vorhängen der Wagenfenster zu sehen. Voller Angst und Fieber harrten wir dort aus, und wagten nicht, uns der bescheidenen Behausung zu nähern, die uns geheimnisvolle Passage und Vorzimmer des Landes zu sein schien, zu dem wir den Weg verloren hatten.

Kapitel 6
Ein Streit in den Kulissen

So viele Ängste, so viele Aufregungen hatten uns in den vergangenen Tagen daran gehindert, darauf zu achten, daß es März und der Wind weicher geworden war. Als ich jedoch am dritten Tag nach jenem Abenteuer morgens in den Hof hinunterging, begriff ich jäh, daß Frühling war. Eine köstliche Brise flutete wie laues Wasser über die Mauer, ein leiser Regen hatte in der Nacht die Blätter der Pfingstrosen feucht gemacht; die frisch gelockerte Erde im Garten hatte einen starken Geruch, und in dem Baum vor dem Fenster hörte ich einen Vogel es mit der Musik versuchen…

Meaulnes schlug in der ersten Pause vor, sofort den Weg zu erproben, den der Schüler-Bohemien auf seinem Plan genauer eingezeichnet hatte. Mit Müh und Not überzeugte ich ihn davon, lieber zu warten, bis wir unseren Freund wiedergesehen hätten, bis das Wetter wirklich schön wäre… bis alle Pflaumenbäume von Sainte-Agathe blühten. An die niedrige Mauer der Gasse gelehnt, die Hände in den Taschen und mit bloßem Kopf, sprachen wir miteinander, und der Wind ließ uns bald vor Kälte schaudern, bald weckte er in uns mit Strömen von Wärme, ich weiß nicht welch alte Begeisterung. Ach! Bruder, Freund, Reisender, wie waren wir davon überzeugt, alle beide, das Glück sei nah, und es genüge, sich auf den Weg zu machen, und es wäre erreicht…

Um halb eins, als wir beim Essen saßen, hörten wir auf der Place des Quatres-Routes einen Trommelwirbel. Im Nu waren wir an der kleinen Gitterpforte, unsere Schulmappe in der Hand… Es war Ganache, der für heute abend acht Uhr,

»in Anbetracht des guten Wetters«, eine Gala auf dem Kirchplatz ankündigte. Auf alle Fälle, »um gegen Regen gerüstet zu sein«, würde ein Zelt aufgebaut werden. Es folgte ein langes Programm mit Attraktionen, das der Wind forttrug, aber undeutlich konnten wir »Pantomimen... Chansons... Phantasien zu Pferde...« heraushören, alles jeweils von einem erneuten Trommelwirbel hervorgehoben.

Beim Abendessen verkündete die große Trommel unter unserem Fenster dröhnend den Beginn der Vorstellung, daß die Scheiben zitterten. Kurz darauf kamen mit summendem Stimmengewirr die Leute aus den umliegenden Dörfern in kleinen Gruppen vorüber und entfernten sich in Richtung Kirchplatz. Und wir saßen da, alle beide, gezwungen am Tisch auszuharren, mit den Füßen stampfend vor Ungeduld.

Gegen neun Uhr endlich hörten wir das Scharren von Schuhen und ersticktes Lachen an der Gitterpforte: die Lehrerinnen holten uns ab. In vollkommener Dunkelheit zogen wir gemeinsam zum Ort des Spektakels. Wir sahen von weitem die Mauer der Kirche wie von einem großen Feuer erleuchtet. Vor dem Eingang zum Zelt schwankten zwei brennende Öllampen im Wind...

Innen waren stufenweise ansteigende Bänke wie in einem Zirkus aufgebaut. Monsieur Seurel, die Lehrerinnen, Meaulnes und ich setzten uns in die erste Reihe. Ich sehe diesen Raum, der sehr eng war, ein wirklicher Zirkus, noch vor mir, mit großen Schattenflächen, in denen Madame Pignot, die Bäckersfrau, und Fernande, die Kolonialwarenhändlerin, die Mädchen aus dem Dorf, die Arbeiter aus der Schmiede, feine Damen, Straßenjungen, Bauern und andere noch übereinander hockten.

Über die Hälfte der Vorstellung war schon vorüber. In der Manege sah man eine kleine dressierte Ziege, die ganz folgsam ihre Füße auf vier Gläser, dann auf zwei, dann nur auf ein einziges stellte. Es war Ganache, der sie mit leichten

Stockschlägen behutsam führte und dabei mit offenem Mund und leerem Blick unruhig zu uns herüberschaute.

Auf einem Schemel neben zwei weiteren Öllampen, dort wo die Manege an den Wohnwagen grenzte, erkannten wir in einem schwarzen Trikot, die Stirn verbunden, den Spielleiter, unseren Freund.

Kaum hatten wir uns gesetzt, sprang ein vollständig aufgezäumtes Pony in die Manege, das der junge verwundete Mann einige Runden laufen ließ und das immer vor einem von uns stehenblieb, wenn es den Liebenswürdigsten oder den Mutigsten im Publikum zeigen sollte; doch immer hielt es vor Madame Pignot, wenn es galt, die Verlogenste, die Geizigste oder »die Mannstollste« herauszufinden. Und um sie herum war ein Lachen, Kreischen und ein Schnattern wie in einer Gänseherde, hinter der ein Hund her ist!...

In der Pause kam der Spielleiter zu uns herüber und unterhielt sich eine Weile mit Monsieur Seurel, der nicht stolzer gewesen wäre, wenn er mit Talma oder Léotard gesprochen hätte; und wir verfolgten mit leidenschaftlichem Interesse alles, was er sagte: über seine Verletzung – die wieder zugeheilt war; über die Kunststücke – vorbereitet an langen Wintertagen; über ihre Abreise – nicht vor Ende des Monats, denn bis dahin wollten sie noch verschiedene neue Vorstellungen geben.

Der Abend sollte mit einer großen Pantomime zu Ende gehen.

Gegen Ende der Pause verließ uns unser Freund und mußte, um wieder zum Eingang des Wohnwagens zu gelangen, durch eine Gruppe von Leuten gehen, die in die Manege geströmt waren und in deren Mitte wir plötzlich Jasmin Delouche entdeckten. Die Frauen und Mädchen wichen zurück. Dieses schwarze Kostüm, diese verletzte, fremde und kühne Erscheinung hatte sie alle verführt.

Was Jasmin anbelangt, der eben von einer Reise zurück

zu sein schien und sich leise, aber angeregt mit Madame Pignot unterhielt, so hätten ihn eine Kordel um den Leib, ein flacher Kragen und Pluderhosen mit größerer Wahrscheinlichkeit mehr begeistert... Er hatte die Daumen unter die Jackenaufschläge geschoben, in einer zugleich sehr selbstgefälligen und sehr verlegenen Haltung. Als der Bohemien an ihm vorüberging, wandte er sich trotzig ab und sagte mit lauter Stimme zu Madame Pignot etwas, das ich nicht hören konnte, sicher aber eine Beleidigung, eine auf meinen Freund gemünzte Provokation. Es mußte eine schwere und unerwartete Bedrohung gewesen sein, denn der junge Mann konnte nicht anders, als sich umzudrehen und Delouche ins Gesicht zu sehen, worauf der, um nicht die Fassung zu verlieren, in ein höhnisches Lachen ausbrach und seine Nachbarn mit den Ellbogen anstieß, als wollte er sie auf seine Seite bringen... All dies geschah übrigens in wenigen Sekunden. Ich war sicher der einzige in meiner Bank, der es bemerkte.

Der Spielleiter ging zu seinem Gefährten hinter den Vorhang, der den Eingang des Wohnwagens verbarg. Jeder nahm seinen Platz in den Reihen wieder ein, in der Annahme, daß der zweite Teil der Vorstellung gleich beginnen würde, und eine große Stille breitete sich aus. Da erhob sich hinter dem Vorhang, während die letzten leisen Gespräche verebbten, ein lauter Streit. Wir konnten nicht verstehen, um was es ging, aber wir erkannten die beiden Stimmen, die des großen Burschen und die des jungen Mannes – die erste erklärte und rechtfertigte sich, die zweite fiel entrüstet und traurig zugleich über sie her:

»Aber du Unglücksrabe«, sagte sie, »warum hast du mir nichts davon gesagt...«

Und wie es weiterging, konnten wir nicht verstehen, so sehr auch jeder die Ohren spitzte. Dann herrschte plötzlich Schweigen. Die Auseinandersetzung wurde im Flüsterton fortgesetzt; und die Jungen auf den oberen Bänken fingen an zu schreien:

»Licht, Vorhang!«

und trampelten mit den Füßen.

Kapitel 7

Der Bohemien nimmt seinen Verband ab

Endlich glitt langsam ein Gesicht durch die Vorhänge – durchfurcht von Falten, mit bald vor Freude, bald vor Kummer weit aufgerissenen Augen, und ganz übersät mit Oblaten – das Gesicht eines baumlangen Pierrot, der aus drei schlecht aneinandergefügten Teilen bestand, und, den Leib zusammengekrümmt wie bei einer Kolik, auf Zehenspitzen lief wie in äußerster Vorsicht und Furcht, die Hände verwickelt in zu langen Ärmeln, die die Manege fegten.

Das Thema seiner Pantomime kann ich heute nicht mehr wiedergeben. Ich erinnere mich nur noch, wie er, kaum daß er in der Manege erschienen war, nach vergeblichen, verzweifelten Versuchen, sich auf den Beinen zu halten, umfiel. Mochte er sich auch wieder erheben, es war stärker als er: er fiel um. Er hörte nicht auf umzufallen. Er verhedderte sich in vier Stühlen zugleich. Er zog im Fallen einen riesigen Tisch, den man in die Manege gebracht hatte, mit sich hinab. Am Ende flog er über die Bande und schlug zu Füßen der Zuschauer der Länge nach hin. Zwei Helfer, mit Müh und Not im Publikum angeworben, schleiften ihn an den Beinen zurück und richteten ihn nach unvorstellbaren Anstrengungen wieder auf. Und jedesmal, wenn er umfiel, stieß er einen kleinen, immer wieder anderen Schrei aus, einen unerträglichen Schrei, in dem Verzweiflung und Befriedigung sich zu gleichen Teilen mischten. Zum Schluß kletterte er auf einen Turm aus aufgestapelten Stühlen und fiel von oben in einem gewaltigen und sehr langsamen Sturz herunter, und ebenso lange wie sein Sturz dauerte sein durchdringendes klägliches Triumphgeheul, begleitet von den Schreckensschreien der Frauen.

Im zweiten Teil seiner Pantomime sehe ich, ohne mich an den Zusammenhang richtig zu erinnern, wieder vor mir, wie der »fallende Pierrot« aus einem seiner Ärmel eine kleine, mit Kleie ausgestopfte Puppe nahm und eine tragikomische Szene mit ihr vorführte. Zuletzt ließ er aus ihrem Mund die ganze Kleie, die sie im Bauch hatte, herausrieseln. Dann füllte er sie unter kleinen erbarmungsvollen Schreien mit einem Mehlbrei, und im Augenblick der größten Spannung, als alle Zuschauer mit offenem Mund auf die verkleisterte und zerschundene Tochter des armen Pierrot starrten, packte er sie plötzlich an einem Arm und schleuderte sie mit voller Wucht über die Köpfe hinweg in das Gesicht von Jasmin Delouche, dem sie nur ein wenig das Ohr bespritzte, um danach auf den Busen von Madame Pignot zu klatschen, gleich unter dem Kinn. Die Bäckersfrau schrie so laut auf, sie beugte sich so weit zurück und alle Frauen neben ihr machten ihr das so gut nach, daß die Bank zusammenkrachte und sie und Fernande, die traurige Witwe Delouche und zwanzig andere hintenüber kippten und die Beine in die Luft streckten, inmitten von Lachen, Kreischen und Applaus, während der große Clown, der mit dem Gesicht zur Erde umgefallen war, wieder aufstand, und mit einer Verbeugung sagte:

»Meine Damen und Herren, haben Sie untertänigsten Dank!«

Aber genau in diesem Moment, mitten in dem wilden Getöse, sprang der große Meaulnes auf, der seit Beginn der Pantomime kein Wort mehr gesagt hatte und von Minute zu Minute anscheinend tiefer in Gedanken versunken gewesen war, packte mich am Arm, wie außerstande sich länger zu beherrschen, und schrie:

»Sieh doch der Zigeuner! Sieh doch! Endlich habe ich ihn erkannt.«

Noch bevor ich hinsah, hatte ich verstanden, als wäre dieser Gedanke seit langem unbewußt in mir gekeimt und hätte nur den richtigen Augenblick abgewartet, um ans Licht zu kommen. Hochaufgerichtet neben einer Öllampe am Eingang zum Wohnwagen stand der junge Unbekannte, hatte seinen Verband abgenommen und sich eine Pelerine über die Schultern geworfen. Man sah in dem qualmenden Schein, wie ehedem bei Kerzenlicht in der Schlafkammer des Gutes, ein sehr zartes, sehr edles bartloses Gesicht. Bleich, die Lippen geöffnet, blätterte er hastig in einer Art kleinem roten Album, wohl ein Taschenatlas. Mit Ausnahme einer Narbe, die quer über seine Schläfe lief und in der Masse der Haare verschwand, war es, wie ihn der große Meaulnes mir bis ins kleinste beschrieben hatte, der Bräutigam von dem unbekannten Gut.

Offensichtlich hatte er seinen Verband abgenommen, um von uns erkannt zu werden. Kaum war jedoch der große Meaulnes aufgesprungen und hatte den Schrei ausgestoßen, war der junge Mann wieder im Wohnwagen verschwunden, nachdem er uns einen bedeutsamen Blick zugeworfen und uns zugelächelt hatte mit der unbestimmten Traurigkeit seines gewohnten Lächelns.

»Und der andere!« sagte Meaulnes in fieberhafter Erregung, »warum habe ich ihn nur nicht gleich erkannt! Das ist doch der Pierrot von dem Fest damals...«

Und er stieg über die Bänke hinunter und wollte auf ihn zulaufen. Aber schon hatte Ganache jede Verbindung mit der Manege unterbrochen; eine nach der anderen löschte er die vier Öllampen in der Runde und wir waren gezwungen, der Menge zu folgen, die sich sehr langsam in der Dunkelheit zwischen den Bankreihen vorwärtschob, und ungeduldig traten wir von einem Bein aufs andere.

Sobald er endlich draußen war, stürzte Meaulnes zu dem Wohnwagen, lief die Trittleiter hinauf, klopfte an die Tür, aber alles war schon verschlossen. Sicher war alles schon in den Wagen mit den Vorhängen sowie in den Wagen für das Pony, die Ziege und die dressierten Vögel zurückgekehrt und schlief bereits.

Kapitel 8

Die Gendarmen!

Es blieb uns nichts anderes übrig, als uns dem Trupp von Männern und Frauen wieder anzuschließen, die durch die finsteren Straßen zurück zur Schule wanderten. Nun war uns alles klar. Die große weiße Gestalt, die Meaulnes am letzten Abend auf dem Fest zwischen den Bäumen hatte hindurchhuschen sehen, war Ganache gewesen, der den verzweifelten Bräutigam aufgelesen hatte und mit ihm geflohen war. Der andere hatte diesem wilden Leben voller Gefahren, Spielen und Abenteuern zugestimmt. Es war ihm vorgekommen, als würde seine Kindheit von neuem beginnen...

Frantz de Galais hatte uns bis jetzt seinen Namen verschwiegen und so getan, als würde er den Weg zu dem Gut nicht kennen, sicher in der Angst, zur Rückkehr zu seinen Eltern gezwungen zu werden; aber warum hatte es ihm heute abend plötzlich gefallen, sich uns zu erkennen zu geben und uns die ganze Wahrheit durchschauen zu lassen?...

Welche Pläne machte nicht der große Meaulnes, während der Trupp von Zuschauern sich langsam im Dorf zerstreute. Er beschloß gleich am nächsten Morgen, einem Donnerstag,

Frantz aufzusuchen. Und alle beide würden sie dorthin aufbrechen! Was für eine Reise auf der durchweichten Straße! Frantz würde alles erklären, alles würde man finden und das wunderbare Abenteuer würde dort wieder aufleben, wo es abgebrochen war…

Ich nun lief durch die Dunkelheit mit einem unbeschreiblich erfüllten Herzen. Alles vermischte sich, trug zu meiner Freude bei, angefangen bei dem leisen Vergnügen, das das Warten auf den Donnerstag erweckte, über die so große Entdeckung, die wir gerade gemacht hatten, bis zu dem großen Glück, das uns zugefallen war. Und ich erinnere mich, wie ich in meiner plötzlichen Großmut auf die häßlichste der Notarstöchter zuging, der meinen Arm anzubieten, man mir manchmal als Strafe auferlegte, und wie ich freiwillig ihr die Hand reichte.

Bittere Erinnerungen! Vergebliche, geplatzte Hoffnungen!

Am nächsten Tag, als wir, kaum daß es acht schlug, alle beide auf den Kirchplatz schossen mit blank gewachsten Schuhen, auf Hochglanz polierten Gürtelschnallen und neuen Mützen, stieß Meaulnes, der bisher mühsam ein Lächeln zurückhielt, wenn er zu mir herübersah, einen Schrei aus und starrte auf den leeren Platz… An der Stelle, wo die Zirkusbude und die Wagen gestanden hatten, lagen nur noch ein zerbrochener Topf und ein paar bunte Fetzen. Die Komödianten waren fort… Ein leichter Wind streifte uns wie ein eisiger Hauch. Ich meinte, bei jedem Schritt auf dem steinigen, harten Boden müßten wir stolpern und fallen. Meaulnes, ganz von Sinnen, machte zweimal Anstalten loszustürmen, zuerst auf der Straße nach Vieux-Nançay, dann auf der Straße nach Saint-Loup-des-Bois. Er legte die Hand über die Augen, für einen Augenblick in der Hoffnung, unsere Leute wären eben erst weggefahren. Aber wohin? Zehn Wagenspuren liefen auf dem Platz durcheinander und verloren sich auf der festen Straße. Da standen wir, erstarrt.

Und als wir durch das Dorf zurückgingen, wo der Donnerstagvormittag begann, sprengten hoch zu Roß vier von Delouche am Vorabend benachrichtigte Gendarmen auf den Platz und verteilten sich in den Straßen, um alle Ortsausgänge zu überwachen, wie Dragoner, die ein Dorf auskundschaften. Aber es war zu spät. Ganache, der Hühnerdieb, war zusammen mit seinem Kumpan geflohen. Die Gendarmen fanden niemanden mehr, weder ihn noch jene, die die Wagen mit Kapaunen beluden, denen er vorher den Hals umgedreht hatte. Zur rechten Zeit gewarnt von der unvorsichtigen Bemerkung Jasmins, hatte Frantz plötzlich begreifen müssen, von welchem Gewerbe sein Gefährte und er lebten, wenn die Kasse im Wohnwagen leer war; voller Scham und Wut hatte er sofort einen Fluchtweg festgelegt und beschlossen, das Weite zu suchen, bevor die Gendarmen erschienen. Da er jedoch nicht mehr befürchtete, daß man versuchen würde, ihn zu dem Gut seines Vaters zurückzubringen, hatte er sich uns ohne Verband zeigen wollen, bevor er verschwand.

Ein einziger Punkt blieb immer noch im Dunkeln: wie hatte Ganache zur gleichen Zeit die Hühnerhöfe ausplündern und die Ordensschwester für seinen fieberkranken Freund zu Hilfe holen können? Aber sagte das nicht alles über diesen armen Teufel? Dieb und Landstreicher auf der einen Seite, gutmütige Kreatur auf der anderen...

Kapitel 9

Auf der Suche nach dem verlorenen Pfad

Als wir heimkehrten, zerstreute die Sonne den leichten Morgendunst; vor den Türen schüttelten die Frauen ihre Teppiche aus oder schwatzten; und in den Feldern und Wäldern vor den Toren des Ortes brach der strahlendste Frühlingsmorgen an, der mir im Gedächtnis geblieben ist.

Alle großen Schüler aus dem Seminar sollten an diesem Donnerstag gegen acht Uhr erscheinen, um sich den Vormittag über vorzubereiten, die einen für das Certificat d'Études Supérieur, die anderen für den Concours de École Normale. Als wir beide ankamen, Meaulnes erfüllt von einem Schmerz und einer Unruhe, die ihn nicht am Platz hielten, ich sehr niedergeschlagen, war die Schule leer... Ein Strahl der Morgensonne glitt über den Staub auf einer wurmstichigen Bank und über den rissigen Lack einer Erdkarte.

Wie konnten wir da vor einem Buch sitzen bleiben und unsere Enttäuschung in uns hineinfressen, während uns alles hinausrief: die Verfolgungsjagd der Vögel in den Zweigen vor den Fenstern, die Flucht der anderen Schüler in die Wiesen und Wälder, vor allem aber das fiebrige Verlangen, so schnell wie möglich den unvollständigen Weg zu erproben, den der Bohemien bestätigt hatte – letzte Rücklage in unserem fast leeren Beutel, letzter Schlüssel am Bund, nachdem wir alle anderen versucht hatten?... Das ging über unsere Kräfte! Meaulnes marschierte auf und ab, machte kehrt und sah hinüber zum Dorf, als wartete er auf jemanden, der sicher nicht mehr kommen würde.

»Ich glaube«, sagte er endlich, »Ich glaube, es ist vielleicht nicht so weit, wie wir meinen...

Frantz hat auf meinem Plan einen ganzen Teil der Straße gestrichen, die ich eingezeichnet hatte.

Vielleicht heißt das, daß die Stute, während ich schlief, einen langen unnötigen Umweg gemacht hat...«

Ich saß halb auf der Ecke eines großen Tisches, den einen Fuß am Boden, den anderen in der Luft baumelnd, entmutigt und unschlüssig, mit hängendem Kopf.

»Und doch«, sagte ich, »hat die Rückfahrt in der Berline die ganze Nacht gedauert.«

»Wir sind um Mitternacht abgefahren«, antwortete er lebhaft. »Um vier Uhr morgens hat man mich ungefähr sechs Kilometer westlich von Sainte-Agathe abgesetzt, dabei war ich auf der Bahnhofstraße nach Osten losgefahren. Diese sechs Kilometer muß man also abziehen zwischen Sainte-Agathe und dem verlorenen Land.

Es kommt mir wirklich so vor, als müßte man, wenn man aus dem Gemeindewald heraus ist, nicht mehr als zwei Meilen von dem entfernt sein, was wir suchen.«

»Es sind genau diese beiden Meilen, die auf deiner Karte fehlen.«

»Das stimmt. Und der Wald ist gut anderthalb Meilen von hier zu Ende, aber für jemanden, der gut zu Fuß ist, läßt sich das in einem Vormittag machen...«

In diesem Augenblick erschien Moucheboeuf. Er hatte die aufreizende Neigung, sich als Musterschüler auszugeben, nicht indem er besser arbeitete als die anderen, sondern indem er sich bei Gelegenheiten wie dieser hervortat.

»Das dachte ich mir«, sagte er triumphierend, »daß ich nur euch zwei hier antreffe. Alle anderen sind los zum Gemeindewald. An der Spitze Jasmin Delouche, der Spezialist für Vogelnester.«

Und in gespielter Aufrichtigkeit fing er an zu erzählen, mit welchen Worten sie über die Schule, Monsieur Seurel und uns hergezogen waren, während sie diesen Feldzug beschlossen hatten.

»Wenn sie im Wald sind, sehe ich sie bestimmt unterwegs«, sagte Meaulnes, »ich ziehe nämlich auch los. Gegen halb eins bin ich wieder zurück.«

Moucheboeuf war verblüfft.

»Kommst du nicht mit?« fragte mich Augustin und verharrte eine Sekunde auf der Schwelle der halbgeöffneten Tür – dabei drang in den düsteren Raum mit einem von der Sonne erwärmten Luftstrom ein wildes Durcheinander aus Schreien, Rufen, Piepen, das Klappern eines Eimers am Brunnenrand und von weither das Knallen einer Peitsche.

»Nein«, sagte ich, obwohl die Versuchung groß war, »ich kann nicht, wegen Monsieur Seurel. Aber du, beeil dich. Ich kann es kaum erwarten, daß du wieder da bist.«

Er machte eine unbestimmte Bewegung und schnell rannte er davon, voller Hoffnung.

Als Monsieur Seurel gegen zehn Uhr erschien, hatte er seine schwarze Alpakajacke ausgezogen und trug ein Anglercape mit großen zugeknöpften Taschen, einen Strohhut und kurze Lackledergamaschen, die die Hosenbeine unten zusammenhielten. Ich bin ziemlich sicher, daß er kaum überrascht war, niemanden vorzufinden. Er wollte nichts von Moucheboeuf hören, der ihm dreimal wiederholte, was die Jungen gesagt hatten:

»Wenn er uns braucht, kann er uns ja holen!«

Und er ordnete an:

»Packt eure Sachen zusammen, nehmt eure Mützen, und jetzt werden wir sie unsererseits aus dem Nest heben... Kannst du so weit laufen, François?«

Ich versicherte, das könnte ich, und wir machten uns auf den Weg.

Moucheboeuf sollte Monsieur Seurel führen und ihm als Lockvogel dienen... Das heißt, er mußte, da er die alten Bäume kannte, in denen die Nesträuber saßen, von Zeit zu Zeit aus voller Kehle schreien:

»He! Hallo! Giraudat! Delouche! Wo seid ihr?... Gibt's welche?... Habt ihr welche gefunden?...«

Ich dagegen erhielt zu meiner großen Freude den Auftrag, am östlichen Waldrand entlang zu gehen, für den Fall, daß die flüchtigen Schüler versuchten, auf dieser Seite zu entkommen.

In dem Plan, den der Bohemien berichtigt hatte und den wir so oft mit Meaulnes studiert hatten, schien ein schmaler

Weg, ein Trampelpfad, schnurgerade von jenem Waldrand auszugehen, und auf das Gut zuzulaufen. Wenn ich ihn an diesem Morgen entdecken sollte!... Ich begann mir einzureden, vor dem Mittag schon wäre ich unterwegs zu dem verlorenen Landsitz...

Dieser wunderbare Spaziergang... Sobald wir den Dorfrand hinter uns gelassen und die Mühle umrundet hatten, trennte ich mich von meinen beiden Begleitern, von Monsieur Seurel, der aussah als zöge er in den Krieg – ich bin beinahe sicher, er hatte eine alte Pistole eingesteckt, und von diesem Verräter, Mouchebœuf.

Auf einem Querweg kam ich bald an den Waldrand – zum erstenmal in meinem Leben lief ich alleine über Land, wie ein Kundschafter, der seinen Korporal verloren hat.

Da bin ich nun, so meine ich, diesem geheimnisvollen Glück nah, das Meaulnes einst flüchtig gesehen hatte. Der ganze Morgen gehört mir, um den Waldrand zu erforschen, den kühlsten und verschwiegendsten Ort ringsum, während auch mein großer Bruder zu Entdeckungen ausgezogen ist. Der Saum des Waldes gleicht einem ausgetrockneten Flußbett. Ich schlüpfe unter niedrigen Zweigen von Bäumen hindurch, deren Namen ich nicht kenne; es müssen Erlen sein. Unten am Hang bin ich eben über einen Reisigzaun gesprungen und fand mich in diesem großen, grünen Graskanal wieder, der unter den Blättern entlangströmt, mal knicke ich Brennesseln, breche durch hohen Baldrian.

Manchmal berührt mein Fuß einige Schritte lang eine Bank aus feinem Sand. Und in der Stille höre ich einen Vogel – ich meine, es ist eine Nachtigall, aber ich täusche mich sicher, sie singt nur am Abend, ein Vogel, der eigensinnig dieselbe Weise wiederholt: Stimme des Morgens, Versprechen im Schatten, köstliche Aufforderung zur Reise unter Erlen. Unsichtbar, beharrlich schien sie mich unter dem Laubdach zu begleiten.

Zum ersten Mal bin ich nun auch auf dem Weg zu Abenteuern. Es sind nicht mehr die leeren, vom Wasser freigegebenen Muscheln, die ich unter Monsieur Seurels Aufsicht suche, noch die Orchideen, die der Schulmeister nicht kennt, und nicht einmal, wie oft in Père Martins Feld, dieser Brunnen, der tief und versiegt war, mit einem Gitter abgedeckt, und so unter wucherndem Unkraut verborgen, daß wir jedesmal mehr Zeit brauchten, ihn wiederzufinden... Ich suche etwas noch viel Geheimnisvolleres. Es ist die Passage, von der in den Büchern erzählt wird, der alte versperrte Weg, der Eingang, den der todmüde Prinz nicht finden konnte... So etwas entdeckt man in der verlorensten Morgenstunde, wenn man lange schon vergessen hat, daß es gleich elf Uhr sein wird, gleich Mittag... Und plötzlich, während man tief im Gebüsch mit jener zögernden Bewegung, die Hände, eine höher als die andere, vor dem Gesicht gespreizt, die Zweige zur Seite schiebt, erblickt man ihn wie eine lange, dunkle Allee, die in einem kreisrunden winzigen Licht mündet.

Aber während ich hoffe und mich an solchen Gedanken berausche, stehe ich unversehens auf einer Art Lichtung. Es ist ganz einfach eine Wiese. Ohne es zu merken, bin ich am anderen Ende des Gemeindewaldes angelangt, das ich mir immer unendlich weit entfernt vorgestellt hatte. Und dort zu meiner Rechten, zwischen Stapeln von Holz, insektenumsummt im Schatten, das Haus des Waldhüters. Zwei Paar Strümpfe trocknen auf dem Fenstersims. In vergangenen Jahren hatten wir immer, wenn wir am Anfang des Waldes ankamen, auf den Lichtpunkt am Ende der endlosen, schwarzen Allee gezeigt und gesagt: »Dort ist das Haus vom Waldhüter, das Haus von Baladier.« Aber nie waren wir bis dahin vorgestoßen. Wir hörten gelegentlich, so als handele es sich um eine außergewöhnliche Unternehmung, den Ausspruch: »Er ist bis zum Haus vom Waldhüter gewesen!...«

Dieses Mal bin ich bis zu dem Haus des Waldhüters gegangen, und nichts habe ich gefunden.

Ich begann unter meinem schwachen Bein zu leiden und unter der Hitze, die ich bisher nicht gespürt hatte; ich hatte Angst, den Rückweg ganz allein antreten zu müssen, als ich neben mir den Lockvogel Monsieur Seurels, die Stimme Moucheboeufs hörte, dann andere Stimmen, die mich riefen...

Es war ein Trupp von sechs großen Jungen, von denen nur der Verräter Mouchebœuf eine triumphierende Miene hatte, Giraudat, Auberger, Delage und andere... Mit Hilfe des Lockvogels hatte man die einen auf einem wilden Kirschbaum erwischt, der ganz für sich mitten auf einer Lichtung stand, die anderen als sie dabei waren, das Nest eines Grünspechts auszunehmen. Giraudat, der Dummkopf mit den Glotzaugen und der dreckigen Jacke, hatte die jungen Vögel unter dem Hemd an der Brust versteckt. Zwei ihrer Kumpane waren beim Herannahen von Monsieur Seurel geflohen: das waren sicher Delouche und der kleine Coffin. Sie hatten zuerst mit »Mouchevache« zugedachten Spöttereien geantwortet, wiederholt von den Echos des Waldes, und der Trottel, im sicheren Glauben an seine Sache, hatte beleidigt zurückgeschrien:

»Ihr braucht bloß herunterzukommen, Monsieur Seurel ist nämlich hier...«

Da war auf einmal alles still; und es gab eine lautlose Flucht quer durch den Wald. Sie kannten ihn wie ihre Westentasche; kein Gedanke, sie einzuholen. Wo der große Meaulnes hingegangen war, wußte auch niemand. Seine Stimme hatte man nicht gehört, man mußte die Suche aufgeben.

Mittag war schon vorüber, als wir wieder auf dem Weg nach Sainte-Agathe waren, langsam, mit hängendem Kopf, erschöpft, verdreckt. Am Ausgang des Waldes, als wir uns auf der trockenen Straße den Schmutz von den Schuhen gerieben und geklopft hatten, begann die Sonne gnadenlos auf uns herabzubrennen. Schon war es nicht mehr jener so frische, so strahlende Frühlingsmorgen. Die Geräusche des Nachmittags hatten eingesetzt. Dann und wann schrie ein Hahn, trostloser Schrei auf einsamen Höfen, irgendwo an der Landstraße. Am Dorfhang blieben wir einen Augenblick stehen, um mit den Landarbeitern zu plaudern, die nach dem Essen ihre Arbeit wieder aufgenommen hatten. Sie lehnten am Zaun und Monsieur Seurel sagte zu ihnen:

»Das sind Helden! Schaut euch den Giraudat an. Er hat sich die kleinen Vögel unters Hemd gesteckt. Die haben da drin gemacht, was sie wollten. Sauber!...«

Mir schien, die Arbeiter lachten auch über meinen Mißerfolg. Sie lachten und zuckten die Achseln, aber ganz und gar Unrecht gaben sie den jungen Kerlen nicht, die ihnen bereits bekannt waren. Als Monsieur Seurel sich wieder an die Spitze der Kolonne gesetzt hatte, teilten sie uns sogar vertraulich mit:

»Da ist noch einer vorbeigekommen, so ein großer, ihr wißt schon... Auf dem Rückweg ist er wohl dem Wagen der Granges begegnet und durfte mitfahren; hier am Anfang des Weges zu den Granges ist er wieder ausgestiegen, völlig verdreckt, ganz abgerissen! Wir haben ihm gesagt, wir hätten euch am Morgen vorbeikommen sehen, ihr wäret aber noch nicht zurück. Und da ist er ganz langsam weitergegangen nach Sainte-Agathe.«

Und tatsächlich, auf einem Pfeiler der Brücke am Dorfrand wartete auf uns der große Meaulnes, wie zerschlagen vor Erschöpfung. Auf Monsieur Seurels Fragen sagte er, auch er wäre losgezogen und hätte sich auf die Suche nach den Schulschwänzern gemacht. Und auf meine leise Frage sagte er nur achselzuckend und mutlos:

»Nein! Nichts! Nichts, was danach aussieht.«

Nach dem Essen, in dem geschlossenen Klassenraum, der finster und leer mitten in dem strahlenden Land lag, setzte er sich an einen der großen Tische und, den Kopf in den Armen, schlief er lange einen traurigen, schweren Schlaf. Gegen Abend, nach langem Grübeln, als habe er eine wichtige Entscheidung getroffen, schrieb er einen Brief an seine Mutter. Und das ist alles, was mir in Erinnerung ist von dem düsteren Ende eines hellen Tages der Niederlage.

Kapitel 10

Die große Wäsche

Wir hatten den Frühling zu rasch erwartet.

Am Montag abend wollten wir gleich nach vier Uhr unsere Aufgaben machen wie im Hochsommer, und um besseres Licht zu haben, trugen wir zwei große Tische in den Hof. Aber schon wurde es finster; ein Regentropfen fiel auf ein Heft; eilig kehrten wir ins Haus zurück. Und aus dem großen, dunklen Klassenraum, durch die hohen Fenster betrachteten wir schweigend in dem grauen Himmel die wilde Flut der Wolken.

Da konnte Meaulnes, der mit uns hinaussah, sich nicht mehr zurückzuhalten, und als wäre er wütend, soviel Sehnsucht in sich aufsteigen zu spüren, sagte er:

»Ach! Sie jagten schneller dahin, die Wolken, als ich über die Landstraße fuhr im Wagen von Belle-Étoile.«

»Auf welcher Landstraße?« fragte Jasmin.

Aber Meaulnes gab keine Antwort.

Um ihn abzulenken sagte ich:

»Ich wäre gerne so im Wagen durch den strömenden Regen gefahren, geborgen unter einem großen Schirm.«

»Und den ganzen Weg über lesen, wie in einem Haus«, setzte ein anderer hinzu.

»Es hat nicht geregnet und ich hatte keine Lust zu lesen«, antwortete Meaulnes, »ich hatte nur Augen für das Land.«

Aber als Giraudat fragte, um welches Land es sich handele, blieb Meaulnes wieder stumm. Und Jasmin sagte:

»Ich weiß schon... Immer das berühmte Abenteuer!...«

Er hatte diese Worte in einem anbiedernden, wichtigtuerischen Ton gesagt, als wäre er selbst ein wenig in dieses Geheimnis eingeweiht. Das war verlorene Liebesmüh; er blieb mit seinen Annäherungsversuchen allein; und da die Nacht hereinbrach, rannten alle, die Jacke über den Kopf geschlagen, unter dem kalten Platzregen davon.

Bis zum folgenden Donnerstag blieb das Wetter regnerisch. Und dieser Donnerstag wurde noch trauriger als der vorherige. Das ganze Land war in einen eisigen Nebel getaucht wie an den schlimmsten Wintertagen.

Millie, getäuscht durch die strahlende Sonne in der vorigen Woche, hatte die große Wäsche waschen lassen, aber es war nicht daran zu denken, die Wäschestücke auf den Hecken im Garten zu trocknen, ja nicht einmal an der Leine auf dem Dachboden, so feucht und kalt war die Luft.

Sie sprach darüber mit Monsieur Seurel, und ihm kam der Gedanke, da Donnerstag war, die Wäsche in den Klassenzimmern aufzuhängen und ordentlich einzuheizen. Um die Feuer in der Küche und im Eßzimmer zu sparen, würde man die Mahlzeiten dort auf dem Ofen kochen lassen und wir sollten uns den ganzen Tag im großen Schulsaal aufhalten.

Im ersten Augenblick – ich war noch so jung! – sah ich diese Neuerung wie ein Fest vor mir.

Trostloses Fest!... Die ganze Ofenhitze ging in die Wäsche und es war bitterkalt. Im Hof fiel ein endloser, sanfter Nieselregen, wie im Winter. Und doch fand ich dort schon um neun Uhr den großen Meaulnes. Durch das Gitter des großen

Portals, an das wir stumm unsere Köpfe lehnten, beobachteten wir oben im Dorf auf den Quatre-Routes einen Leichenzug, der weither vom Land gekommen war. Der Sarg, hergeschafft auf einem Ochsenkarren, wurde abgeladen und auf eine Steinplatte gestellt, am Fuß des großen Kreuzes, wo noch vor kurzem der Schlachter die Wachposten des Zigeuners entdeckt hatte! Wo war er jetzt, der junge Kapitän, der das Enterkommando so gut geführt hatte?... Der Priester und die Chorknaben traten wie üblich vor den Sarg, und die traurigen Gesänge drangen bis zu uns herüber. Das war, so wußten wir, das einzige Schauspiel des Tages, der träge dahinfließen würde wie schmutziggelbes Wasser in der Gosse.

»Und jetzt«, sagte Meaulnes plötzlich, »packe ich meine Sachen. Du solltest wissen, Seurel: ich habe am letzten Donnerstag an meine Mutter geschrieben und sie gebeten, mein Studium in Paris beenden zu dürfen. Heute reise ich ab.«

Er schaute weiter zum Dorf hinüber, die Hände auf Kopfhöhe an den Gitterstäben. Umsonst die Frage, ob seine Mutter, die reich war und ihm jeden Willen ließ, ihm auch diesen hatte durchgehen lassen. Umsonst auch die Frage, warum er auf einmal nach Paris gehen wollte!...

Sicher jedoch war er voller Wehmut und Furcht, das geliebte Sainte-Agathe zu verlassen, von wo er zu seinem Abenteuer losgezogen war. Ich dagegen fühlte eine wilde Verzweiflung in mir aufsteigen, die ich vorher nicht gespürt hatte.

»Bald ist Ostern!« sagte er erklärend und seufzte.

»Wenn du sie dort gefunden hast, schreibst du mir, ja?« fragte ich.

»Na klar, abgemacht. Bist du nicht mein Freund und mein Bruder?«

Und er legte mir die Hand auf die Schulter.

Nach und nach begriff ich, daß alles zu Ende war und er

tatsächlich sein Studium in Paris abschließen wollte; nie mehr hätte ich ihn bei mir, meinen großen Kameraden.

Die einzige Hoffnung, uns wiederzutreffen, lag in diesem Haus in Paris, wo die Spur des verlorenen Abenteuers zu finden sein sollte... Aber Meaulnes selbst so traurig zu sehen, welch armselige Hoffnung blieb da für mich!

Meine Eltern wurden benachrichtigt: Monsieur Seurel zeigte sich sehr erstaunt, sah aber bald Augustins Gründe ein; Millie, als gute Hausfrau, grämte sich vor allem bei dem Gedanken, daß die Mutter von Meaulnes unser Haus in einer ungewöhnlichen Unordnung sehen würde... Ach, der Koffer war nur zu schnell gepackt. Wir suchten seine Sonntagsschuhe unter der Treppe, im Schrank ein paar Wäschestücke, dann seine Papiere und seine Schulbücher – alles, was ein junger Mann von achtzehn Jahren auf dieser Welt besitzt.

Mittags kam Madame Meaulnes in ihrem Wagen an. In Gesellschaft von Augustin aß sie im Café Daniel zu Mittag und beinahe ohne jede Erklärung nahm sie ihn mit, sobald das Pferd gefüttert und wieder eingespannt war. Auf der Türschwelle sagten wir ihnen Auf Wiedersehen; und der Wagen verschwand in der Biegung der Quatre-Routes.

Millie trat vor der Tür ihre Schuhe ab und ging zurück in das kalte Eßzimmer, um aufzuräumen, was in Unordnung geraten war. Ich aber sah mich zum erstenmal seit vielen Monaten allein vor dem langen Donnerstagabend – mit dem Gefühl, daß eben in diesem alten Wagen meine Jugend für immer davonfuhr.

Kapitel 11

Ich übe Verrat...

Was tun? Das Wetter besserte sich ein wenig. Man hätte meinen können, die Sonne käme hervor.

Eine Tür schlug in dem großen Haus. Dann war alles wieder still. Von Zeit zu Zeit ging mein Vater über den Hof und füllte einen Eimer mit Kohlen, die er in Mengen in den Ofen schüttete. Ich bemerkte die weiße Wäsche auf den Leinen und verspürte nicht die geringste Lust an diesen traurigen, in einen Trockenboden verwandelten Ort zurückzukehren, um mich dort der jährlichen Abschlußprüfung gegenüber zu sehen, diesem Concours de l'École Normale, der von nun an meine einzige Beschäftigung sein sollte.

Seltsam: in die Langeweile, die mich zur Verzweiflung brachte, mischte sich so etwas wie ein Gefühl der Freiheit. Meaulnes war abgereist, dieses ganze Abenteuer war zu Ende und fehlgeschlagen; es kam mir zumindest so vor, als wäre ich von dieser befremdlichen Sorge, dieser geheimnisvollen Beschäftigung befreit, die mir nicht mehr erlaubte, zu handeln wie alle anderen. Meaulnes war abgereist, ich war nicht mehr der Gefährte seiner Abenteuer, der Bruder dieses Spurenjägers; ich wurde wieder zu einem Dorfjungen wie die anderen. Und das war leicht, dafür brauchte ich nur meinen natürlichsten Neigungen zu folgen.

Der Jüngste der Familie Roy kam die schlammige Straße entlang und ließ am Ende einer Schnur drei Kastanien erst kreisen, dann durch die Luft sausen, so daß sie in den Hof fielen. Meine Untätigkeit war so groß, daß es mir Vergnügen machte, ihm zwei- oder dreimal seine Maronen auf die andere

Seite der Mauer zurückzuwerfen. Plötzlich gab er sein kindliches Spiel auf, und ich sah ihn zu einem zweirädrigen Kippkarren hinüberlaufen, der aus dem Chemin de la Vielle-Planche kam. Schnell war er hinten aufgestiegen, ohne daß der Wagen auch nur anhielt. Ich erkannte den kleinen Wagen von Delouche und sein Pferd. Jasmin hielt die Zügel; der dicke Boujardon stand neben ihm. Sie kamen aus den Wiesen.

»Komm mit, François!« schrie Jasmin, der sicher schon wußte, daß Meaulnes abgereist war.

Und wahrhaftig! Ohne jemandem Bescheid zu sagen, kletterte ich auf den rumpelnden Karren, und wie die anderen stand ich aufrecht an eine Seitenwand gelehnt. Er brachte uns zur Witwe Delouche...

Nun sind wir in dem Zimmer hinter dem Laden der guten Frau, die Gemischtwarenhändlerin und Kneipenwirtin zugleich ist. Ein blendend weißer Sonnenstrahl dringt durch das niedrige Fenster und gleitet über die Blechdosen und über die Essigfässer. Der dicke Boujardon setzt sich auf das Fensterbrett, lacht uns mit dem breiten Lachen der Wohlbeleibten ins Gesicht und ißt Löffelbiskuits. In Reichweite auf der Tonne steht die offene, angebrochene Schachtel. Der kleine Roy stößt Freudenschreie aus. Eine Art übler Vertraulichkeit hat sich zwischen uns aufgebaut. Bald werden Jasmin und Boujardon meine Freunde sein, das fühle ich nur zu gut. Der Lauf meines Lebens hat sich plötzlich geändert. Mir scheint, Meaulnes ist schon sehr lange fort und sein Abenteuer ist eine alte, traurige, aber beendete Geschichte.

Der kleine Roy hat unter einem Brett eine angebrochene Flasche Likör gefunden. Delouche bietet jedem einen Schluck an, aber es gibt nur ein Glas für alle, und so trinken wir alle aus einem. Mir wird mit leichter Herablassung zuerst eingeschenkt, als sei ich mit diesen Jäger- und Bauernsitten nicht vertraut... Ich bin davon etwas peinlich berührt. Ich möchte von dieser Verlegenheit ablenken und mein inneres Gleichgewicht wiederfinden, und da gerade von Meaulnes die Rede ist, packt mich die Lust, zu zeigen, daß ich seine Geschichte kenne, und sie ein wenig zum besten zu geben. Was kann ihm das schaden, jetzt wo alles zu Ende ist mit seinen Abenteuern hier?...

. . . .

Erzähle ich die Geschichte so schlecht? Sie hat nicht die erwartete Wirkung.

Als echte Dorfbewohner sind meine Kumpane nicht so leicht in Erstaunen zu versetzen.

»Das war eben 'ne Hochzeit!« sagt Boujardon.

Delouche hat auch einmal eine erlebt, in Préveranges, die war noch viel kurioser.

Das Schloß? Da lassen sich bestimmt Leute in der Gegend finden, die davon gehört haben.

Das junge Mädchen? Meaulnes wird sie heiraten, wenn er sein Jahr Militärdienst hinter sich hat.

»Er hätte«, setzt einer der beiden hinzu, »uns etwas davon sagen können und uns seinen Plan zeigen, anstatt sich einem Zigeuner anzuvertrauen!«

Verstrickt in meinen Mißerfolg, möchte ich die Gelegenheit nutzen, ihre Neugier zu wecken: ich beschließe zu erklären, wer dieser Bohemien war; woher er kam; sein seltsames Schicksal... Boujardon und Delouche wollen davon nichts wissen:

»Der hat doch an allem Schuld. Der hat Meaulnes zu einem so unverträglichen Kerl gemacht, Meaulnes, der ein so guter Kumpan war! Der hat doch all diese idiotischen Überfälle und nächtlichen Sturmangriffe organisiert. Nachdem er uns alle aufgestellt hat wie ein Schulbataillon...«

»Weißt du«, sagt Jasmin und schaut Boujardon an, wobei

er leicht den Kopf schüttelt, »das habe ich saugut gemacht, daß ich ihn bei den Gendarmen angezeigt habe. Das war einer, der hat hier Schaden angerichtet bei uns, und der hätte auch noch mehr angestellt...«

Und da bin ich fast ihrer Meinung. Alles wäre zweifellos anders gelaufen, wenn wir die ganze Sache nicht so geheimnisvoll und tragisch aufgefaßt hätten. Es ist der Einfluß von Frantz, der alles verdorben hat...

Auf einmal jedoch, während ich ganz in diesen Überlegungen gefangen bin, rumort es im Laden.

Schnell versteckt Jasmin den guten Tropfen hinter einer Tonne; der dicke Boujardon plumpst von seiner Fensterbank, tritt auf eine leere, staubige Flasche, die ins Rollen kommt, und legt sich zweimal beinahe lang hin. Hinten drängelt der kleine Roy, der schneller hinaus will, halb erstickt von Lachen.

Ohne richtig zu verstehen, was los ist, renne ich mit ihnen davon, wir überqueren den Hof und klettern über eine Leiter auf einen Heuboden. Ich höre eine Frauenstimme, die uns als Taugenichtse beschimpft!...

»Ich hätte nicht gedacht, daß sie so früh zurückkommt«, flüstert Jasmin.

Nun verstehe ich erst, wir waren heimlich dort, um Kuchen und Likör zu stehlen. Ich bin enttäuscht wie jener Schiffbrüchige, der glaubte, mit einem Menschen zu sprechen und plötzlich erkannte, daß es ein Affe war. Ich möchte nur noch weg von diesem Boden, so zuwider ist mir diese Art Abenteuer.

Noch dazu wird es Nacht... Man läßt mich hinter dem Haus hinuntersteigen, zwei Gärten durchqueren, um eine Pfütze laufen; auf der nassen, schmutzigen Straße finde ich mich wieder, wo sich der Lichtschein des Café Daniel spiegelt.

Ich bin nicht stolz auf meine abendliche Unternehmung.

Da stehe ich nun auf den Quatre-Routes. Unwillkürlich sehe ich plötzlich in der Biegung der Straße noch einmal ein hartes, brüderliches Gesicht, das mir zulächelt; ein letztes Zeichen mit der Hand – und der Wagen verschwindet...

Ein kalter Wind klatscht mir den Kittel auf den Leib, der gleiche Wind wie in jenem Winter, der so tragisch war und so schön. Schon erscheint mir alles weniger leicht. In dem großen Klassenzimmer, wo man mich zum Abendessen erwartet, zieht ein kühler Luftzug durch die dürftige Wärme, die der Ofen verbreitet. Ich schlottere an allen Gliedern, während man mir meinen vertrödelten Nachmittag vorwirft. Ich habe noch nicht einmal den Trost, in das vergangene, geregelte Leben zurückzukehren und am Tisch an meinem gewohnten Platz zu sitzen. An diesem Abend ist der Tisch nicht gedeckt; jeder nimmt seine Mahlzeit auf den Knien ein, irgendwo in dem dunklen Klassenraum. Schweigend esse ich die auf dem Ofen gebackene Galette, eine Entschädigung für diesen in der Schule verbrachten Donnerstag, und die nun angebrannt war auf dem rotglühenden Eisenringen.

Am Abend, ganz allein in meiner Kammer, gehe ich schnell zu Bett, um die Gewissensbisse zu betäuben, die ich aus dem tiefsten Grund meiner Traurigkeit aufsteigen fühle. Aber zweimal bin ich mitten in der Nacht aufgewacht, das erste Mal, weil ich meinte, das Bett neben mir krachen zu hören, wo Meaulnes sich sonst im Schlaf plötzlich auf die andere Seite warf, und das andere Mal hörte ich seinen leichten, schleichenden Schritt eines Jägers in der Tiefe der Dachböden...

Kapitel 12

Die drei Briefe von Meaulnes

In meinem ganzen Leben habe ich von Meaulnes nicht mehr als drei Briefe bekommen. Sie sind noch immer zu Hause in der Schublade meiner Kommode. Jedesmal, wenn ich sie wieder lese, finde ich in ihnen dieselbe Traurigkeit wie damals.

Der erste erreichte mich am übernächsten Tag nach seiner Abreise.

Mein lieber François,

gleich nach meiner Ankunft in Paris heute, bin ich zu besagtem Haus gegangen. Es war niemand da. Es wird nie jemand da sein.

Das Haus, von dem Frantz gesprochen hat, ist eine kleine, einstöckige Villa. Das Zimmer von Mademoiselle de Galais liegt sicher im ersten Stock. Die Fenster oben sind völlig hinter Bäumen verborgen. Wenn man jedoch auf dem Trottoir vorübergeht, sieht man sie sehr gut. Alle Vorhänge sind geschlossen und man müßte wahnsinnig sein, wollte man hoffen, daß eines Tages zwischen einem dieser zugezogenen Vorhänge das Gesicht Yvonne de Galais' auftauchen könnte.

Das Haus liegt an einem Boulevard. Ein dünner Regen fiel auf die schon grünen Bäume. Man hörte die hellen Glocken der Straßenbahnen, die pausenlos vorüberfuhren.

Nahezu zwei Stunden bin ich unter den Fenstern auf und ab gegangen. Es gibt dort einen Weinhändler; ich bin stehengeblieben und habe bei ihm etwas getrunken, um nicht für einen Landstreicher gehalten zu werden, der etwas im Schilde führt. Dann habe ich diese hoffnungslose Wache wieder aufgenommen.

Es wurde Nacht. In den Fenstern flammten Lichter auf, überall ein paar, nur nicht in diesem Haus. Dort ist sicher kein Mensch. Und doch ist bald Ostern.

Gerade als ich gehen wollte, kam ein junges Mädchen oder eine junge Frau – das weiß ich nicht – und setzte sich auf eine der regennassen Bänke. Sie trug ein schwarzes Kleid mit einem kleinen, weißen Kragen. Als ich ging, saß sie noch immer da, reglos, trotz der Abendkühle, und wartete auf ich weiß nicht was, ich weiß nicht wen. Du siehst, Paris ist voll von Verrückten wie ich einer bin.

Augustin

Die Zeit verging. Vergeblich wartete ich am Ostermontag und in allen darauffolgenden Tagen auf ein Wort von Augustin, Tage, die nach dem fieberhaften Getriebe zu Ostern so ruhig sind, daß es scheint, man hätte nur noch auf den Sommer zu warten. Mit dem Juni kam wieder die Zeit der Prüfungen und eine schreckliche Hitze, deren erstickender Dunst über dem Land schwebte, ohne daß der leiseste Windhauch ihn auflöste. Die Nacht brachte nicht die geringste Abkühlung und damit keine Unterbrechung dieser Qual. In diesem unerträglichen Juni erhielt ich den zweiten Brief von dem großen Meaulnes.

Juni 189…

Mein lieber Freund,

diesmal ist alle Hoffnung verloren. Ich weiß es seit gestern abend. Der Schmerz, den ich im ersten Augenblick kaum empfunden habe, nimmt seitdem zu.

Jeden Abend habe ich auf dieser Bank gesessen, lauernd, in Gedanken versunken, voll Hoffnung trotz allem.

Gestern nach dem Abendessen war die Nacht schwarz

und stickig. Leute plauderten auf dem Trottoir unter den Bäumen. Über dem schwarzen Blätterdach, grün schimmernd, wo Laternen hingen, waren die Wohnungen im zweiten und dritten Stockwerk hell erleuchtet. Hier und da ein vom Sommer weit geöffnetes Fenster... Man sah die helle Lampe auf dem Tisch, die um sich mit Mühe die heiße Dunkelheit des Juni verdrängte; man konnte fast bis in den letzten Winkel des Zimmers sehen... Ach! wäre auch das Fenster von Yvonne de Galais erleuchtet gewesen, ich glaube, ich hätte es gewagt und wäre die Treppe hinaufgestiegen, hätte geklopft, wäre hineingegangen...

Das junge Mädchen, von dem ich dir erzählt habe, war noch immer da und wartete wie ich. Ich dachte mir, sie müßte das Haus kennen und fragte sie danach:

»Ich weiß«, sagte sie, »daß früher in diesem Haus ein junges Mädchen und ihr Bruder die Ferien verbrachten. Aber ich habe gehört, daß der Bruder aus dem Schloß seiner Eltern geflohen ist und man ihn nie wieder gefunden hat, und das Mädchen hat geheiratet. Nun wissen Sie, warum die Wohnung leer ist.«

Ich bin gegangen. Nach zehn Schritten stolperten meine Füße über das Trottoir und beinahe wäre ich gefallen. In der Nacht – es war letzte Nacht – als endlich die Kinder und die Frauen in den Höfen still waren und ich hätte schlafen können, habe ich angefangen, auf die Pferdedroschken in den Straßen zu hören. Nur hin und wieder fuhr eine vorbei. Aber kaum war sie vorüber, wartete ich unwillkürlich auf die nächste: das Gebimmel, der Hufschlag der Pferde auf dem Asphalt... und wieder von vorn: das ist die verlassene Stadt, deine verlorene Liebe, die Nacht ohne Ende, der Sommer, das Fieber...

Seurel, mein Freund, ich bin in großer Not.

Augustin.

Wenig vertrauensvolle Briefe, allem Anschein zum Trotz! Weder sagte Meaulnes mir, warum er so lange geschwiegen hatte, noch, was er zu tun gedachte. Ich hatte den Eindruck, er wollte mit mir brechen, weil sein Abenteuer zu Ende war, ebenso wie er mit seiner Vergangenheit gebrochen hatte. Ich mochte ihm noch so oft schreiben, ich bekam tatsächlich keine Antwort mehr. Nur einen Glückwunsch zu meinem ersten Diplom. Im September erfuhr ich von meinen Schulkameraden, daß er in den Ferien zu seiner Mutter nach Ferté-d'Angillon gefahren war. Wir jedoch waren dieses Jahr bei meinem Onkel in Vieux-Nançay eingeladen und mußten bei ihm die Ferien verbringen. Und Meaulnes fuhr zurück nach Paris, ohne daß ich ihn wiedersehen konnte.

Zu Schulbeginn, gerade gegen Ende November, als ich mich mit stumpfem Eifer daran machte, mein zweites Diplom vorzubereiten, in der Hoffnung, im nächsten Jahr Lehrer zu werden, ohne die École Normale in Bourges zu absolvieren, erhielt ich den letzten der drei Briefe, die ich jemals von Augustin bekommen habe:

»Immer noch laufe ich unter diesem Fenster auf und ab« schrieb er. »Immer noch warte ich ohne die geringste Hoffnung, aus Wahnsinn. Am Ende dieser kalten Herbstsonntage, in dem Augenblick, da es Nacht wird, kann ich mich nicht entschließen, heimzugehen, die Läden in meinem Zimmer zu schließen, bevor ich nicht in diese eisige Straße dort zurückgekehrt bin.

Ich bin wie diese Verrückte in Sainte-Agathe, die jede Minute vor ihre Tür trat und mit der Hand über den Augen Richtung Bahnhof schaute, um zu sehen, ob ihr verstorbener Sohn nicht käme.

Wenn ich auf dieser Bank sitze, schlotternd und elend, macht es mich glücklich, mir vorzustellen, daß jemand mich sanft am Arm nehmen wird... Ich würde mich umdrehen.

Sie wäre es. »Ich habe mich ein wenig verspätet«, würde sie einfach sagen. Wir gehen in unser Haus. Ihr Pelz ist ganz vereist, ihr Schleier feucht; sie bringt den Nebelduft von draußen mit sich herein; und während sie zum Feuer geht, sehe ich ihre blonden, mit Reif bedeckten Haare, ihr schönes Profil, mit den so zarten Linien, das sich zur Flamme neigt...

Ach! die Scheibe bleibt weiß von dem Vorhang dahinter, und würde das Mädchen von dem verlorenen Gut ihn öffnen, hätte ich ihr jetzt nichts mehr zu sagen.

Unser Abenteuer ist zu Ende. Dieses Jahr ist der Winter tot wie ein Grab. Vielleicht, wenn wir sterben, vielleicht wird dann allein der Tod uns den Schlüssel und die Fortsetzung und das Ende dieses verfehlten Abenteuers bringen.

Seurel, neulich habe ich dich gebeten, an mich zu denken. Jetzt ist es im Gegenteil besser, mich zu vergessen. Es wäre besser, alles zu vergessen.

. . . .

A. M.

Und ein neuer Winter kam, so tot, wie der vorangegangene durch ein geheimnisvolles Leben lebendig gewesen war: Der Kirchplatz ohne Komödianten, der Schulhof, den die Jungen um vier Uhr leer zurückließen... das Klassenzimmer, in dem ich allein und lustlos über den Büchern saß... Im Februar, zum ersten Mal in diesem Winter, fiel Schnee und begrub endgültig unseren Abenteuerroman vom letzten Jahr, verwischte jede Fährte, löschte die letzten Spuren. Und wie Meaulnes mich in seinem Brief gebeten hatte, zwang ich mich, alles zu vergessen.

TEIL 3

Kapitel 1

Das Bad im Cher

Zigaretten rauchen, Zuckerwasser auf die Haare streichen, damit sie sich kräuseln, in Feldwegen die Mädchen aus dem Cours Complémentaire küssen und hinter der Hecke versteckt »Nachthaube in Sicht!« rufen, um die Nonne zu ärgern, die vorrübergeht, das waren bei uns die Freuden aller frechen Jungen auf dem Land. Mit zwanzig Jahren können sich übrigens freche Jungen dieser Art sehr wohl bessern und manchmal zu besonders feinfühligen Leuten werden. Schwerer ist der Fall, wenn fraglicher Junge schon ein ältliches, verlebtes Gesicht hat, wenn er sich mit zweideutigen Geschichten über Frauen aus der Gegend beschäftigt, wenn er über Gilberte Poquelin tausend Albernheiten zum besten gibt, um die anderen zum Lachen zu bringen. Schließlich ist der Fall noch nicht hoffnungslos…

Das war bei Jasmin Delouche der Fall. Er fuhr fort, warum weiß ich nicht, sicher jedoch ohne die geringste Lust, Prüfungen abzulegen und den Cours Supérieur zu besuchen, aus dem alle ihn gern hätten verschwinden sehen. Zwischendurch lernte er bei seinem Onkel Dumas den Beruf des Stukkateurs. Und bald waren dieser Jasmin Delouche zusammen mit Boujardon und einem anderen sehr sanften Jungen, dem Sohn des Gemeindedieners, mit Namen Denis, die einzigen großen Schüler, mit denen ich gerne verkehrte, weil sie noch aus »Meaulnes Zeit« stammten.

Delouche hatte übrigens den sehr ehrlichen Wunsch, mein Freund zu sein. Um es genau zu sagen, er, der der Feind des großen Meaulnes gewesen war, wäre nun gerne selbst der große Meaulnes der Schule geworden: zumindest bedauerte er wohl, nicht sein Adjutant gewesen zu sein. Weniger schwer von Begriff als Boujardon, hatte er, so meine ich, gespürt, was Meaulnes alles an Außergewöhnlichem in unser Leben getragen hatte. Und oft hörte ich ihn wiederholen:

»Das hat der große Meaulnes auch gesagt...« oder: »Ach, der große Meaulnes hat gesagt...«

Außer daß Jasmin schon mehr ein Mann war als wir, verfügte der alte Bursche über unterhaltsame Schätze, die in unseren Augen seine Überlegenheit endgültig bewiesen; einen Hund undefinierbarer Rasse mit langem weißem Fell, der auf den verrückten Namen Bécali hörte und Steine apportierte, die man weit weggeworfen hatte, ohne daß er für irgendeinen anderen Sport taugte; ein altes Fahrrad, ein Gelegenheitskauf, auf dem Jasmin uns manchmal am Abend nach der Schule fahren, aber noch lieber die Mädchen aus dem Ort üben ließ; schließlich und vor allem einen weißen, blinden Esel, den man vor jedes Gefährt spannen konnte.

Der Esel gehörte Dumas, aber er borgte ihn Jasmin, wenn wir im Sommer an den Cher zum Baden fuhren. Seine Mutter gab uns dafür eine Flasche Limonade mit, die wir unter den Sitz zwischen die trockenen Badehosen legten. Und so zogen wir los, acht oder zehn große Schüler aus dem Cours, in Begleitung von Monsieur Seurel; die einen liefen zu Fuß, die anderen waren auf den Eselskarren geklettert, der in dem Bauernhof Grand'Fons zurückgelassen wurde, wenn der Weg zum Cher zu ausgefahren war.

Ich erinnere mich sehr gut bis in die kleinste Einzelheit an eine Spazierfahrt dieser Art, bei der Jasmins Esel unsere Badehosen, unser Gepäck, die Limonade und Monsieur Seurel zum Ufer fuhr, während wir zu Fuß hinterhergingen. Es war August. Die Prüfungen hatten wir gerade hinter uns. Von dieser Sorge befreit, kam es uns vor, als ob der ganze Sommer, das ganze Glück uns gehörte, und singend, ohne zu wissen was und wozu, marschierten wir die Straße entlang, zu Beginn eines schönen Donnerstagnachmittags.

Auf dem Hinweg gab es nur einen Schatten in diesem unschuldigen Bild. Vor uns sahen wir Gilberte Poquelin gehen. Sie war gut gewachsen, trug einen halblangen Rock, hohe Schuhe, und hatte das süße und dreiste Wesen einer Göre, die zum Mädchen wird. Sie verließ die Straße und nahm einen Seitenweg. Sicher ging sie Milch holen. Der kleine Coffin machte sofort Jasmin den Vorschlag, ihr zu folgen.

»Das wäre nicht das erste Mal, daß ich sie küsse«, sagte er.

Und er begann über sie und ihre Freundinnen allerhand schlüpfrige Geschichten zu erzählen, während der ganze Trupp unter großem Hallo denselben Weg einschlug und Monsieur Seurel in seinem Eselskarren geradeaus auf der Straße weiterfahren ließ. Einmal dort angelangt, fing die ganze Bande an, sich zu verkrümeln. Selbst Delouche schien keine rechte Lust zu haben, sich vor unseren Augen an die Göre heranzumachen, die zügig weiterging, und er kam ihr nie näher als auf fünfzig Meter. Es gab ein wenig Hahnengekrähe und Hühnergegacker, ein paar galante Pfiffe durch die Zähne, dann machten wir leicht verunsichert kehrt und gaben das Spiel auf. Auf der Straße mußten wir nun in der prallen Sonne rennen. Wir sangen nicht mehr.

Wir zogen uns in den dürren Weidenbüschen um, die den Cher säumen. Vor Blicken waren wir in den Weiden geschützt, aber nicht vor der Sonne. Die Füße im Sand und im ausgetrockneten Schlamm, hatten wir nur noch die Limonadenflasche der Witwe Delouche im Kopf, die im Brunnen von Grand'Fons kühl lag, ein Brunnen, den man dicht am Ufer des Cher gegraben hatte. Auf seinem Grund gab es blaugrüne Wasserpflanzen und zwei oder drei Tiere, die wie Kellerasseln aussahen; aber das Wasser war so klar, so durchsichtig, daß Angler nicht zögerten, niederzuknien und, beide Hände auf dem Rand, davon zu trinken.

Ach! Es war heute wie die anderen Male... Als wir alle wieder angezogen waren und uns im Schneidersitz in der Runde niederließen, um uns in zwei dicken Gläsern die kalte Limonade zu teilen, blieb für jeden, nachdem man Monsieur Seurel seinen Teil angeboten hatte, nichts als ein wenig Schaum, der in der Kehle prickelte und noch durstiger machte. Da gingen wir der Reihe nach zu dem Brunnen, dem wir zuerst nicht getraut hatten und langsam beugten wir das Gesicht hinunter zu der Fläche aus reinem Wasser. Aber nicht jeder war mit diesen Feldarbeitersitten vertraut. Vielen, und auch mir, gelang es nicht, ihren Durst zu löschen: den einen, weil sie Wasser nicht mochten, anderen, weil ihnen die Angst, eine Assel zu verschlucken, die Kehle zuschnürte, wieder andere ließen sich von der großen Klarheit des reglosen Wassers täuschen, konnten die Entfernung zur Oberfläche nicht genau einschätzen und tauchten zusammen mit dem Mund das halbe Gesicht hinein, wobei sie Wasser einatmeten, das ihnen nun in der Nase brannte, noch andere schließlich konnten aus all diesen Gründen zugleich nicht trinken... Was machte das schon! Uns schien an den kargen Ufern des Cher alle irdische Kühle an dieser Stelle eingeschlossen zu sein. Und noch heute, wenn irgendwo das Wort Brunnen fällt, denke ich lange nur an diesen Brunnen.

Den Rückweg traten wir in der Abenddämmerung an, zunächst in derselben vollkommenen Sorglosigkeit wie auf dem Hinweg. Der Pfad, der von Grand'Fons zur Straße hinaufführte, war im Winter ein reißender Bach und im Sommer ein unbefahrener Hohlweg, voller Löcher und dicker Baumwurzeln, der im Schatten zwischen hohen Baumhecken anstieg. Ein Teil der Badenden schlug ihn aus Spaß ein. Wir aber folgten mit Monsieur Seurel, Jasmin und noch einigen Kameraden einem sanft ansteigenden sandigen Weg, der parallel zu jenem anderen an dem angrenzenden Feld verlief. Neben uns, über uns hörten wir, unsichtbar im Schatten, die anderen reden und lachen, während Delouche seine Männergeschichten zum besten gab... In den Wipfeln der hohen Heckenbäume sirrten die Insekten des Abends, und gegen den hellen Himmel sah man sie um das feine Spitzengewebe des Blattwerks schwärmen. Manchmal stürzte jäh eines ab und sein Gebrumm wurde plötzlich zu einem Zirpen. – Schöner, stiller Sommerabend!... Rückkehr, ohne Hoffnung zwar, aber auch ohne Sehnsucht, von einem kümmerlichen Ausflug... Noch einmal war es Jasmin, der, ohne es zu wollen, diesen Frieden störte...

Als wir auf der Höhe angekommen waren, wo noch zwei riesige, alte Felsblöcke liegen, von denen behauptet wird, sie seien Überreste einer Burg, fing er an, von Landgütern zu sprechen, die er besichtigt habe, und besonders von einem halb verlassenen Gut in der Umgebung von Vieux-Nançay: dem Gut Les Sablonnières. Mit jenem Akzent aus dem Allier, der bestimmte Worte eitel dehnt und andere affektiert verkürzt, berichtete er, daß er vor einigen Jahren in der Ruine der Kapelle dieses alten Besitztumes einen Grabstein gesehen habe, in den die folgenden Worte gemeißelt waren:

HIER RUHT DER RITTER GALOIS

TREU SEINEM GOTT, SEINEM KÖNIG, SEINER SCHÖNEN.

»Ach was! Hör mal!« sagte Monsieur Seurel mit leichtem Achselzucken, ein wenig peinlich berührt von der Wendung, die die Unterhaltung nahm, aber dennoch bestrebt, uns reden zu lassen wie Männer.

Jasmin fuhr also fort, dieses Schloß zu beschreiben, als hätte er dort sein Leben verbracht.

Mehrfach waren Dumas und er, wenn sie aus Vieux-Nançay zurückkehrten, auf den kleinen grauen Turm, der über den Tannen zu sehen war, neugierig geworden. Da war mitten im Wald ein Labyrinth verfallener Gebäude, die man in Abwesenheit ihrer Besitzer in aller Ruhe besichtigen konnte. Eines Tages hatten sie einen Feldhüter in ihrem Wagen mitgenommen, und er hatte sie in dem seltsamen Gut herumgeführt. Aber seither war alles niedergerissen; nichts sei mehr übrig, so wurde erzählt, als der Pachthof und ein kleines Lusthaus. Die Bewohner seien noch dieselben: ein alter, pensionierter Offizier, der kurz vor dem Ruin stünde, und seine Tochter.

Er redete... und redete... Ich hörte aufmerksam zu und spürte, ohne daß ich mir darüber klar wurde, daß es sich um eine mir wohlbekannte Sache handelte, als plötzlich, ganz einfach so wie außerordentliche Dinge geschehen, Jasmin sich zu mir umdrehte, und von einem Gedanken gepackt, der ihm noch nie gekommen war, mich am Arm nahm:

»Warte mal, da fällt mir ein«, sagte er, »dorthin hätte wohl Meaulnes – du weißt doch, der große Meaulnes? – gehen müssen.«

»Aber ja«, fuhr er fort, als ich keine Antwort gab, »ich erinnere mich, daß der Feldhüter von dem Sohn des Hauses sprach, einem exzentrischen Menschen mit ausgefallenen Ideen...«

Ich hörte nicht mehr hin; ich war von Anfang an überzeugt, daß er richtig geraten und sich vor mir, fern von Meaulnes, fern aller Hoffnung, klar und leicht wie eine vertraute Straße, der Weg zu dem namenlosen Gut aufgetan hatte.

Kapitel 2

Bei Florentin

So sehr ich auch ein unglückliches, verträumtes und verschlossenes Kind gewesen war, so tatkräftig wurde ich nun und, wie man bei uns sagt, »entschieden«, als ich erkannte, daß der Ausgang dieses bedeutsamen Abenteuers von mir abhing. Es war, so glaube ich, dieser Abend, an dem mein Knie endgültig aufhörte, mir Schmerzen zu bereiten.

In Vieux-Nançay, der Gemeinde, zu der das Gut Les Sablonnières gehörte, wohnte die ganze Familie von Monsieur Seurel und im besonderen mein Onkel Florentin, ein Kaufmann, bei dem wir manchmal die letzten Septembertage verbrachten. Von jeder Prüfung befreit, wollte ich nicht länger warten und durfte sofort zu ihm fahren. Aber ich beschloß, Meaulnes noch nichts davon wissen zu lassen, solange ich nicht sicher war, ihm eine gute Nachricht überbringen zu können. Warum sollte ich ihn auch aus seiner Verzweiflung reißen, um ihn dann vielleicht umso tiefer hineinzustürzen?

Vieux-Nançay war schon lange der liebste Aufenthaltsort für mich, das Reich der letzten Ferientage, in das wir nur selten kamen, dann nämlich, wenn sich ein Mietwagen finden ließ, der uns dorthin fuhr. Früher hatte es Streit mit dem Zweig der Familie gegeben, der dort lebte, und zweifellos war das der Grund, aus dem Millie sich jedesmal derartig bitten ließ, bis sie in den Wagen stieg. Ich kümmerte mich dagegen herzlich wenig um diesen Ärger!.. Kaum angekommen, war ich ein anderer und trieb mich unter Onkeln, Cousinen und Vettern herum, ein Leben, das aus tausend unterhaltsamen Beschäftigungen und aus Freuden bestand, die mich in Begeisterung versetzten.

Wir wohnten bei Onkel Florentin und Tante Julie, die einen Jungen in meinem Alter hatten; Vetter Firmin, und acht Mädchen, von denen die ältesten siebzehn und fünfzehn Jahre alt sein mochten. Sie führten einen riesigen Laden am Ortsanfang dieses Marktfleckens in der Sologne, gegenüber der Kirche – ein Warenhaus, in dem sich alle mit der Jagd beschäftigten Schloßherren der Umgebung versorgten, die abgeschieden, dreißig Kilometer von der nächsten Bahnstation entfernt, lebten.

Dieses Geschäft mit all seinen Abteilungen für Lebensmittel und Stoffen, hatte viele Fenster zur Straßenseite, und die Glastür am Eingang öffnete sich zum großen Kirchplatz. Aber seltsamerweise, wenn auch ziemlich häufig in dieser armen Gegend anzutreffen, ersetzte festgestampfter Lehm im ganzen Laden die Dielen.

Dahinter lagen sechs Kammern, jede angefüllt mit ein und derselben Ware: die Hutkammer, die Kammer für Gartengerät, die Lampenkammer... und was es da sonst noch gab. Als ich noch ein Kind war und dieses Bazarlabyrinth durchstreifte, schien es mir, daß ich mit meinen Blicken nie all diese Wunder erfassen könnte. Und damals noch fand ich, daß richtige Ferien nur an diesem Ort verbracht werden konnten.

Die Familie lebte in einer großen Küche, deren Tür in den Laden führte – eine Küche, wo Ende September das Feuer im Kamin hell lodernd brannte, wo in den frühen Morgenstunden Jäger und Wilddiebe erschienen, die Florentin ihre Beute verkauften und sich einen einschenken ließen, während die kleinen Mädchen, die schon auf den Beinen waren, zwischen ihnen herumrannten, kreischten und sich gegenseitig »Guten Duft« auf die glatten Haare sprühten. An den Wänden war auf alten, vergilbten Photographien von ehemaligen Schulklassen mein Vater zu sehen – es dauerte eine Weile, bis man ihn in Uniform erkannt hatte – unter seinen Kameraden von der École Normale.

Dort spielten sich unsere Vormittage ab; und auch in dem Hof, wo Florentin Dahlien und Perlhühner zog, wo man, auf Seifenkisten hockend, Kaffee röstete; wo wir Kisten voller verschiedener aufwendig verpackter Dinge auswickelten, deren Namen wir nicht immer kannten...

Den ganzen Tag über drängten sich im Laden Bauern oder Kutscher aus den benachbarten Herrenhäusern. Vor der Glastür hielten tropfnasse Karren im Septembernebel, die weither über Land gekommen waren.

Und in der Küche hörten wir die Bäuerinnen reden, waren voller Neugier auf all ihre Geschichten…

Aber am Abend, nach acht Uhr, wenn mit Laternen das Heu zu den Pferden gebracht wurde, deren Fell im Stall dampfte, dann gehörte der ganze Laden uns!

Marie-Louise, die älteste meiner Cousinen, aber eine der kleinsten, legte die letzten Tuchbahnen zusammen und stapelte sie in den Regalen auf; sie ermunterte uns, ihr dabei die Zeit zu vertreiben. So hielten Firmin und ich zusammen mit allen Mädchen Einzug im Warenhaus, drehten im Schein von Wirtshauslampen an den Kaffeemühlen, vollführten Kraftakte auf den Ladentischen; und manchmal, denn die festgestampfte Erde lud zum Tanzen ein, holte Firmin eine alte, ganz mit Grünspan überzogene Posaune vom Dachboden…

Noch heute werde ich rot bei dem Gedanken, daß in den vorangegangenen Jahren Mademoiselle de Galais zu dieser Stunde hätte erscheinen und uns bei diesen Kindereien überraschen können… An einem Abend in jenem August, kurz vor Einbruch der Nacht, als ich ungestört im Gespräch mit Marie-Louise und Firmin saß, sah ich sie zum ersten Mal.

Schon am Abend meiner Ankunft in Vieux-Nançay hatte ich meinen Onkel Florentin nach dem Gut Les Sablonnières ausgefragt.

»Da ist kein Gut mehr«, hatte er gesagt. »Es ist alles verkauft worden und die Käufer, es sind Jäger, haben die alten Gebäude niederreißen lassen, um ihr Jagdgebiet zu vergrößern; der Schloßhof ist jetzt nur noch Ödland voll Ginster und Heidekraut. Die früheren Besitzer haben lediglich ein kleines, einstöckiges Haus zurückbehalten und den Pachthof. Du wirst Gelegenheit haben, Mademoiselle de Galais hier bei uns zu sehen; sie macht selbst ihre Einkäufe, mal hoch zu Roß, mal im Wagen, aber immer mit demselben Pferd, dem alten Bélisar.., ein komisches Gespann!«

Ich war so aufgeregt, daß ich nicht wußte, was ich noch fragen sollte, um mehr zu erfahren.

»Sie waren aber doch reich?«

»Ja, Monsieur de Galais veranstaltete Feste für seinen Sohn, ein seltsamer Junge, voll ausgefallener Ideen. Um ihn zu unterhalten, ließ er sich alles nur Erdenkliche einfallen. Man ließ Pariserinnen kommen... Burschen aus Paris und anderswoher... Ganz Sablonnières war ruiniert und Madame de Galais dem Tode nahe, als sie noch immer dafür sorgten, daß er seinen Spaß hatte, und ihm alle seine Launen durchgehen ließen. Gerade im letzten Winter – nein, dem davor, haben sie ihr größtes Kostümfest veranstaltet. Zur Hälfte hatten sie Leute aus Paris eingeladen, zur anderen Hälfte Leute vom Land. Eine Unmenge von wundervollen Kleidern hatten sie gekauft oder geliehen, Spiele, Pferde, Boote. Alles zum Vergnügen von Frantz de Galais. Es war die Rede davon, daß er heiraten würde, und man dort seine Verlobung feiern wollte. Aber er war viel zu jung. Und plötzlich hat sich alles zerschlagen; er hat sich aus dem Staub gemacht; man hat ihn nie wieder gesehen... Nach dem Tod der Schloßherrin ist Mademoiselle de Galais auf einmal ganz allein dort zurückgeblieben, mit ihrem Vater, dem alten Kapitän zur See.«

»Ist sie nicht verheiratet«, fragte ich endlich.

»Nein«, sagte er, »ich habe nichts dergleichen gehört. Bist du vielleicht ein Bewerber?«

Völlig verwirrt gestand ich ihm so knapp, so diskret wie möglich, daß mein bester Freund, Augustin Meaulnes vielleicht einer wäre.

»Ah!« sagte Florentin lächelnd, »wenn er nicht am Geld hängt, ist das eine hübsche Partie... Soll ich mit Monsieur de Galais sprechen? Manchmal kommt er noch vorbei und holt Flintenschrot für die Jagd. Ich lasse ihn immer meinen Trester kosten.«

Aber ich bat ihn, nichts zu unternehmen, noch abzuwarten. Und ich selbst hatte auch keine Eile, Meaulnes zu benachrichtigen. So viele glückliche Zufälle auf einmal beunruhigten mich ein wenig. Und diese Unruhe befahl mir, Meaulnes solange noch nichts zu sagen, bis ich das junge Mädchen zumindest gesehen hatte.

Ich brauchte nicht lange zu warten. Am nächsten Tag, kurz vor dem Abendessen begann schon die Dämmerung, ein kühler Nebel, eher wie im September als im August, stieg mit der Nacht herab. Firmin und ich hatten herausbekommen, daß sich im Augenblick kein Käufer im Laden aufhielt und waren hineingegangen, um Marie-Louise und Charlotte einen Besuch abzustatten. Ich hatte ihnen das Geheimnis anvertraut, das mich so früh schon nach Vieux-Nançay geführt hatte. Die Ellbogen auf dem Ladentisch oder die Hände flach auf das gewachste Holz gestützt, saßen wir da und erzählten uns, was wir von dem rätselhaften jungen Mädchen wußten – und das lief auf sehr wenig hinaus – als das Rasseln von Rädern uns aufhorchen ließ.

»Da, das ist sie«, sagten sie leise.

Einige Sekunden darauf hielt vor der Glastür ein seltsames Gefährt. Ein alter Bauernwagen mit abgerundeten Seitenflächen und schmalen Randleisten, wie wir ihn noch nie in dieser Gegend gesehen hatten; ein alter Schimmel, der anscheinend dauernd Gras am Straßenrand abfressen wollte, so sehr senkte er den Kopf beim Laufen; und auf dem Bock – ich sage das in der Einfalt meines Herzens, aber im vollen Bewußtsein dessen, was ich da sage – das schönste Mädchen, das es vielleicht je auf Erden gab.

Nie sah ich soviel Anmut verbunden mit so großem Ernst. Ihre Kleidung ließ ihre Figur so schmal erscheinen, daß es aussah, als wäre sie zerbrechlich. Ein weiter, kastanienbrauner Mantel, den sie beim Eintreten ablegte, war um ihre

Schultern geworfen. Es war das würdevollste, ernsthafteste junge Mädchen, die zarteste Frau, die man sich vorstellen kann. Schweres blondes Haar lag über ihrer Stirn und umhüllte ihr zart gezeichnetes, fein modelliertes Gesicht. Auf ihre sehr helle Haut hatte die Sonne zwei Sommersprossen gesetzt... Ich bemerkte nur einen Makel bei soviel Schönheit: in Augenblicken von Trauer, Entmutigung oder auch nur tiefem Nachdenken erschienen hellrote Flecken auf diesem so reinen Gesicht, wie es bei bestimmten Kranken vorkommt, von deren schwerem Leiden man nichts weiß. So machte dann die Bewunderung dessen, der sie anblickte, einer Art Mitleid Platz, das umso herzzerreißender war, da es noch mehr überraschte.

Das jedenfalls entdeckte ich zunächst, während sie langsam aus dem Wagen stieg und endlich Marie-Louise, die mich ganz selbstverständlich vorstellte, mich dazu ermunterte, mit ihr zu sprechen.

Man zog einen blank polierten Stuhl für sie heran, und sie setzte sich, mit dem Rücken an den Ladentisch gelehnt, während wir stehenblieben. Sie schien den Laden gut zu kennen und zu mögen. Meine Tante Julie, sogleich benachrichtigt, kam, und die Zeit, während der sie in zurückhaltender Art, die Hände über dem Bauch gefaltet, mit ihr sprach und dabei leicht ihren Kopf mit der weißen Haube wiegte, diesen Kopf einer Kaufmannsfrau vom Lande, zögerte den Augenblick noch hinaus – er ließ mich ein wenig erzittern – in dem sie das Wort an mich richten würde...

Es war ganz einfach.

»Sie also»«, sagte Mademoiselle de Galais, »werden bald Lehrer sein?«

Meine Tante zündete die Porzellanlampe über unseren Köpfen an, die den Laden schwach erleuchtete. Ich sah das sanfte kindliche Gesicht des jungen Mädchens, ihre blauen, unschuldigen Augen und war umso mehr überrascht von ihrer so klaren, so ernsten Stimme. Wenn sie aufhörte zu sprechen, waren ihre Augen auf einen anderen Ort gerichtet und blieben starr, während sie auf Antwort wartete und sich ein wenig auf die Lippen biß.

»Ich würde auch unterrichten, wenn Monsieur de Galais es nur wollte! Ich würde kleine Jungen unterrichten wie Ihre Mutter...«

Und sie lächelte und zeigte damit, daß meine Vettern von mir erzählt hatten.

»Die Leute im Dorf«, fuhr sie fort, »sind immer höflich zu mir, freundlich und hilfsbereit. Und ich mag sie sehr. Aber was kann ihnen meine Zuneigung nützen?

Zu der Lehrerin dagegen sind sie boshaft und ablehnend, nicht wahr? Da gibt es pausenlos Geschichten um verlorene Federhalter, zu teure Hefte oder Kinder, die nicht lernen wollen... Nun, ich würde mich mit ihnen herumschlagen und sie würden mich trotzdem mögen. Das wäre viel schwieriger.«

Und ohne ein Lächeln nahm sie ihre versonnene, kindliche Haltung wieder ein, bekam ihren blauen, unverwandten Blick.

Alle waren wir befangen bei dieser Selbstverständlichkeit über heikle Dinge zu sprechen, über alles Verborgene und Subtile, von dem man besser nur in Büchern spricht. Es entstand ein kurzes Schweigen; und langsam entspann sich eine Diskussion...

Aber mit einer Art Bedauern und Erbitterung gegen irgend etwas Mysteriöses in ihrem Leben fuhr das junge Fräulein fort:

»Und dann würde ich den Jungen beibringen, vernünftig zu sein, eine Vernünftigkeit, wie ich sie verstehe. Ich würde ihnen nicht den Wunsch einflößen, durch die Welt zu ziehen, wie Sie, Monsieur Seurel, es sicher tun werden, wenn sie Hilfslehrer sind. Ich würde sie lehren, das Glück zu finden, das ganz in ihrer Nähe ist und gar nicht danach aussieht...«

Marie-Louise und Firmin waren bestürzt wie ich. Wir sagten kein einziges Wort. Sie fühlte unsere Verlegenheit und hielt inne, biß sich auf die Lippen und senkte den Kopf, und dann lächelte sie, als wollte sie sich über uns lustig machen:

»Es gibt da vielleicht«, sagte sie, »einen großen, verrückten Jungen, der mich am Ende der Welt sucht, während ich hier im Laden von Madame Florentin bin, unter dieser Lampe, und mein altes Pferd vor der Tür auf mich wartet. Wenn dieser Junge mich sehen würde, könnte er es sicher nicht glauben?...«

Bei ihrem Lächeln packte mich der Wagemut, und ich spürte, daß es an der Zeit war, gleichfalls lächelnd zu sagen:

»Und vielleicht kenne ich ihn, diesen großen, verrückten Jungen?«

Sie blickte mich voll Interesse an.

In diesem Augenblick läutete die Türglocke, und zwei Frauen mit Körben kamen herein.

»Kommt ins Eßzimmer, da habt ihr Ruhe«, sagte meine Tante und drückte die Tür zur Küche auf.

Und als Mademoiselle de Galais die Einladung nicht annehmen und gleich abfahren wollte, setzte meine Tante hinzu:

»Monsieur de Galais ist hier und plaudert am Kamin mit Florentin.«

Zu jeder Zeit, selbst im August, brannte lodernd und krachend in der großen Küche ein ewiger Stapel Tannenholz. Auch dort war eine Porzellanlampe angezündet, und ein alter Mann mit freundlichem Gesicht, zerfurcht und glattrasiert, der fast immer schwieg wie ein vom Alter und von Erinnerungen überwältigter Mensch, saß neben Florentin vor zwei Gläsern Trester.

Florentin begrüßte uns.

»François!« rief er mit seiner lauten Markthändlerstimme, so als wäre zwischen uns ein Fluß oder mehrere Hektar

Acker, »ich habe gerade einen lustigen Nachmittag am Cher ausgemacht für nächsten Donnerstag. Wer will, kann jagen, fischen, tanzen oder baden!... Mademoiselle, Sie kommen mit dem Pferd; Monsieur de Galais ist einverstanden. Ich habe alles arrangiert...«

»Und François!« fügte er hinzu, als wäre es ihm eben eingefallen, »du kannst deinen Freund mitbringen, Monsieur Meaulnes... Er heißt doch Meaulnes, oder?«

Mademoiselle de Galais hatte sich erhoben, sie war plötzlich sehr blaß geworden. Und genau in diesem Augenblick schoß mir durch den Kopf, daß Meaulnes ihr damals in dem seltsamen Gut am See seinen Namen gesagt hatte...

Wie sie mir zum Abschied die Hand reichte, gab es, eindeutiger als hätten wir viele Worte miteinander gewechselt, ein heimliches Einverständnis zwischen uns, das nur der Tod zerstören sollte, und eine Freundschaft, leidenschaftlicher als eine große Liebe.

Um vier Uhr am nächsten Morgen klopfte Firmin an die Tür des kleinen Zimmers, das ich im Hof bei den Perlhühnern bewohnte. Es war noch dunkel, und ich hatte große Mühe, meine Sachen auf dem Tisch wiederzufinden, der mit Kupferleuchtern und nagelneuen Heiligenfiguren überladen war, eine Auswahl, die man am Vorabend meiner Ankunft im Laden getroffen hatte, um meine Unterkunft wohnlich einzurichten. Ich hörte, wie Firmin im Hof mein Fahrrad aufpumpte, und in der Küche blies meine Tante das Feuer an. Die Sonne ging eben auf, als ich losfuhr. Aber der Tag sollte lang werden: ich würde zuerst in Sainte-Agathe zu Mittag essen, um meine weitere Abwesenheit zu erklären, und müßte, wenn ich meinen Weg fortsetzte, noch vor dem Abend in La Ferté-d'Angillon sein, bei meinem Freund Augustin Meaulnes.

Kapitel 3

Eine Erscheinung

Ich hatte nie lange Ausflüge mit dem Fahrrad gemacht. Dies war der erste. Doch vor langem hatte Jasmin, meinem schlimmen Knie zum Trotz, mir heimlich das Fahren beigebracht. Wenn schon für einen gesunden jungen Mann ein Fahrrad ein sehr amüsantes Vehikel ist, wie mußte es da einem armen Jungen wie mir erscheinen, der vor kurzem noch kläglich das Bein nachzog und nach vier Kilometern bereits in Schweiß gebadet war... Die Hügel hinuntersausen und in die Tiefe der Landschaft eintauchen; wie mit einem Flügelschlag die Ferne am Ende der Straße ergründen, die auseinanderweicht und erblüht, sobald man näherkommt, ein Dorf im Zeitraum eines Augenblicks durchqueren und es in einem Lidschlag ganz und gar mit sich fortnehmen... Im Traum nur hatte ich bis jetzt solch zauberhafte, solch leichte Fahrt kennengelernt. Selbst die Hügel nahm ich mit Schwung. Denn es war, das muß gesagt werden, der Weg über Land zu Meaulnes, den ich so in mich hineintrank...

»Kurz vor dem Ort«, hatte Meaulnes zu mir gesagt, als er damals sein Dorf beschrieb, »sieht man ein großes Flügelrad, das der Wind antreibt...« Er wußte nicht, wozu es diente, oder er tat vielleicht nur so, als wüßte er es nicht, um meine Neugier noch mehr anzustacheln.

Erst als dieser Tag spät im August zur Neige ging, bemerkte ich auf einer endlos weiten Wiese das sich im Winde drehende große Rad, das wohl Wasser zum nächsten Hof pumpte. Hinter den Pappeln auf der Weide waren schon die ersten Häuser zu sehen. Je weiter ich der großen Kurve folgte, in der die Straße neben dem Bach herlief, entfaltete und öffnete sich die Landschaft… Auf der Brücke angekommen, entdeckte ich endlich die Hauptstraße des Dorfes.

Kühe weideten versteckt hinter hohem Schilf auf der Wiese, und ich hörte ihre Glocken, als ich, vom Fahrrad abgestiegen und die beiden Hände am Lenker, das Land betrachtete, in das ich eine so bedeutsame Nachricht trug. Die Häuser, zu denen man über eine kleine Holzbrücke gelangte, standen alle am Rand eines Grabens entlang der Straße, so wie Boote mit eingezogenen Segeln in der Abendstille vor Anker liegen. Es war die Stunde, zu der in jeder Küche das Feuer angezündet wird.

Da begannen Furcht und ich weiß nicht welch heimliche Reue den so tiefen Frieden zu stören, mir jeden Mut zu nehmen. Gerade zur rechten Zeit, wie um meine plötzliche Schwäche noch schlimmer zu machen, fiel mir ein, daß hier auf einem kleinen Platz in Ferté-d'Angillon Tante Moinel wohnte.

Sie war eine meiner Großtanten. All ihre Kinder waren gestorben. Ernest, den Jüngsten, hatte ich gut gekannt, einen großen Jungen, der Lehrer werden wollte. Mein Großonkel Moinel, der alte Gerichtsschreiber, folgte kurz darauf seinen Kindern. Und meine Tante war ganz allein in ihrem wunderlichen, kleinen Haus übriggeblieben, wo die Teppiche aus Stoffproben buntscheckig zusammengenäht waren, die Tische mit Hähnen, Hühnern und Katzen aus Papier bedeckt, die Wände aber mit alten Urkunden tapeziert waren, mit den Porträts Verstorbener und Medaillons mit abgeschnittenen Locken.

Bei soviel Schmerz und Trauer war sie die Wunderlichkeit und die gute Laune selbst. Als ich den kleinen Platz entdeckt hatte, an dem sich ihr Haus befand, rief ich recht laut durch die halboffene Tür nach ihr und hörte, wie ganz am Ende der drei hintereinanderliegenden Zimmer ein spitzer Schrei ausgestoßen wurde:

»Ja, was denn! Du lieber Gott!«

Der Kaffee kippte ihr ins Feuer – wie konnte sie nur um diese Zeit Kaffee machen? – und dann erschien sie... Fast nach hinten geneigt, trug sie auf dem Kopf eine Art Sturmhaubenkapotthut, über einer ungeheuer großen und verbeulten Stirn, die etwas von einer Mongolin und einer Hottentottenfrau hatte; und sie lachte kurz und stoßweise und zeigte dabei den Rest ihrer sehr feinen Zähne.

Aber während ich sie umarmte, nahm sie hastig und ungeschickt die Hand, die ich hinter dem Rücken hielt. Mit einer unnötigen Heimlichkeit, denn wir waren ganz allein, ließ sie eine kleine Münze hineingleiten. Ich wagte nicht nachzuschauen, es war sicher ein Francstück... Als ich dann Miene machte, eine Erklärung zu erbitten oder ihr zu danken, gab sie mir einen Stoß und rief:

»Aber geh! Ich weiß doch, wie das ist!«

Sie war immer arm gewesen, immer bedürftig, immer verschwenderisch.

»Ich bin immer dumm gewesen und immer unglücklich«, sagte sie mit ihrer Fistelstimme ohne Bitterkeit.

Überzeugt, daß ich mich wie sie um jeden Sous sorgte, ließ die gute Frau mich nicht einen Muckser tun, bevor sie mir nicht ihre winzigen Tagesersparnisse in die Hand gesteckt hatte. Und auch später empfing sie mich immer auf diese Weise.

Das Abendessen war genauso seltsam – traurig und wunderlich zugleich – wie die Begrüßung. Immer hatte sie eine Kerze in Reichweite, nahm sie mal mit und ließ mich im Dunkeln sitzen, stellte sie mal auf den kleinen, mit Tellern und angeschlagenen oder rissigen Vasen bedeckten Tisch.

»Dieser hier«, sagte sie, »haben die Preußen anno siebzig die Henkel abgeschlagen, weil sie die nicht mitnehmen konnten.«

Mir fiel nur ein, während ich die große Vase mit der tragischen Geschichte wiedersah, daß wir früher hier zu Abend gegessen und geschlafen hatten. Mein Vater hatte mich im Departement Yonne zu einem Spezialisten gebracht, der mein Knie kurieren sollte. Wir mußten einen Schnellzug nehmen, der vor Tagesanbruch abfuhr. Ich erinnere mich an das traurige Abendessen von damals, an all die Geschichten des alten Gerichtsschreibers, der, die Ellbogen aufgestützt, vor einer Flasche mit einem rosafarbenen Getränk saß.

Und ich erinnere mich auch an meine Ängste.. Nach dem Essen, vor dem Feuer, hatte meine Großtante meinen Vater beiseite genommen, um ihm eine Gespenstergeschichte zu erzählen: »Ich drehe mich um... Oh! mein armer Louis, was sehe ich da, eine kleine, graue Frau...« Sie war dafür bekannt, daß sie den Kopf voll solcher Schauermärchen hatte.

Und an diesem Abend nun, als das Essen vorbei und ich, vom Radfahren müde, mit dem karierten Nachthemd des Onkel Moinel angetan, in das große Zimmer gebettet worden war, setzte sie sich zu mir ans Bett, und begann mit ihrer geheimnisvollsten und schrillsten Stimme:

»Mein armer François, ich muß dir etwas erzählen, über das ich noch nie mit jemandem gesprochen habe...«

Ich dachte:

»Nun bin ich geliefert, jetzt werde ich die ganze Nacht terrorisiert, wie vor zehn Jahren!...«

Und ich hörte sie reden. Sie wiegte den Kopf und schaute gerade vor sich hin, so als ob sie die Geschichte sich selbst erzählte.

»Ich kam mit Moinel zu einem Fest. Es war die erste Hochzeit, auf die wir seit dem Tod unseres armen Ernest gemeinsam gegangen waren, und ich hatte dort meine Schwester Adèle getroffen. Vier Jahre hatte ich sie nicht gesehen! Ein alter Freund von Moinel, steinreich, hatte ihn zur Hochzeit seines Sohnes auf das Gut Les Sablonnières eingeladen. Wir hatten einen Wagen gemietet. Das hatte uns ganz schön was gekostet. Um sieben Uhr morgens waren wir wieder auf dem Rückweg, mitten im Winter. Die Sonne ging auf, weit und breit kein Mensch. Was sehe ich da plötzlich vor uns auf der Straße? Einen kleinen Mann, einen vollendeten kleinen jungen Mann, schön wie der Tag. Reglos stand er da und sah uns herankommen. Je näher wir kamen, desto besser konnten wir sein hübsches Gesicht erkennen, so weiß, so hübsch, daß es einem angst und bange wurde...

Ich packte Moinel am Arm; ich zitterte wie Espenlaub; ich glaubte, es sei der liebe Gott!... Ich sagte: »Schau eine Erscheinung!«

Er antwortete mir ganz leise, zornig:

»Das habe ich schon gesehen! Sei still, altes Klatschmaul...«

Er wußte nicht, was er tun sollte, dann blieb das Pferd stehen... Von nahem hatte die Erscheinung ein bleiches Gesicht, eine schweißnasse Stirn, eine schmutzige Baskenmütze und eine lange Hose. Wir hörten eine weiche Stimme, die sagte:

»Ich bin kein Mann, ich bin ein Mädchen. Ich bin fortgelaufen und jetzt kann ich nicht mehr. Würden Sie mich bitte in Ihrem Wagen mitnehmen, Monsieur und Madame?«

Sofort haben wir sie einsteigen lassen. Kaum daß sie saß, fiel sie in Ohnmacht. Und rätst du, mit wem wir es da zu tun hatten? Es war die Braut des jungen Herrn von Sablonnières, Frantz de Galais, bei dem wir zur Hochzeit eingeladen waren!«

»Aber es hat keine Hochzeit gegeben«, sagte ich, »da die Braut sich aus dem Staube gemacht hat!«

»Ja eben«, rief sie verwirrt und sah mich an. »Es gab keine Hochzeit. Denn diese arme Irre hatte sich tausend Wahnsinnsideen in den Kopf gesetzt, nach dem, was sie uns erzählt hat. Sie war die Tochter eines armen Webers. Sie war überzeugt, soviel Glück sei unmöglich; der junge Herr sei zu jung für sie; all die Herrlichkeiten, die er ihr beschrieb, seien erdichtet und als Frantz sie endlich holen wollte, hat Valentine es mit der Angst bekommen. Er ging mit ihr und ihrer Schwester im erzbischöflichen Garten von Bourges spazieren, trotz Kälte und Sturm. Sicher aus Zartgefühl, und weil er die Jüngere liebte, war der junge Herr voll Aufmerksamkeit für die Ältere. Da hat meine Närrin sich ich weiß nicht was eingebildet; sie hat gesagt, sie würde nur ein Halstuch von zu Hause holen; und um sicher zu sein, daß man ihr nicht folgte, hat sie dort Männerkleidung angezogen und ist zu Fuß auf der Straße nach Paris davongelaufen.

Ihr Bräutigam hat einen Brief von ihr bekommen, in dem sie ihm erklärt hat, sie würde zu einem jungen Mann gehen, den sie liebte. Und das war gar nicht wahr.

›Ich bin über mein Opfer glücklicher, als wenn ich seine Frau wäre.‹ Ja, mein Dummerchen, aber als er auf sie gewartet hat, dachte er nicht im entferntesten daran, ihre Schwester zu heiraten; eine Pistolenkugel hat er sich in den Kopf geschossen; das Blut hat man im Wald gesehen; aber seine Leiche hat man nie gefunden.«

»Und was habt ihr mit diesem unglückseligen Mädchen gemacht?

»Zuerst haben wir ihr einen Schluck zu trinken gegeben; dann etwas zu essen, und als wir zu Hause waren, hat sie am Feuer geschlafen. Einen guten Teil des Winters ist sie bei uns geblieben.

Den ganzen Tag, solange es hell war, schnitt sie Stoffe zu, nähte Kleider, putzte Hüte und machte mit wütendem Eifer das Haus sauber. All die Tapeten, die du hier siehst, hat sie wieder angeklebt. Seit sie hier war, nisten die Schwalben draußen. Aber am Abend, wenn es dunkel wurde und ihr Tagewerk zu Ende war, fand sie immer einen Vorwand, hinaus in den Hof zu gehen, in den Garten oder vor die Tür, selbst wenn es Stein und Bein fror. Und dort fanden wir sie dann, wie sie dastand und aus tiefstem Herzen weinte.

›Ja, was haben Sie denn? Was ist passiert?‹

›Nichts, Madame Moinel!‹

Und sie ging zurück ins Haus.

Die Nachbarn sagten:

›Sie haben da wirklich ein hübsches kleines Dienstmädchen gefunden, Madame Moinel.‹

Trotz all unserer Bitten wollte sie im März weiterziehen nach Paris; ich habe ihr Kleider geschenkt, die hat sie sich zurechtgemacht; Moinel hat am Bahnhof ihre Fahrkarte gelöst und ihr ein bißchen Geld gegeben.

Sie hat uns nicht vergessen; sie ist Näherin in Paris, in der Nähe von Notre-Dame; sie schreibt uns noch und fragt, ob wir nichts über Les Sablonnières wissen. Um sie von dieser Idee zu befreien, habe ich ihr schließlich geschrieben, daß das Gut verkauft und abgerissen, der junge Mann für alle Zeit verschwunden und das Mädchen verheiratet sei. Das wird auch stimmen, denke ich. Seitdem schreibt meine Valentine sehr viel seltener…«

Das war keine Gespenstergeschichte, was da die Tante Moinel mit ihrer dünnen, schneidenden Stimme erzählte, die dafür wie gemacht war. Mir war indessen höchst unbehaglich. Wir hatten doch Frantz dem Bohemien geschworen, ihm wie Brüder zu Hilfe zu kommen und nun hatte ich dazu Gelegenheit…

War dies also der Augenblick, um Meaulnes die Freude zu verderben, die ich ihm am nächsten Morgen bereiten wollte durch das, was ich gerade erfahren hatte? Wozu ihn in ein Unternehmen stürzen, das absolut unmöglich war? Wir hatten tatsächlich die Adresse des jungen Mädchens, aber wo den Bohemien suchen, der durch die Welt zog?… Lassen wir die Verrückten bei den Verrückten, dachte ich… Delouche und Boujardon hatten recht. Wieviel Unheil hatte uns dieser Frantz mit seinen Phantastereien gebracht! Und ich beschloß, nichts zu sagen, solange ich nicht Augustin Meaulnes und Mademoiselle de Galais verheiratet vor mir sähe.

Nachdem ich diese Entscheidung getroffen hatte, blieb das quälende Gefühl einer bösen Vorahnung in mir, ein absurdes Gefühl, das ich ganz schnell verscheuchte.

Die Kerze war fast heruntergebrannt; eine Mücke surrte, aber Tante Moinel senkte den Kopf unter ihrer Samthaube, die sie nur zum Schlafen ablegte, und begann, die Ellbogen auf die Knie gestützt, von neuem mit ihrer Geschichte... Dann und wann blickte sie auf und betrachtete mich forschend, um zu sehen, ob ich beeindruckt sei oder vielleicht einschliefe. Am Ende ließ ich scheinheilig den Kopf in das Kissen sinken, schloß die Augen und tat so, als ob der Schlaf mich übermannte.

»Na ja, du schläfst...«, sagte sie gedämpft und ein wenig enttäuscht.

Sie tat mir leid und ich protestierte.

»Aber nein, liebe Tante, ich versichere dir,...«

»Oh doch!« erwiderte sie. »Ich verstehe übrigens gut, daß dich das alles kaum interessiert. Ich spreche da von Leuten, die du nicht kennst...«

Und feige gab ich diesmal keine Antwort.

Kapitel 4
Die große Neuigkeit

Es war am nächsten Morgen, als ich in die Hauptstraße einbog, ein so schönes Ferienwetter, eine so große Stille, und über das ganze Dorf gingen so friedliche, so vertraute Geräusche hin, daß ich die frohe Zuversicht eines Überbringers von guten Nachrichten wiedergefunden hatte.

Augustin und seine Mutter wohnten im ehemaligen Schulhaus. Nach dem Tod seines Vaters, der lange schon pensioniert und durch eine Erbschaft zu Geld gekommen war, hatte Meaulnes den Wunsch gehabt, das Haus zu kaufen, in dem der alte Schulmeister zwanzig Jahre lang unterrichtet und er selbst das Lesen gelernt hatte. Nicht, daß es dort sehr anheimelnd gewesen wäre: es war ein großes viereckiges Haus und sah aus wie die Mairie, die es vorher gewesen war; die Fenster im Erdgeschoß, die zur Straße hinausgingen, waren so hoch, daß nie jemand dort hineinsah; und der Hof dahinter, in dem es nicht einen Baum gab und eine hohe Überdachung den Blick auf das Land versperrte, war der staubigste und trostloseste aller verlassenen Schulhöfe, den ich jemals gesehen habe...

In dem verwinkelten Flur mit vier Türen fand ich die Mutter von Meaulnes damit beschäftigt, aus dem Garten einen Berg Wäsche hereinzutragen, die sie sicher schon in der ersten Stunde dieses langen Ferienmorgens zum Trocknen aufgehängt hatte. Ihr graues Haar war halb gelöst. Strähnen hingen ihr wirr ins Gesicht; ihr gleichmäßiges Antlitz unter der altmodischen Frisur war aufgedunsen und müde wie nach einer schlaflosen Nacht; und sie neigte traurig und nachdenklich den Kopf.

Plötzlich bemerkte sie mich, erkannte mich und lächelte:

»Sie kommen zur rechten Zeit«, sagte sie. »Schauen Sie, ich hole die Wäsche herein, die ich für Augustins Abreise gewaschen habe. Ich habe die Nacht damit verbracht, seine Papiere zu ordnen und seine Sachen zu packen. Der Zug fährt um fünf Uhr, aber wir werden pünktlich mit allem fertig sein...«

Bei der großen Bestimmtheit, die sie an den Tag legte, konnte man glauben, sie selbst habe diese Entscheidung getroffen. Aber sie wußte zweifellos nicht, wohin Meaulnes fahren würde.

»Gehen Sie nach oben«, sagte sie, »Sie werden ihn in der Amtsstube am Schreibtisch finden.«

Eilig stieg ich die Treppe hinauf, öffnete die Tür auf der rechten Seite, an der man das Schild *Mairie* gelassen hatte, und befand mich in einem großen Raum mit vier Fenstern, zwei zum Dorf, zwei zum Land, an den Wänden geschmückt mit vergilbten Portraits des Präsidenten Grévy und Carnot. Auf einer langen Estrade, die den ganzen hinteren Teil des Raumes einnahm, standen vor einem mit grünem Filz bedeckten Tisch noch die Stühle der Gemeinderäte. In der Mitte, auf einem alten Sessel, dem des Bürgermeisters, saß Meaulnes und schrieb, tauchte seine Feder tief in ein altmodisches Tintenfaß aus Fayence, das die Form eines Herzens hatte. An diesen Ort, der für irgendeinen Rentner vom Lande gemacht zu sein schien, zog Meaulnes sich zurück, wenn er nicht in der Gegend umherstreifte während der langen Ferien...

Er stand auf, als er mich erkannte, aber nicht mit der Überstürzung, wie ich es mir vorgestellt hatte.

»Seurel!« sagte er nur, mit einem Ausdruck tiefsten Erstaunens.

Es war derselbe große Kerl mit dem knochigen Gesicht und dem geschorenen Kopf. Ein ungepflegter Bart begann über seinen Lippen zu sprießen. Noch immer derselbe ehrliche Blick... Aber über der Glut der vergangenen Jahre glaubte man einen Nebelschleier zu sehen, den zeitweise seine große Leidenschaft von einst zerstreute...

Er schien sehr verwirrt, mich zu sehen. Mit einem Sprung war ich auf der Estrade. Aber seltsam genug es auszusprechen, er dachte nicht einmal daran, mir die Hand zu geben. Er hatte sich zu mir umgedreht, lehnte, die Hände auf dem Rücken, nach hinten geneigt am Tisch und sah äußerst verlegen aus. Schon während er mich anschaute, ohne mich zu sehen, war er nur mit dem beschäftigt, was er mir sagen wollte. Früher und schon immer ein Mensch, der lange braucht, bis er anfängt zu sprechen, wie alle Einsamen, Jäger und Abenteurer, hatte er eine Entscheidung getroffen, ohne sich um die Worte Gedanken zu machen, die nötig wären, um sie zu erklären. Und jetzt, da ich vor ihm stand, begann er nur mühsam an den erforderlichen Sätzen herumzukauen.

Indessen erzählte ich ihm fröhlich, wie ich hergekommen war, wo ich die Nacht verbracht hatte, und daß ich sehr überrascht gewesen sei, daß Madame Meaulnes die Abreise ihres Sohnes vorbereitete.

»Ach! Sie hat dir erzählt?...« fragte er.

»Ja. Das wird doch keine lange Reise, oder?«

»Doch, eine sehr lange Reise.«

Für einen Augenblick war ich fassungslos bei dem Gefühl, daß ich gleich mit einem Wort diese Entscheidung, die ich nicht verstand, zunichte machen würde, daher wagte ich nichts mehr zu sagen und wußte nicht, wie ich meine Mission beginnen sollte.

Endlich jedoch ergriff er selbst das Wort, wie jemand, der sich rechtfertigen möchte.

»Seurel!« sagte er, »du weißt, was mein sonderbares Abenteuer von Sainte-Agathe für mich bedeutet hat. Es war der Sinn meines Lebens und meine Hoffnung. Als diese Hoffnung verloren war, was sollte da aus mir werden?... Wie konnte ich da leben, wie alle Welt lebt!

Nun ja, ich habe versucht dort zu leben, in Paris, als ich gesehen habe, daß alles vorbei war und es noch nicht einmal der Mühe wert war, das verlorene Gut zu suchen... Aber ein Mann, der einmal einen Sprung ins Paradies getan hat, wie könnte der sich danach mit einem Allerweltsleben abfinden. Das Glück der anderen ist mir wie Hohn erschienen. Und als ich ernsthaft und wohlüberlegt eines Tages beschlossen habe, es so zu machen wie die anderen, habe ich lange Zeit Schuld auf mich geladen.«

Mit gesenktem Kopf saß ich auf einem Stuhl der Estrade und hörte ihm zu, ohne ihn anzusehen. Ich wußte nicht, was ich von diesen rätselhaften Äußerungen halten sollte.

»Meaulnes», sagte ich, »drück dich klar aus! Warum diese lange Reise? Hast du irgend etwas wiedergutzumachen? Ein Versprechen einzulösen?«

»Na schön, ja«, antwortete er. »Du erinnerst dich an das Versprechen, das ich Frantz gegeben habe?...«

»Ach!« rief ich erleichtert. »Nur darum handelt es sich?...«

»Nur darum. Und vielleicht auch darum, einen Fehler wiedergutzumachen. Beides zugleich...«

Einen Augenblick lang herrschte Schweigen, während ich beschloß zu sprechen und meine Worte zurechtlegte.

»Es gibt nur eine Erklärung, an die ich glaube«, sagte er noch. »Sicher wollte ich Mademoiselle de Galais einmal wiedersehen, nur sie wiedersehen... Aber jetzt bin ich davon überzeugt, daß ich, als ich das namenlose Gut entdeckte, auf einer Höhe, auf einer Stufe der Vollkommenheit und Reinheit war, die ich nie wieder erreichen werde. Im Tod erst, wie ich dir einmal schrieb, werde ich vielleicht die Schönheit jener Zeit wiederfinden...«

Er wechselte den Ton, und sonderbar aufgeregt fuhr er fort und trat dabei näher an mich heran:

»Hör gut zu, Seurel! Diese neue Verwicklung und die große Reise, dieser Fehler, den ich begangen habe und den es jetzt wiedergutzumachen gilt, ist in gewissem Sinne die Fortsetzung meines früheren Abenteuers...«

Eine Weile versuchte er mühsam, seine Erinnerungen wieder wachzurufen. Die erste Gelegenheit hatte ich versäumt. Diese wollte ich um nichts auf der Welt verstreichen lassen und jetzt sprach ich – zu schnell, denn später bereute ich bitter, sein Geständnis nicht abgewartet zu haben.

Ich trug also meinen Satz vor, der für den Augenblick vorher zurechtgelegt worden war, nun aber nicht mehr paßte. Ohne eine Bewegung, kaum daß ich ein wenig den Kopf hob, sagte ich:

»Und wenn ich gekommen bin, um dir mitzuteilen, daß noch nicht alle Hoffnung verloren ist?...«

Er sah mich an, dann wandte er brüsk die Augen ab und errötete, wie ich nie jemanden habe erröten sehen. Ein Aufwallen des Blutes, das heftig gegen seine Schläfen hämmerte.

»Was willst du damit sagen?« fragte er schließlich kaum vernehmbar.

Da erzählte ich in einem Zug, was ich wußte, was ich getan hatte, daß die Situation sich verändert habe, und es fast so aussah, als wäre es Yvonne de Galais, die mich zu ihm schickte.

Er war jetzt furchtbar blaß.

Während meiner ganzen Erzählung, die er schweigend anhörte, mit leicht eingezogenem Kopf, wie jemand, den man überrascht hat und der nicht weiß, wie er sich verteidigen soll, sich verstecken oder fliehen, unterbrach er mich, meiner Erinnerung nach, nicht ein einziges Mal. Ich erzählte ihm beiläufig, daß ganz Sablonnières abgerissen sei und das einstige Gut nicht mehr existiere:

»Ah!« sagte er, »siehst du...« (als ob er auf eine Gelegenheit gelauert hatte, sein Verhalten und die Verzweiflung, in der er untergegangen war, zu rechtfertigen) »du siehst: da ist nichts mehr...«

Überzeugt, daß nur die Versicherung, alles sei denkbar einfach, den Rest seines Kummer wegblasen würde, erzählte ich ihm zum Schluß, daß mein Onkel Florentin eine Landpartie geplant hätte, daß Mademoiselle de Galais zu Pferde dort erscheinen würde und er selbst eingeladen sei... Aber er schien vollkommen fassungslos und gab weiter keine Antwort.

»Du mußt sofort deine Reise absagen«, drängte ich voller Ungeduld. »Komm, wir sagen es deiner Mutter...«

Und als wir beide die Treppe hinunterstiegen, fragte er zögernd:

»Diese Lustpartie... Da soll ich also wirklich hingehen?«

»Aber ja«, erwiderte ich, »das ist keine Frage.«

Er sah aus wie jemand, den man an den Schultern vorwärts schiebt.

Unten verkündete Augustin Madame Meaulnes, daß ich mit ihnen zu Mittag und zu Abend äße und bei ihnen schliefe, und daß er am nächsten Morgen selbst ein Fahrrad leihen und mich nach Vieux-Nançay begleiten würde.

»Aha! Sehr schön!« sagte sie und schüttelte den Kopf, als hätten diese Neuigkeiten all ihre Vermutungen bestätigt.

Ich nahm in dem kleinen Eßzimmer Platz, unter Bildkalendern, verzierten Dolchen und sudanesischen Trinkschläuchen, die Madame Meaulnes' Bruder, ein ehemaliger Soldat der Marineinfanterie von seinen fernen Reisen mitgebracht hatte.

Augustin ließ mich vor dem Essen dort einen Augenblick allein, und ich hörte ihn in dem Nebenzimmer, wo seine Mutter das Gepäck weggestellt hatte, mit gedämpfter Stimme zu ihr sagen, sie solle den Koffer noch nicht auspakken – denn seine Reise sei vielleicht nur aufgeschoben.

Kapitel 5

Die Lustpartie

Ich hatte Mühe, Augustin auf der Straße nach Vieux-Nançay zu folgen. Er raste wie ein Rennfahrer. Bei Steigungen stieg er nicht ab. Auf sein unerklärliches Zögern tagszuvor waren ein Fieber, eine Nervosität, ein Verlangen gefolgt, so schnell wie möglich am Ziel zu sein, was mich doch ein wenig erschreckte. Bei meinem Onkel zeigte er dieselbe Ungeduld, er schien nicht in der Lage, sich für irgend etwas zu interessieren, bis zu dem Augenblick, als wir gegen zehn Uhr am nächsten Morgen alle im Wagen Platz gefunden hatten und bereit waren zur Abfahrt ans Flußufer.

Es war Ende August, der Sommer ging zur Neige. Schon übersäten die leeren Schalen der gelbgefärbten Kastanien die weißen Straßen. Die Fahrt dauerte nicht lange; der Aubiers-Hof am Cher, zu dem wir wollten, lag kaum zwei Kilometer hinter Les Sablonnières. Hier und da begegneten wir anderen Gästen mit ihren Wagen und sogar jungen Leuten zu Pferde, die Florentin ganz ungeniert im Namen von Monsieur de Galais eingeladen hatte... Man hatte sich wie ehedem darum bemüht, arm und reich zu mischen, Schloßherren und Bauern. So sahen wir auf einem Fahrrad Jasmin Delouche ankommen, der vor kurzem durch den Waldhüter Baladier die Bekanntschaft meines Onkels gemacht hatte.

»Da ist er nun«, sagte Meaulnes, als er ihn entdeckte, »er, der zu allem den Schlüssel in der Hand hielt, während wir bis nach Paris gefahren sind auf unserer Suche. Es ist zum Verzweifeln!«

Jedesmal, wenn er zu ihm hinüberschaute, wuchs sein Groll. Der andere, der sich im Gegenteil einbildete, ein Recht auf unsere ausschließliche Dankbarkeit zu haben, eskortierte unseren Wagen bis ans Ziel. Man sah, daß er, kümmerlich genug und ohne großen Erfolg, sich für seine Aufmachung in Unkosten gestürzt hatte, und die Schöße seiner abgeschabten Jacke flatterten um das Schutzblech seines Fahrrades.

Trotz des Zwangs, den er sich auferlegte, liebenswürdig zu wirken, konnte sein verlebtes Gesicht nicht gefallen. Er flößte mir vielmehr ein unbestimmtes Mitleid ein. Aber mit wem hätte ich an diesem Tag kein Mitleid gehabt?..

Nie erinnere ich mich an diese Landpartie ohne ein heimliches Bedauern, ohne eine Art Beklemmung. Ich hatte mich auf diesen Tag so gefreut! Alles schien so vollkommen dafür vorbereitet, daß wir glücklich sein sollten. Und wir sind es so wenig gewesen!...

Wie schön waren dennoch die Ufer des Cher! An seinem Rand, wo wir haltmachten, endete die Anhöhe in einem sanften Hang, und das Land teilte sich in kleine grüne Wiesen, in von Hecken umgebene Weidengehölze, als wären es viele winzige Gärten. Auf der anderen Seite des Flusses bildeten graue, schroffe, felsige Hügel das Ufer, und ganz in der Ferne entdeckte man zwischen den Tannen kleine romantische Schlösser mit ihren Türmen. Von weitem hörte man die Meute vom Schloß Préveranges bellen.

Wir waren an diesen Ort durch ein Labyrinth von kleinen Wegen gelangt, bald gespickt mit weißen Kieseln, bald aus tiefem Sand, Wege, die in der Nähe des Flusses von kräftigen Quellen in Bäche verwandelt wurden. Beim Vorübergehen packten uns die Zweige der wilden Johannisbeeren am Ärmel. Und bald waren wir auf dem Grund der Hohlwege in kühle Dunkelheit getaucht, bald badeten wir, wenn die Hecken aufhörten, im klaren Licht des Tales. Weit hinten am anderen Ufer warf, als wir näherkamen, ein Mann, an die Felsen gelehnt, geruhsam Angelschnüre aus, mein Gott, wie schön das war!

Wir ließen uns im Gras nieder, an einer geschützten Stelle in einem Birkenwäldchen. Es war eine große ebene Wiese, die Platz zu bieten schien für Spiele ohne Ende.

Die Pferde wurden ausgespannt und zum Aubiers-Hof geführt. Im Wald begann man, die Verpflegung auszupacken und auf der Wiese kleine Klapptische, die mein Onkel mitgebracht hatte, aufzustellen.

Jetzt wurden freiwillige Helfer gebraucht, um am Anfang des nächsten großen Weges die letzten Nachzügler abzufangen, und ihnen zu zeigen, wo wir waren. Ich bot mich sogleich an; Meaulnes folgte mir, und wir postierten uns neben die Hängebrücke, wo mehrere Fußpfade und der Weg von Les Sablonnière sich kreuzten.

Wir gingen auf und ab und sprachen über Vergangenes, versuchten recht und schlecht uns abzulenken und warteten. Es kam noch ein Wagen aus Vieux-Nançay, Bauern, die wir nicht kannten, mit einer großen bändergeschmückten Tochter. Dann nichts mehr. Doch, drei Kinder in einem Eselskarren, die Kinder des ehemaligen Gärtners von Les Sablonnières.

»Sie kommen mir irgendwie bekannt vor«, sagte Meaulnes, »ich glaube, die haben mich damals am ersten Abend auf dem Fest an der Hand genommen und zum Essen geführt...«

Aber in diesem Augenblick wollte der Esel nicht mehr weiter, die Kinder stiegen ab, stachen ihn, zerrten an ihm, prügelten nach Kräften auf ihn ein; enttäuscht tat Meaulnes, als hätte er sich geirrt...

Ich fragte sie, ob ihnen unterwegs Monsieur und Mademoiselle de Galais begegnet seien. Einer sagte, das wisse er nicht, der andere: »Ich glaube ja, Monsieur.« Damit waren wir nicht viel klüger. Schließlich stiegen sie zum Grasplatz hinunter; die einen zogen den Esel am Zügel, die anderen schoben von hinten den Wagen. Meaulnes blickte starr auf die Wegbiegung nach Les Sablonnières. Mit einer Art Entsetzen lauerte er auf die Ankunft des jungen Mädchens, das er einst so sehr gesucht hatte. Eine merkwürdige, fast komische Erregung hatte sich seiner bemächtigt, die er an Jasmin ausließ. Von der kleinen Böschung, auf die wir gestiegen waren, um den Weg schon in der Ferne zu sehen, entdeckten wir unten auf dem Grasplatz eine Gruppe von Gästen, in der Delouche eine gute Figur zu machen versuchte.

»Schau, wie er tönt, dieser Idiot«, sagte Meaulnes.

Und ich antwortete:

»Aber laß ihn doch. Er tut, was er kann, der arme Junge.«

Meaulnes gab nicht auf. Dort unten war offenbar ein Hase oder ein Eichhörnchen aus einem Dickicht hervorgeschossen. Um seinem Auftreten Nachdruck zu verleihen, machte Jasmin Anstalten, es zu fangen:

»Na toll! Jetzt rennt er...« sagte Meaulnes, als überträfe diese Kühnheit wirklich alles andere!

Und diesmal konnte ich ein Lachen nicht vermeiden. Meaulnes ging es ebenso; aber das war nur ein Aufblitzen.

Nach einer weiteren Viertelstunde sagte er:

»Wenn sie nicht kommt?...«

Ich antwortete:

»Aber sie hat es ja versprochen. Hab doch Geduld!«

Er begann von neuem Ausschau nach ihr zu halten. Schließlich war er nicht länger in der Lage, dieses unerträgliche Warten zu ertragen:

»Hör zu«, sagte er. »Ich gehe zu den anderen hinunter. Ich weiß nicht, was gegen mich ist: aber ich fühle, wenn ich hier bleibe, kommt sie nie – dann ist es unmöglich, daß sie gleich am Ende dieses Weges erscheint.«

Und er ging hinunter zum Grasplatz und ließ mich allein. Ich lief einige hundert Meter die kleine Straße entlang, um mir die Zeit zu vertreiben. Und in der ersten Kurve sah ich Yvonne de Galais im Damensattel auf ihrem alten Schimmel, der an diesem Morgen so feurig war, daß sie die Zügel kurz halten mußte, um ihn am Trab zu hindern. Vor dem Pferd, mühsam und schweigend, ging Monsieur de Galais. Zweifellos hatten sie sich unterwegs abgewechselt und nacheinander auf dem alten Reittier gesessen.

Als das junge Mädchen sah, daß ich allein war, lächelte sie. Sie sprang gewandt vom Pferd, überließ die Zügel ihrem Vater und schritt auf mich zu, während ich ihr entgegenlief.

»Ich bin sehr froh«, sagte sie, »daß ich Sie allein antreffe. Denn außer Ihnen möchte ich niemandem den alten Belisar zeigen oder ihn zu den anderen Pferden bringen. Er ist zu häßlich und vor allem zu alt; ich befürchte auch immer, daß er von einem anderen verletzt wird. Denn nur auf ihm traue ich mich zu sitzen, und wenn er tot ist, reite ich überhaupt nicht mehr.«

Bei Mademoiselle de Galais fühlte ich ebenso wie bei Meaulnes hinter dieser charmanten Lebhaftigkeit, hinter dieser scheinbar so friedlichen Anmut Ungeduld und beinahe Angst. Sie sprach schneller als gewöhnlich. Trotz der rosigen Wangen, zeigte sich um ihre Augen und auf der Stirn hier und da eine heftige Blässe, an der man ihre ganze Unruhe ablesen konnte.

Wir kamen überein, Belisar an einen Baum zu binden, in einem Wäldchen nahe der Straße. Der alte Monsieur de Galais zog wortlos wie immer das Kettenhalfter hervor und band das Tier fest – ein wenig tief, wie mir schien. Ich versprach, sofort Heu, Hafer und Stroh vom Pachthof bringen zu lassen...

Und Mademoiselle de Galais kam auf den Grasplatz, wie sie damals, so stelle ich es mir vor, die Böschung zum See herunterkam, als Meaulnes sie zum ersten Mal gesehen hatte.

Ihrem Vater den Arm reichend, mit der linken Hand den leichten, weiten Mantel offenhaltend, schritt sie auf die Gäste zu, in ihrer so ernsten und gleichzeitig kindlichen Art. Ich ging neben ihr. Alle Gäste, schon verstreut oder im Spiel weiter entfernt, waren aufgestanden und hatten sich versammelt, um sie zu begrüßen; es entstand eine kurze Stille, in der jeder sah, wie sie sich näherte.

Meaulnes hatte sich unter eine Gruppe von jungen Männern gemischt, und nichts konnte ihn von seinen Gefährten unterscheiden als seine Größe: dabei gab es junge Leute darunter, die beinahe ebenso groß waren wie er. Er tat nichts, was die Aufmerksamkeit hätte auf ihn lenken können, nicht eine Geste, nicht einen Schritt vorwärts. Ich sah ihn, grau gekleidet, reglos, wie alle anderen unverwandt auf das so schöne junge Mädchen blicken, das da herankam. Endlich jedoch war er sich mit einer unbewußten und verlegenen Handbewegung über den Kopf gefahren, so als wollte er zwischen den Kameraden mit den feingekämmten Haaren seinen groben, geschorenen Bauernschädel verstecken.

Dann wurde Mademoiselle de Galais von der Gruppe umringt. Man stellte ihr die jungen Mädchen und Männer vor, die sie nicht kannte... Die Reihe kam an meinen Freund; und ich fühlte mich ebenso ängstlich, wie er es sein mußte. Ich bereitete mich innerlich darauf vor, selbst die Vorstellung zu übernehmen.

Aber bevor ich noch etwas sagen konnte, ging das junge Mädchen mit überraschender Entschiedenheit und Würde auf ihn zu:

»Ich kenne Augustin Meaulnes«, sagte sie, und sie reichte ihm die Hand.

Kapitel 6

Die Lustpartie *(Ende)*

Neu Hinzugekommene drängten sich fast gleich darauf heran, um Yvonne de Galais zu begrüßen, und die beiden jungen Leute sahen sich voneinander getrennt. Ein unglücklicher Zufall wollte es, daß sie auch beim Essen nicht zusammen an einem Tisch saßen. Aber Meaulnes schien wieder Zuversicht und Mut gefaßt zu haben. Mehrmals, während ich allein zwischen Delouche und Monsieur de Galais saß, sah ich, wie mein Gefährte mir von weitem freundschaftlich zuwinkte.

Erst gegen Ende des Abends, als die Spiele, das Baden im Fluß, die Gespräche, die Bootsfahrten auf dem nahen See überall in Gang gekommen waren, fand sich Meaulnes wieder dem jungen Mädchen gegenüber. Wir plauderten gerade mit Delouche und saßen dabei auf den Gartenstühlen, die wir uns geholt hatten, als Mademoiselle de Galais entschlossen eine Gruppe von jungen Leuten stehenließ, in der sie sich zu langweilen schien, und zu uns herüberkam. Sie fragte uns, so erinnere ich mich, warum wir nicht auf dem Aubierssee ruderten wie die anderen.

»Wir haben dort heute nachmittag ein paar Runden gemacht«, antwortete ich. »Aber das ist sehr eintönig, und wir hatten es leid.«

»Ja, und warum fahren Sie nicht auf dem Fluß?«

»Die Strömung ist zu stark, wir würden riskieren, mitgerissen zu werden.«

»Wir brauchten«, sagte Meaulnes, »ein Motorboot oder ein Dampfschiff, so wie das von damals.«

»Wir haben es nicht mehr«, sagte sie fast tonlos, »wir haben es verkauft.«

Und es entstand ein verlegenes Schweigen.

Jasmin nutzte es, um zu verkünden, er ginge zu Monsieur de Galais.

»Ich weiß schon«, sagte er, »wo ich ihn finde.«

Bizarrer Zufall! Diese beiden so ungleichen Wesen hatten Gefallen aneinander gefunden und seit dem Morgen waren sie beinahe unzertrennlich. Zu Beginn des Abends hatte Monsieur de Galais mich einen Augenblick beiseite genommen und mir gesagt, ich hätte da einen äußerst feinfühligen, rücksichtsvollen und charakterstarken Freund. Vielleicht war er sogar soweit gegangen, ihm das Geheimnis der Existenz Belisars und sein Versteck anzuvertrauen.

Auch ich dachte daran, mich davonzustehlen, aber ich spürte, wie beklommen die beiden jungen Leute waren, wie ängstlich da einer vor dem anderen stand, so daß ich es für klüger hielt, es nicht zu tun.

Soviel Takt von seiten Jasmins, soviel Behutsamkeit meinerseits führten nicht weiter. Sie redeten. Aber beständig, mit einer Hartnäckigkeit, über die er sich gewiß nicht im klaren war, kam Meaulnes auf all die Herrlichkeiten von einst zurück. Und jedesmal mußte das junge Mädchen ihm unter

Qualen wiederholen, daß alles verschwunden war: das alte, so seltsame und so verwinkelte Gebäude war abgerissen, der große See trockengelegt, zugeschüttet; und in alle Winde zerstreut die Kinder mit den zauberischen Kostümen.

»Aha!« machte Meaulnes lediglich voller Verzweiflung und so, als hätte jeder dieser Verluste ihm dem jungen Mädchen oder mir gegenüber recht gegeben...

Wir gingen Seite an Seite... Vergeblich machte ich den Versuch, von der Traurigkeit, die uns alle ergriff, abzulenken. Mit einer unvermittelten Frage gab Meaulnes wieder seiner fixen Idee nach. Er wollte Auskunft über alles, was er damals gesehen hatte: die kleinen Mädchen, den Kutscher der alten Berline, die Ponys von dem Rennen. »Die Ponys sind auch verkauft? Es gibt keine Pferde mehr auf dem Gut?...«

Sie antwortete, es seien keine mehr da. Sie sagte nichts von Belisar.

Da nannte er alle Dinge aus seinem Zimmer: die Kandelaber, den großen Spiegel, die alte zerbrochene Laute... Er forschte nach alledem mit einer einzigartigen Leidenschaft, so als hätte er sich davon überzeugen wollen, daß nichts mehr von seinem schönen Abenteuer fortlebte, daß das junge Mädchen ihm nicht einen Überrest zurückbrächte, der zu beweisen vermocht hätte, daß sie nicht beide geträumt hatten, so wie ein Taucher vom Grund des Wassers einen Kieselstein mit heraufbringt und Algen.

Mademoiselle de Galais und ich konnten ein trauriges Lächeln nicht verhindern: sie beschloß, ihm alles zu sagen:

»Sie werden das schöne Schloß nicht wiedersehen, das wir für den armen Frantz hergerichtet hatten, Monsieur de Galais und ich.

Wir verbrachten unser Leben damit, zu tun, was er verlangte. Er war ein so sonderbares Wesen, so bezaubernd! Aber mit ihm ist an dem Abend seiner mißglückten Verlobung alles verschwunden.

Monsieur de Galais war schon ruiniert, ohne daß wir etwas davon ahnten. Frantz hatte Schulden gemacht, und seine alten Freunde haben – als sie von seinem Verschwinden hörten – sofort ihre Forderungen an uns gestellt. Wir sind arm geworden; Madame de Galais ist gestorben, und in wenigen Tagen haben wir all unsere Freunde verloren.

Wenn Frantz doch zurückkäme, falls er nicht schon tot ist. Wenn er doch zurückfände zu seinen Freunden und seiner Verlobten; wenn die abgebrochene Hochzeit doch stattfände und alles vielleicht wieder so würde, wie es damals war. Aber kann die Vergangenheit wieder zum Leben erwachen?«

»Wer weiß!« sagte Meaulnes gedankenverloren. Und er fragte nichts mehr.

Auf dem kurzen und schon leicht gelb verfärbten Gras gingen wir alle drei lautlos dahin: Augustin hatte zu seiner Rechten, dicht neben sich, das junge Mädchen, das er für immer verloren geglaubt hatte. Als er eine dieser harten Fragen stellte, wandte sie ihm langsam, um ihm zu antworten, ihr zauberhaft unruhiges Gesicht zu; und einmal, während sie zu ihm sprach, hatte sie sanft ihre Hand auf seinen Arm gelegt, eine Bewegung voller Vertrauen und Schwäche. Warum war da der große Meaulnes wie ein Fremder, wie einer, der nicht gefunden hat, was er suchte, und der an nichts anderem mehr Anteil nehmen kann? Dieses Glück – drei Jahre zuvor hätte er es nicht ohne Entsetzen ertragen, nicht ohne Wahnsinn vielleicht. Woher also kam diese Leere, diese Ferne, dieses Unvermögen glücklich zu sein, das da in ihm war, zu dieser Stunde?

Wir näherten uns dem kleinen Wald, wo Monsieur de Galais am Morgen Belisar angebunden hatte. Die Sonne, dem Sinken nah, verlängerte unsere Schatten auf dem Gras; am anderen Ende des Grasplatzes hörten wir gedämpft durch die Entfernung wie ein glückliches Summen die Stimmen der Spieler und der jungen Mädchen, und wir blieben schweigend in dieser wunderbaren Stille, als wir von der anderen Seite des Waldes her ein Singen hörten, aus der Richtung von Les Aubiers, dem Pachthof am Wasser. Es war die junge, ferne Stimme von einem, der seine Tiere zur Tränke führt, eine rhythmische Weise wie die eines Tanzliedes, die der Mann jedoch dehnte und gefühlvoll machte wie eine alte traurige Ballade:

Meine Schuhe sind rot...
Adieu, Ihr Amouren...
Meine Schuhe sind rot...
Für immer Adieu!...

Meaulnes hatte den Kopf gehoben und lauschte. Es war nichts als eine der Weisen, die die noch zurückgebliebenen Bauern am letzten Abend des Festes auf dem namenlosen Gut sangen, als alles schon dahin war... Nichts als eine Erinnerung – die kläglichste – an jene schönen Tage, die nicht mehr wiederkehren würden.

»Ja, hört ihr das?« sagte Meaulnes leise. »Oh! Ich muß sehen, wer das ist.« Und sofort lief er in den kleinen Wald. Fast gleichzeitig verstummte die Stimme; man hörte noch kurz den Mann im Davongehen nach seinen Tieren pfeifen; dann nichts mehr...

Ich blickte das junge Mädchen an. Nachdenklich und niedergeschlagen hatte sie die Augen auf das Dickicht gerichtet, wo Meaulnes eben verschwunden war. Wie oft sollte sie später so gedankenverloren auf den schmalen Weg blicken, auf dem der große Meaulnes für immer fortgehen würde!

Sie drehte sich zu mir um:

»Er ist nicht glücklich», sagte sie schmerzerfüllt.

Sie fügte hinzu:

»Und vielleicht kann ich nichts für ihn tun?...«

Ich zögerte mit meiner Antwort, in der Angst, Meaulnes, der im Nu den Pachthof erreicht haben mußte und nun durch den Wald zurückkehrte, würde uns im Gespräch überraschen. Aber ich wollte ihr trotzdem Mut machen; ihr sagen, sie solle keine Angst davor haben, den großen Burschen zur Rede zu stellen; daß sicher ein Geheimnis ihn so verzweifelt machte und er niemals von selbst sich ihr oder irgend jemandem sonst anvertrauen würde – als plötzlich von der anderen Seite des Waldes ein Schrei ertönte, dann hörten wir ein Stampfen wie von einem Pferd, das ausschlägt, und den Lärm von einem Wortgefecht mit sich überschlagenden Stimmen... Ich begriff sofort, daß dem alten Belisar etwas passiert war, und ich rannte zu der Stelle, von der all dieser Krach ausging. Mademoiselle de Galais folgte mir von weitem. Hinten auf dem Grasplatz hatte man offenbar unser Laufen bemerkt, denn in dem Augenblick als ich in das Dickicht drang, hörte ich die Schreie der Leute, die herbeigerannt kamen.

Der alte Belisar, der zu niedrig angebunden gewesen war, hatte sich mit einem Vorderbein in seiner Leine verfangen; er hatte sich nicht gerührt bis zu dem Moment, als Monsieur de Galais und Delouche auf ihrem Spaziergang in seine Nähe kamen; erschreckt und erregt von dem ungewohnten Hafer, hatte er wütend ausgeschlagen; die beiden Männer hatten versucht, ihn zu befreien, jedoch so ungeschickt, daß es ihnen gelungen war, ihn noch fester zu zurren, und dabei liefen sie auch noch Gefahr, von gefährlichen Hufschlägen getroffen zu werden. Gerade in diesem Augenblick war Meaulnes auf dem Rückweg von Les Aubiers zufällig auf die Gruppe gestoßen. Wütend über so viel Ungeschick hatte er die beiden Männer beiseite gedrängt, so daß sie um ein Haar in den Büschen landeten. Mit großer Vorsicht, aber im Handumdrehen, hatte er Belisar befreit. Zu spät, denn das Unglück war schon geschehen; bei dem Pferd war offenbar eine Sehne gezerrt oder vielleicht etwas gebrochen; mit jämmerlich hängendem Kopf, den halb gelösten Sattel auf dem Rücken, ein Bein stark zitternd unter seinen Bauch gezogen, stand es da.

Meaulnes hatte sich gebückt und betastete und untersuchte es wortlos.

Als er den Kopf hob, waren beinahe alle um ihn versammelt, er sah jedoch niemanden. Er war rot vor Wut.

»Ich frage mich«, schrie er, »wer so schlau war, es auf diese Weise anzubinden! Und ihm den ganzen Tag lang den Sattel auf dem Rücken zu lassen? Und wer die Unverschämtheit hatte, dieses alte Pferd zu satteln, das gerade noch für einen Karren taugt?«

Delouche wollte etwas sagen, alles auf seine Kappe nehmen.

»Sei still! Auch das ist deine Schuld. Ich habe gesehen, wie idiotisch du an der Leine gezogen hast, um es loszumachen.«

Und wieder bückte er sich und begann von neuem mit der flachen Hand das Sprunggelenk des Pferdes zu reiben.

Monsieur de Galais, der noch nichts gesagt hatte, machte sich unglücklicherweise daran, seine Zurückhaltung aufzugeben. Er stammelte:

»Bei Marineoffizieren ist es üblich… Mein Pferd…«

»Ach! Es gehört Ihnen?« sagte Meaulnes ein wenig ruhiger und sehr rot im Gesicht, als er den Kopf dem Alten zuwandte.

Ich glaubte, er würde einen anderen Ton anschlagen, sich entschuldigen. Er holte kurz Atem. Und da sah ich, daß er ein bitteres und verzweifeltes Vergnügen darin fand, die Situation noch schlimmer zu machen, alles für immer zu zerstören, während er respektlos sagte:

»Nun ja, dazu kann ich Ihnen nicht gratulieren.«

Jemand schlug vor:

»Vielleicht könnte frisches Wasser… Wenn man es zur Schwemme führte…«

»Dieses Pferd«, sagte Meaulnes, ohne darauf einzugehen«, muß sofort weggebracht werden, solange es noch laufen kann – und es ist keine Zeit zu verlieren! – es gehört in den Stall und darf nicht mehr heraus.«

Mehrere junge Männer boten sich sogleich an. Aber Mademoiselle de Galais bedankte sich eilig. Mit flammendrotem Gesicht, kurz davor, in Tränen auszubrechen, verabschiedete sie sich von allen und selbst von Meaulnes, der, fassungslos, sie nicht anzusehen wagte. Sie nahm das Tier bei den Zügeln, so wie man jemandem die Hand gibt, mehr um ihm näher zu sein, als um es zu führen... Die Luft dieses Spätsommers war so mild über dem Weg nach Les Sablonnières, daß man hätte glauben können, man wäre im Mai, und die Blätter an den Hecken zitterten im leichten Südwind... So sahen wir sie davonziehen; den Arm halb aus dem Mantel gestreckt hielt sie in ihrer schmalen Hand die schweren Lederzügel. Ihr Vater ging mühsam neben ihr her...

Trauriges Ende dieses Abends! Nach und nach sammelte jeder sein Bündel ein, sein Eßgeschirr; man klappte die Stühle zusammen, nahm die Tische auseinander; einer nach dem anderen fuhren die Wagen ab, beladen mit Gepäck und Leuten, die Hüte schwenkten und mit Taschentüchern winkten. Als letzte blieben wir auf dem Platz mit meinem Onkel Florentin, der wie wir wortlos seinen Kummer und seine große Enttäuschung in sich hineinfraß.

Dann fuhren auch wir ab, schnell davongetragen in unserem gut gefederten Wagen, von unserem schönen fuchsroten Pferd. In der Kurve knirschten die Räder im Sand und bald sahen Meaulnes und ich, von der Rückbank aus, auf der kleinen Straße die Abzweigung des Seitenweges verschwinden, den der alte Belisar und seine Herrschaft eingeschlagen hatten.

Aber da wandte mein Freund – das Wesen auf der Welt, das ich am wenigsten für fähig hielt, zu weinen – mir plötzlich sein Gesicht zu, das von unaufhaltsam aufsteigenden Tränen erschüttert wurde.

»Halten Sie an, ich bitte Sie!« sagte er und legte Florentin die Hand auf die Schulter. »Kümmern Sie sich nicht um mich. Ich gehe allein zurück, zu Fuß.«

Und mit einem Satz, die Hand auf dem Schutzblech des Wagens, sprang er auf die Erde! Zu unserem Erstaunen machte er kehrt, fing an zu rennen und rannte bis zu dem kleinen Weg, an dem wir eben vorbeigefahren waren, dem Weg nach Les Sablonnières. Sicher gelangte er zu dem Gut auf jener Tannenallee, der er damals gefolgt war, als er, wie ein Landstreicher versteckt im Unterholz, die geheimnisvolle Unterhaltung der schönen, fremden Kinder belauscht hatte…

Und an eben diesem Abend hielt er schluchzend um die Hand von Mademoiselle de Galais an.

Kapitel 7
Der Hochzeitstag

Es ist ein Donnerstag, Anfang Februar, ein schöner, eisiger Donnerstagnachmittag, und der Sturm bläst. Es ist halb vier, vier Uhr. Über den Hecken, am Rand der Dörfer, ist seit mittags die Wäsche ausgebreitet und trocknet im böigen Wind. In jedem Haus läßt das Feuer im Eßzimmer ein Bord voll glänzendem Spielzeug aufleuchten. Müde vom Spielen, hat sich das Kind zu seiner Mutter gesetzt und läßt sie von ihrem Hochzeitstag erzählen…

Wer nicht glücklich sein will, braucht nur auf den Dachboden zu steigen, und bis zum Abend wird er die untergehenden Schiffe pfeifen und heulen hören; er braucht nur hinauszugehen, auf die Straße, und der Wind wird ihm seinen Schal gegen den Mund drücken wie einen plötzlichen heißen Kuß, der ihn zum Weinen bringt. Für den jedoch, der das Glück liebt, steht an einem schlammigen Weg das Haus von Les Sablonnières, in das mein Freund Meaulnes mit Yvonne de Galais eingezogen ist. Seit dem Mittag ist sie seine Frau.

Die Zeit der Verlobung hat fünf Monate gedauert. Sie war friedlich, so friedlich, wie das erste Wiedersehen bewegt gewesen war. Meaulnes ist sehr oft nach Les Sablonnières gekommen, mit dem Fahrrad oder im Wagen. Mehr als zweimal in der Woche hat Mademoiselle de Galais, während sie nähend oder lesend an dem großen Fenster saß, das zur Heide und den Tannen hinausgeht, seine hochgewachsene Gestalt schnell hinter dem Vorhang vorbeihuschen sehen, denn er kommt immer auf der gewundenen Allee, die er damals genommen hat. Doch das ist das Einzige, womit er – stumm – auf die Vergangenheit anspielt. Das Glück scheint seine seltsame Qual gelindert zu haben.

Kleine Ereignisse fielen in diese fünf stillen Monate. Man hat mich zum Lehrer für den Weiler Saint-Benoist-des-Champs ernannt. Saint-Benoist ist kein Dorf. Es sind über das Land verstreute Höfe, und das Schulhaus liegt vollkommen für sich allein auf einem Hang an der Straße. Ich führe ein sehr zurückgezogenes Leben; aber über die Felder ist es zu Fuß nur eine dreiviertel Stunde nach Les Sablonnières.

Delouche ist jetzt bei seinem Onkel, einem Bauunternehmer in Vieux-Nançay. Bald wird er der Chef sein. Er besucht mich häufig. Meaulnes ist auf die Bitte von Mademoiselle de Galais jetzt sehr freundlich zu ihm.

Und das erklärt, warum wir beide gegen vier Uhr nachmittags dort noch herumstreifen, während alle Hochzeitsgäste schon wieder abgefahren sind.

Die Hochzeit fand mittags statt, so still wie möglich, in der alten Kapelle von Les Sablonnières, die nicht abgerissen worden ist und, halb von Tannen verdeckt, am Hang des nächsten Hügels steht. Nach einem kurzen Essen sind die Mutter von Meaulnes, Monsieur Seurel und Millie, Florentin und die anderen wieder in ihre Wagen gestiegen. Nur Jasmin und ich sind noch geblieben...

Wir streichen hinter dem Haus von Les Sablonnières am

Waldrand entlang, am Saum des großen Brachlandes, dem alten Platz des heute abgerissenen Gutes. Ohne es uns eingestehen zu wollen und ohne zu wissen warum, sind wir voller Unruhe. Vergeblich versuchen wir, unsere Gedanken zu zerstreuen, die in uns aufsteigende Angst zu betäuben, indem wir uns auf unserer ziellosen Wanderung die Nester der Hasen zeigen und die kleinen Furchen im Sand, wo die Kaninchen gerade gewühlt haben… eine ausgelegte Schlinge… die Spur eines Wilderers… Aber immer wieder kehren wir an den Rand des Unterholzes zurück, von wo aus man das stille, verschlossene Haus sieht… Unter dem großen Fenster, das zu den Tannen hinausgeht, ist ein Balkon aus Holz von Wildkräutern überwuchert, die der Wind niederdrückt. Ein Schein, wie von einem lodernden Feuer, spiegelt sich in den Scheiben. Von Zeit zu Zeit geht ein Schatten vorüber. Ringsum auf den Feldern, in dem Gemüsegarten, in dem einzigen Hof, der von den ehemaligen Nebengebäuden noch geblieben ist, Stille und Einsamkeit. Die Pächter sind ins Dorf gefahren, um das Glück ihrer Herrschaft zu feiern.

Von Zeit zu Zeit streicht der Wind, schwer von Nebelschwaden, fast schon Regen, uns feucht übers Gesicht und trägt den verlorenen Klang eines Klaviers herüber. Dort hinten in dem verschlossenen Haus spielt jemand. Ich bleibe einen Augenblick stehen und lausche schweigend. Zunächst klingt es wie eine zitternde Stimme, die, von sehr weit her, ihr Glück kaum zu singen wagt… Es klingt wie das Lachen eines kleinen Mädchens, das in ihrem Zimmer all ihre Spielsachen zusammengesucht hat und sie vor ihrem Freund ausbreitet. Ich denke auch an die ängstliche Freude einer Frau, die ein schönes Kleid angezogen hat, und es vorzeigt und nicht weiß, ob es gefällt… Diese Melodie, die ich nicht kenne, ist zugleich ein Gebet, eine flehentliche Bitte an das Glück, nicht zu grausam zu sein, ein Willkommensgruß wie ein Niederknien vor dem Glück.

Ich denke:

»Endlich sind sie glücklich. Meaulnes ist dort, bei ihr...«

Und das zu wissen, dessen sicher zu sein, reicht zur vollkommenen Zufriedenheit des braven Kindes, das ich bin.

In diesem Augenblick, ganz versunken, das Gesicht feucht von dem Wind aus der Ebene wie von der Gischt des Meeres, spüre ich, daß mich jemand an der Schulter berührt:

»Horch!« sagt Jasmin ganz leise.

Ich schaue ihn an. Er macht mir ein Zeichen, mich nicht zu rühren; und er selbst, den Kopf geneigt, die Stirn gerunzelt, horcht...

Kapitel 8

Der Ruf von Frantz

»Uuh-uh!«

Diesmal habe ich es gehört. Es ist ein Signal, ein Ruf in zwei Tonlagen, einer hohen und einer tiefen, und ich habe ihn schon mal gehört... Ach! Ich erinnere mich: es ist der Schrei, mit dem der große Komödiant an der Gitterpforte der Schule seinen jungen Gefährten herausrief. Es ist der Ruf, auf den Frantz uns hatte schwören lassen, ihm wohin und wann auch immer zu folgen. Aber was fordert er heute, dieser Ruf?

»Das kommt von links, aus dem hohen Tannenwald«, sage ich leise. »Das ist sicher ein Wilderer.«

Jasmin schüttelt den Kopf:

»Du weißt sehr gut, daß es keiner ist«, sagt er.

Dann noch leiser:

»Sie sind in der Gegend, alle beide, seit heute morgen. Ich habe Ganache um elf Uhr dabei erwischt, wie er gerade in einem Feld neben der Kapelle auf der Lauer lag. Als er mich bemerkte, hat er sich davongemacht. Sie sind von weit her gekommen, vielleicht mit dem Fahrrad, denn er war bis zum Rücken hoch mit Dreck bespritzt…«

»Aber was suchen sie?«

»Ich weiß es nicht. Auf jeden Fall müssen wir sie verjagen. Wir dürfen sie nicht hier herumlungern lassen. Sonst fängt der ganze Wahnsinn von vorne an…«

Das ist auch meine Meinung, aber ich gebe es nicht zu.

»Das Beste wäre«, sage ich, »wir gehen zu ihnen hin, hören, was sie wollen, und bringen sie zur Vernunft…«

Langsam, leise schleichen wir geduckt durch das Unterholz bis zu dem hohen Tannenwald, aus dem in regelmäßigen Abständen dieser langgezogene Schrei ertönt, der eigentlich nicht trauriger ist als sonst irgend etwas, uns beiden jedoch wie ein düsteres Vorzeichen erscheint.

In diesem Teil des Tannenwaldes, wo der Blick zwischen den regelmäßig gepflanzten Stämmen hindurchdringt, ist es schwer, jemanden zu überraschen und sich ungesehen zu nähern. Wir versuchen es nicht einmal. Ich stelle mich an der Ecke des Waldes auf. Jasmin postiert sich an der gegenüberliegenden, so daß er wie ich zwei Seiten des Rechtecks von außen unter Kontrolle hat und ihm nicht einer der beiden Komödianten entwischen kann, ohne daß er ihn ruft. Nach diesen Vorkehrungen beginnt meine Rolle als Friedensunterhändler, und ich rufe:

»Frantz!

Frantz! Keine Angst. Ich bin's, Seurel; ich möchte Sie sprechen…«

Für einen Augenblick ist alles still; ich habe mich gerade entschlossen, noch einmal zu rufen, als mitten im Tannenwald, wo mein Blick nicht ganz hinreicht, eine Stimme befiehlt:

»Bleiben Sie, wo Sie sind: er kommt zu Ihnen.«

Zwischen den hohen Tannen, die aus der Entfernung gesehen, dicht nebeneinander zu stehen scheinen, kann ich nach und nach den Umriß eines jungen Mannes unterscheiden, der näher kommt. Er scheint mit Schmutz bespritzt und schlecht gekleidet zu sein; Fahrradklammern halten den Saum seiner Hose zusammen, eine alte Matrosenmütze ist über seine zu langen Haare gestülpt; jetzt sehe ich auch sein ausgezehrtes Gesicht... Es sieht aus, als habe er geweint.

Er kommt entschlossen auf mich zu:

»Was wünschen Sie?« fragt er mit herausfordernder Miene.

»Und Sie, Frantz, was tun Sie hier? Was verlangen Sie? Sagen sie es.«

So direkt befragt, errötet er ein wenig, stammelt und antwortet lediglich:

»Ich bin unglücklich, ich bin so unglücklich.«

Dann beginnt er, den Kopf in seinem Arm, an einen Baumstamm gelehnt, bitterlich zu weinen. Wir sind einige Schritte in den Wald hineingegangen. Hier ist alles vollkommen still. Selbst die Stimme des Windes, den die hohen Tannen am Waldrand aufhalten. Zwischen den ebenmäßigen Stämmen hallt das erstickte Schluchzen des jungen Mannes wider und erstirbt. Ich warte, bis diese Krise nachläßt, und während ich ihm die Hand auf die Schulter lege, sage ich:

»Frantz, Sie kommen jetzt mit. Ich bringe Sie zu ihnen. Sie werden sie aufnehmen wie ein verlorenes Kind, das man wiedergefunden hat, und alles wird vorüber sein.«

Aber er wollte nichts hören. Mit tränenerstickter Stimme, unglücklich, starrköpfig, zornig, fing er von neuem an:

»Also kümmert sich Meaulnes nicht mehr um mich? Warum antwortet er nicht, wenn ich ihn rufe? Warum hält er nicht sein Versprechen?«

»Sehen Sie Frantz«, gab ich zur Antwort, »die Zeit der Trugbilder und Kindereien ist vorbei. Stören Sie mit diesen

Verrücktheiten nicht das Glück derer, die Sie lieben; das Glück Ihrer Schwester und von Augustin Meaulnes.«

»Aber er allein kann mich retten, das wissen Sie nur zu gut. Er allein ist in der Lage, die Spur wiederzufinden, die ich suche. Seit bald drei Jahren kämmen Ganache und ich ganz Frankreich durch, ohne ein Ergebnis. Ihr Freund war meine einzige Hoffnung. Und nun antwortet er nicht. Er hat seine Liebe wiedergefunden. Warum denkt er jetzt nicht mehr an mich? Er muß sich auf den Weg machen. Yvonne läßt ihn sicher gehen... Sie hat mir nie etwas abgeschlagen.«

Er zeigte mir ein Gesicht, in dem die Tränen in Staub und Dreck schmutzige Furchen gezogen hatten, das Gesicht eines alten Jungen, erschöpft und geschlagen. Die Augen waren rotgerändert, das Kinn schlecht rasiert, die zu langen Haare hingen über den schmutzigen Kragen. Mit den Händen in den Taschen stand er schlotternd da.

Das war nicht mehr das Königskind in Lumpen aus den vergangenen Jahren. Im Herzen war er zweifellos mehr denn je ein Kind: tyrannisch, launisch und im nächsten Augenblick verzweifelt. Aber dieses Kindsein war schwer zu ertragen bei einem Jungen, der nun schon älter war... Vor kurzem noch war in ihm soviel stolze Jugend, daß alle Verrücktheiten der Welt ihm erlaubt zu sein schienen. Jetzt war man zuerst versucht, ihn zu bemitleiden, weil er sein Leben nicht gemeistert hatte; dann wollte man ihm die absurde Rolle des jungen romantischen Helden vorwerfen, auf die er sich offenbar versteifte... Und endlich dachte ich unwillkürlich daran, daß sich unser schöner Frantz mit seiner schönen Liebe ans Stehlen hatte machen müssen, genau wie sein Kumpan Ganache... Dazu hatte also soviel Stolz geführt!

»Wenn ich Ihnen verspreche«, sagte ich schließlich nach einigem Nachdenken, »daß Meaulnes in ein paar Tagen für Sie losziehen wird, nur für Sie?...

»Er wird es schaffen, nicht wahr? Sie sind doch sicher?« fragte er mit klappernden Zähnen.

»Ich denke ja. Mit ihm wird alles möglich.«

»Und wie werde ich es erfahren? Wer wird es mir sagen?«

»Kommen Sie genau in einem Jahr zur selben Stunde wieder hierher: Sie werden das junge Mädchen finden, das Sie lieben.«

Und während ich das sagte, dachte ich nicht daran, das junge Paar zu stören, sondern wollte mich bei Tante Moinel erkundigen und selbst alles daran setzen, das Mädchen zu finden.

Der Bohemien sah mir in die Augen mit einer Bereitschaft zu vertrauen, die wirklich bewundernswert war. Fünfzehn Jahre, er war noch immer und trotz allem fünfzehn Jahre – so alt waren wir in Sainte-Agathe, an dem Abend, als wir die Klasse ausfegten und wir alle drei diesen Kinderschwur taten.

Die Verzweiflung packte ihn von neuem, als er gezwungen war zu sagen:

»Nun gut, wir werden gehen.«

Sicher zog sich ihm das Herz zusammen, während er all die Wälder ringsum betrachtete, die er wieder verlassen sollte.

»In drei Tagen«, sagte er, »sind wir bereits auf deutschen Landstraßen. Wir haben unseren Wagen weit von hier stehenlassen. Und dreißig Stunden sind wir ohne Pause gelaufen. Wir glaubten noch rechtzeitig da zu sein, um Meaulnes vor der Hochzeit mitzunehmen und mit ihm meine Verlobte zu suchen, so wie er das Gut von Les Sablonnières gesucht hat.«

Im Fortgehen rief er, wieder von seiner schrecklichen Kinderlaune ergriffen:

»Rufen Sie Ihren Delouche zurück; wenn ich ihn treffe, wird das fürchterlich.«

Nach und nach sah ich seine graue Gestalt zwischen den Tannen verschwinden... Ich rief Jasmin, und wir nahmen unsere Wache wieder auf. Fast im selben Augenblick bemerkten wir dort hinten Augustin, der die Läden des Hauses schloß, und wir waren betroffen von seinem sonderbaren Verhalten.

Kapitel 9

Die glücklichen Leute

Später habe ich bis in die kleinste Einzelheit alles erfahren, was dort geschehen war...

Seit dem frühen Nachmittag sind Meaulnes und seine Frau, die ich noch immer Mademoiselle de Galais nenne, im Salon von Les Sablonnières ganz allein. Als alle Gäste fort waren, hat der alte Monsieur de Galais die Tür geöffnet, und für eine Sekunde den stürmischen Wind in das Haus eindringen und ihn aufheulen lassen. Dann hat er sich nach Vieux-Nançay begeben und wird zum Abendessen zurücksein, um alles abzuschließen und in der Meierei seine Anweisungen zu geben. Nicht ein Geräusch dringt nunmehr zu den jungen Leuten. Gerade noch ein kahler Zweig vom Rosenbusch schlägt an das Fenster, auf der Seite zur Heide hin. Wie zwei Passagiere in einem dahintreibenden Boot sind sie in dem Wintersturm zwei Liebende, eingeschlossen mit dem Glück.

»Das Feuer droht zu verlöschen«, sagte Mademoiselle de Galais und wollte ein Holzscheit aus dem Kasten nehmen.

Aber Meaulnes stürzte herbei und legte selbst Holz in das Feuer.

Dann nahm er die ausgestreckte Hand des jungen Mädchens, und so blieben sie dort einer vor dem anderen stehen, betäubt wie von einer großen, unaussprechlichen Neuigkeit.

Der Wind toste mit dem Lärmen eines Flusses, der über die Ufer getreten ist. Ab und zu strich diagonal wie an einem Zugfenster ein Tropfen über die Scheibe.

Da entzog sich das Mädchen, öffnete die Tür zum Flur und verschwand mit einem geheimnisvollen Lächeln. Für einen Augenblick blieb Augustin in dem Halbdunkel allein... Das Ticken einer kleinen Wanduhr ließ an das Eßzimmer in Sainte-Agathe denken... Sicher ging ihm durch den Kopf: »Das ist nun also das so sehr gesuchte Haus, der Flur, damals voller Flüstern und sonderbarem Getriebe...«

In diesem Moment mußte er ganz dicht beim Haus – Mademoiselle de Galais sagte mir später, sie hätte ihn auch gehört – den ersten Schrei von Frantz gehört haben.

Da mochte die junge Frau ihm noch so viel von all den wunderbaren Dingen zeigen, mit denen sie beladen war: das Spielzeug des kleinen Mädchens, all ihre Kinderphotos: sie als Marketenderin verkleidet, sie und Frantz auf den Knien ihrer Mutter, die so hübsch war... dann all das, was von den feinen Kleidern von damals geblieben war: »und auch noch dieses, sehen Sie, das ich zu der Zeit trug, kurz bevor Sie mich kennenlernten; Sie kamen, glaube ich, aus der Schule in Sainte-Agathe...« Meaulnes sah und hörte nichts mehr.

Für einen Augenblick schien er wieder von dem Gedanken an sein unfaßbares, unvorstellbares Glück ergriffen:

»Sie sind da –« sagte er tonlos, als ob allein das Aussprechen ihn schon taumeln ließe – »Sie gehen am Tisch vorüber und einen Moment lang ruht Ihre Hand darauf...«

Und dann noch:

»So neigte sich meine Mutter als junge Frau leicht nach vorn, um mit mir zu sprechen... Und wenn sie sich an das Klavier setzte...«

Da schlug Mademoiselle de Galais vor, zu spielen, bevor die Nacht käme. Aber es war düster in diesem Winkel des Salons, und man war gezwungen, eine Kerze anzuzünden.

Der rosafarbene Lampenschirm verstärkte jenes Rot auf ihren Wangen, das ein Zeichen großer Angst war.

Dort hinten am Waldrand hörte ich die ersten Töne dieses zitternden Liedes, das der Wind uns zutrug, bald darauf unterbrochen von dem zweiten Schrei der beiden Verrückten, die sich uns in den Tannen genähert hatten.

Lange lauschte Meaulnes dem jungen Mädchen und sah schweigend zum Fenster hinaus. Mehrmals wandte er sich um zu dem zarten Gesicht voller Ohnmacht und Schmerz. Dann ging er hinüber zu Yvonne, und, sehr leicht, legte er ihr die Hand auf die Schulter. Sie fühlte sanft und schwer neben ihrem Hals diese Liebkosung, auf die sie eine Antwort hätte wissen müssen.

»Der Tag geht zu Ende«, sagte er zuletzt. »Ich schließe die Läden. Aber hör nicht auf zu spielen...«

Was ging da vor in diesem dunklen, wilden Herzen? Ich habe mich das oft gefragt und es erst erfahren, als es zu spät war. Heimliche Gewissensnot? Unerklärliche Reue? Angst, bald zwischen seinen Händen dieses unerhörte Glück zerinnen zu sehen, das er so fest hielt? Und dabei die furchtbare Versuchung, gleich dieses Wunder unwiderruflich wegzuwerfen, das er erobert hatte?

Langsam, schweigend ging er hinaus, nach einem letzten Blick auf seine junge Frau. Vom Waldrand aus sahen wir, wie er zuerst zögernd einen Fensterladen schloß, dann unsicher zu uns herüber schaute, noch einen zuklappte, und plötzlich, so schnell er konnte, in unsere Richtung davonrannte. Er langte bei uns an, noch bevor wir daran denken konnten, uns besser zu verstecken. Er bemerkte uns, als er gerade über eine kleine, vor kurzem erst gepflanzte Hecke springen wollte, die eine Wiese begrenzte. Er wich zurück. Ich erinnere mich an sein verstörtes Aussehen, den Ausdruck eines gehetzten Tieres... Er machte Miene weiterzulaufen und bei dem kleinen Bach über die Hecke zu steigen.

Ich rief:

»Meaulnes!… Augustin!…«

Aber er wandte nicht einmal den Kopf. Überzeugt, daß nur das ihn zurückhalten konnte, rief ich:

»Frantz ist da. Warte!«

Endlich blieb er stehen. Keuchend und ohne mir Zeit zu lassen, meine Worte zurechtzulegen, sagte er:

»Er ist hier! Was will er?«

»Er ist unglücklich«, antwortete ich. »Er wollte dich um Hilfe bitten, um wiederzufinden, was er verloren hat.«

»Ach!« machte Meaulnes und senkte den Kopf. »Das dachte ich mir. Da konnte ich noch so sehr versuchen, diesen Gedanken zu betäuben… Aber, wo ist er? Sag schnell.«

Ich sagte, Frantz sei gerade fort, und man könne ihn sicher nicht mehr einholen. Das war für Meaulnes eine große Enttäuschung. Er zögerte, machte zwei oder drei Schritte, blieb stehen. Er schien auf dem Höhepunkt von Unentschlossenheit und Kummer. Ich erzählte ihm, was ich in seinem Namen dem jungen Mann versprochen hatte. Ich sagte, daß ich mit ihm ein Treffen in einem Jahr am gleichen Ort vereinbart hatte.

Augustin, meist so ruhig, war jetzt in einem Zustand äußerster Erregung und Ungeduld.

»Ach! Warum hast du das getan!« rief er. »Ja doch, natürlich kann ich ihn retten. Aber das muß sofort sein. Ich muß ihn sehen, ihn sprechen, er muß mir verzeihen und ich muß alles wieder in Ordnung bringen… Sonst kann ich mich dort nicht mehr zeigen…«

Und er schaute zurück auf das Haus von Les Sablonnières.

»Du bist also«, sagte ich, »für ein kindliches Versprechen, das du ihm gegeben hast, dabei, dein Glück zu zerstören.«

»Ach! Wenn es nur das Versprechen wäre«, stieß er hervor.

Und so erfuhr ich, daß noch etwas anderes die beiden jungen Männer verband, jedoch ohne daß ich erraten konnte, was es war.

»Jedenfalls«, sagte ich, »erreichen kann man sie nicht mehr. Sie sind bereits unterwegs nach Deutschland.«

Er wollte gerade antworten, als eine Gestalt mit fliegendem Haar und wirrem Blick zwischen uns auftauchte. Es war Mademoiselle de Galais. Sie mußte gerannt sein, denn ihr Gesicht war in Schweiß gebadet. Dabei war sie wohl gefallen; ihre Stirn war über dem rechten Auge verletzt, und in ihren Haaren klebte geronnenes Blut.

Ich habe einmal in den Armenvierteln von Paris Eheleute gesehen, die man für glücklich hielt, für einig, für ehrenwert, wie sie plötzlich auf die Straße gezerrt und von der Polizei getrennt wurden. Mit einem Schlag ist der Krach ausgebrochen, irgendwann, als man sich gerade zu Tisch setzen wollte, am Sonntag vor dem Spaziergang, als man den Geburtstag des kleinen Sohnes feiern wollte... Und das ist jetzt alles vergessen, über den Haufen geworfen. Mann und Frau sind in dem Aufruhr nicht mehr als zwei arme Teufel, und die in Tränen aufgelösten Kinder stürzen sich auf sie, umschlingen sie, flehen sie an, still zu sein und sich nicht mehr zu schlagen.

Mademoiselle de Galais ließ mich, als sie vor Meaulnes stand, an eines dieser Kinder denken, eines dieser armen, verschreckten Kinder. Ich glaube, wenn all ihre Freunde, das ganze Dorf, die ganze Welt sie hätte sehen können, wäre sie genauso herbeigestürzt, wäre ebenso gefallen, zerzaust, weinend, voller Schmutz.

Als sie jedoch verstanden hatte, daß Meaulnes wirklich da war, für dieses Mal wenigstens sie nicht verlassen würde, da schob sie ihren Arm unter seinen und konnte nicht anders als unter ihren Tränen lachen wie ein Kind. Sie sagten kein Wort, weder der eine noch der andere. Aber als sie ihr Taschentuch hervorgeholt hatte, nahm Meaulnes es ihr sanft aus der Hand: behutsam und mit großer Sorgfalt wischte er das Blut ab, mit dem das Haar des jungen Mädchens befleckt war.

»Wir müssen jetzt nach Hause«, sagte er.

Und in dem heftigen Sturm des Winterabends, der ihnen das Gesicht peitschte, ließ ich sie allein zurückkehren – er, der ihr an schwierigen Stellen die Hand reichte; sie, lächelnd und eilig – zu ihrem für einen Augenblick verlassenen Heim.

Kapitel 10

Das »Haus von Frantz«

Nur wenig beruhigt, hilfloses Opfer einer dumpfen Unruhe, die der glückliche Ausgang des Aufruhrs vom Vorabend nicht annähernd zerstreut hatte, war ich gezwungen, den ganzen nächsten Tag in der Schule zu verbringen. Kaum war die Übungsstunde, die auf den Nachmittagsunterricht folgt, vorüber, machte ich mich auf den Weg nach Les Sablonnières. Die Nacht sank herab, als ich in der Tannenallee ankam, die zum Haus führt. Alle Fensterläden waren schon geschlossen. Ich befürchtete, ungelegen zu kommen zu so vorgerückter Stunde, am Tag nach einer Hochzeit. Ich zögerte sehr lange, streifte am Waldrand und in den Feldern herum, immer in der Hoffnung, jemanden aus dem verschlossenen Haus kommen zu sehen... Aber meine Hoffnung wurde enttäuscht. Selbst nebenan in der Meierei rührte sich nichts. Und verfolgt von den düstersten Vorstellungen, mußte ich wieder heimkehren.

Am nächsten Tag, ein Samstag, dieselbe Ungewißheit. Am Abend nahm ich in aller Eile meinen Mantel, den Stock, ein Stück Brot für unterwegs, und ich langte dort an, als die Nacht schon hereinbrach und fand wie am Vorabend in Les Sablonnières alles verschlossen... Ein schwacher Lichtschein im ersten Stock; jedoch nicht ein Laut, nicht eine Bewegung... Immerhin sah ich vom Hof der Meierei aus, daß die Tür des Bauernhauses offenstand, daß ein Feuer in der großen Küche brannte und ich hörte den gewohnten Lärm von Stimmen und Schritten zur Abendbrotzeit. Das beruhigte mich, ohne daß es mir weiterhalf. Weder konnte ich diesen Leuten etwas sagen, noch eine Frage an sie richten. Und ich legte mich wieder auf die Lauer, wartete wieder vergeblich; immer meinte ich zu sehen, wie die Tür sich öffnet und endlich die hohe Gestalt Augustins auftaucht.

Erst am Sonntag, am Nachmittag, entschloß ich mich, an der Tür von Les Sablonnières zu klingeln. Während ich die kahlen Hügel hinaufstieg, hörte ich in der Ferne die Vesperglocken dieses Wintersonntags läuten. Ich fühlte mich einsam und betrübt. Ich weiß nicht, welch traurige Vorahnung mich überkam. Und ich war kaum überrascht, als auf mein Klingeln Monsieur de Galais ganz allein erschien und mit leiser Stimme sagte: Yvonne de Galais läge mit hohem Fieber zu Bett; Meaulnes habe schon Freitag früh eine große Reise antreten müssen; man wisse nicht, wann er zurückkäme...

Und da der alte Mann sehr verlegen, sehr traurig war, und mich nicht hereinbat, verabschiedete ich mich sogleich. Als die Tür sich wieder geschlossen hatte, blieb ich einen Augenblick auf der Freitreppe stehen, mit beklommenem Herzen, in völliger Verwirrung, während ich, ohne zu wissen warum, einen vertrockneten Glyzinienzweig betrachtete, den der Wind traurig in einem Sonnenstrahl schaukelte.

So hatte am Ende doch die heimliche Gewissensnot, die Meaulnes seit seinem Aufenthalt in Paris mit sich herumschleppte, die Oberhand gewonnen. Es hatte so kommen müssen, daß mein großer Gefährte sich schließlich doch seinem beharrlichen Glück entzog...

Jeden Donnerstag und jeden Sonntag fragte ich nach Yvonne de Galais, bis zu dem Abend, an dem sie sich endlich besser fühlte und mich hereinbitten ließ. Ich fand sie vor dem

Feuer im Salon, dessen großes, weit herunterreichendes Fenster auf die Felder und den Wald hinausging. Sie war nicht im mindesten blaß, wie ich es mir vorgestellt hatte, sondern im Gegenteil fiebrig erregt, mit hektisch roten Flecken unter den Augen, in einem Zustand äußerster Unruhe. Obwohl sie noch sehr schwach aussah, war sie wie zum Ausgehen gekleidet. Sie sprach wenig, aber jeden Satz brachte sie außergewöhnlich lebhaft vor, so als ob sie sich selbst hätte überzeugen wollen, daß das Glück noch nicht vergangen sei... Ich habe nicht im Gedächnis behalten, worüber wir gesprochen haben. Ich erinnere mich nur, daß ich schließlich vorsichtig gefragt habe, wann Meaulnes wieder zurück wäre.

»Ich weiß nicht, wann er zurückkommt«, antwortete sie rasch.

Da war ein Flehen in ihren Augen, daß ich mich hütete, weiter zu fragen.

Oft besuchte ich sie jetzt. Oft plauderte ich mit ihr am Feuer in diesem niedrigen Salon, in dem es schneller Nacht wurde als irgendwo sonst. Nie sagte sie ein Wort über sich noch über ihren verborgenen Kummer. Aber sie wurde es nicht müde, mich in allen Einzelheiten von unserem Schülerdasein in Sainte-Agathe erzählen zu lassen.

Ernst und zärtlich, mit gewissermaßen mütterlicher Anteilnahme lauschte sie der Geschichte der Nöte von uns großen Kindern. Nie schien sie überrascht zu sein, selbst von den gewagtesten, gefährlichsten Kindereien nicht. Jene aufmerksame Zärtlichkeit, die sie von Monsieur de Galais geerbt hatte, war durch die erbärmlichen Abenteuer ihres Bruders nicht im mindesten erlahmt. Der einzige Kummer, den ihr die Vergangenheit bereitete, war, so meine ich, daß sie ihrem Bruder eine nicht genügend innige Vertraute gewesen war, denn im Augenblick seines großen Zusammenbruchs hatte er es nicht gewagt, ihr etwas davon zu sagen wie auch sonst niemandem und sich rettungslos verloren geglaubt. Und es war, wenn ich darüber nachdenke, eine schwere Aufgabe, die die junge Frau übernommen hatte – die gefährliche Aufgabe, einem wahnsinnig versponnenen Geist wie ihrem Bruder beizustehen; eine vernichtende Aufgabe, wenn es sich darum handelte, sich mit jenem abenteuerlichen Herzen zusammenzutun, wie es mein Freund war, der große Meaulnes.

Von dieser Treue, die sie den kindlichen Träumen ihres Bruders bewahrte, von dieser Sorge, die sie dafür trug, ihm wenigstens die Bruchstücke des Traumes zu erhalten, in dem er bis zu seinem zwanzigsten Jahr gelebt hatte, gab sie mir eines Tages den anrührendsten Beweis, fast möchte ich sagen, den geheimnisvollsten.

Es war an einem Abend im April, trostlos wie im Spätherbst. Seit beinahe einem Monat lebten wir in einem milden, vorzeitigen Frühling, und die junge Frau hatte in Gesellschaft von Monsieur de Galais die langen Spaziergänge wieder aufgenommen, die sie so liebte. Aber da an jenem Tag der alte Mann sich müde fühlte und ich frei hatte, bat sie mich, sie trotz des drohenden Unwetters zu begleiten. Als wir, mehr als eine halbe Meile von Les Sablonnières entfernt, am See entlanggingen, überraschten uns Gewitter, Regen und Hagelschauer. Unter dem Dach des Schuppens, in dem wir vor dem nicht endenwollenden Regen Zuflucht gesucht hatten, ließ uns der eisige Wind erstarren, aufrecht nebeneinander, nachdenklich vor der schwarz verdunkelten Landschaft. Ich sehe sie wieder vor mir in ihrem leichten, schlichten Kleid, sehr bleich, sehr verstört.

»Wir müssen nach Hause«, sagte sie, »Wir sind schon so lange fort. Was kann inzwischen nicht alles geschehen sein?«

Aber zu meinem Erstaunen setzte die junge Frau, als wir endlich unseren Unterschlupf verlassen konnten, ihren Weg fort, anstatt nach Les Sablonnières zurückzukehren, und bat mich, sie zu begleiten. Nach einem langen Fußmarsch kamen wir vor einem Haus an, das ich nicht kannte; ganz für sich allein stand es am Rand eines schlammigen Weges, der nach Préveranges führen mußte. Es war ein kleines Bürgerhaus mit Schieferdach, daß sich von der gewöhnlichen Bauweise dieser Gegend nur unterschied durch seine einsame Lage.

Wenn man Yvonne de Galais zusah, hätte man meinen können, das Haus gehöre uns und wir hätten es für die Dauer einer langen Reise verlassen. Sie bückte sich, öffnete eine kleine Gitterpforte und nahm eilig und voller Sorge diese Einsiedelei in Augenschein. Ein großer grasbewachsener Hof, wo offenbar Kinder an den langen, endlosen Nachmittagen des Spätwinters gespielt hatten, war von dem Gewitter verwüstet. Ein Holzreifen schwamm in einer Pfütze. In den eingefaßten Beeten, wo die Kinder Blumen und Erbsen gesät hatten, waren nach dem starken Regen nur noch Spuren von weißem Kies liegen geblieben. Und schließlich entdeckten wir eine Brut Küken, die, gegen die Schwelle einer feuchten Tür gepreßt, im Schauer völlig durchweicht worden war. Fast alle waren sie unter den erstarrten, zerzausten Flügeln der Mutter gestorben.

Bei diesem jammervollen Anblick stieß die junge Frau einen erstickten Schrei aus. Sie bückte sich, und ohne auf Wasserlachen und Schlamm zu achten, zog sie die lebenden Küken zwischen den toten hervor und barg sie in ihrem Mantel. Dann gingen wir in das Haus hinein, zu dem sie den Schlüssel besaß. Vier Türen führten auf einen schmalen Flur, wo sich pfeifend der Wind verfing. Yvonne de Galais öffnete die erste zu unserer Rechten und ließ mich in ein düsteres Zimmer eintreten, in dem ich nach einer Weile einen großen Spiegel wahrnahm und ein kleines Bett, worüber nach ländlichem Brauch eine Daunendecke aus roter Seide gebreitet war. Sie aber durchsuchte schnell die übrigen Räume der

Wohnung und kehrte zurück, die kranke Brut in einem mit Flaumfedern ausgekleideten Korb, den sie mit äußerster Sorgfalt unter die Daunendecke schob. Und während ein schwacher Sonnenstrahl, der erste und letzte dieses Tages, unsere Gesichter noch bleicher und die einbrechende Nacht noch dunkler machte, standen wir da, fröstelnd und verstört in dem seltsamen Haus.

Alle Augenblicke schaute sie in das fiebrige Nest, nahm das nächste tote Küken heraus, um zu verhindern, daß die anderen auch noch starben. Und jedesmal schien uns etwas wie ein Windstoß durch die zerbrochenen Fensterscheiben des Dachbodens leise zu klagen, wie ein geheimnisvoller Jammer unbekannter Kinder.

»Das hier«, sagte endlich meine Gefährtin, »war das Haus von Frantz, als er noch klein war. Er hatte sich ein Haus ganz für sich allein gewünscht, weit weg von allen anderen, in dem er spielen, sich vergnügen und leben konnte, wie es ihm gefiel. Mein Vater hatte diese Laune so außergewöhnlich gefunden, so witzig, daß er sie ihm nicht verweigert hat. Und wenn ihn die Lust dazu überkam, an einem Donnerstag, einem Sonntag, gleichgültig wann, zog Frantz los und wohnte in seinem Haus wie ein Mann. Die Kinder der umliegenden Höfe kamen und wollten mit ihm spielen und ihm im Haus und im Garten helfen. Das war ein wundervolles Spiel! Und wenn es Abend wurde, hatte er keine Angst, ganz allein schlafen zu gehen. Wir aber haben ihn so bewundert, daß wir nicht einmal daran dachten, uns Sorgen zu machen.

Nun steht das Haus schon seit langem leer«, fuhr sie mit einem Seufzer fort. »Monsieur de Galais, von Alter und Kummer geschlagen, hat nie etwas unternommen, um meinen Bruder wiederzufinden oder zurückzuholen. Und was könnte er da auch unternehmen?

Ich komme oft hierher. Die Bauernkinder aus der Umgebung spielen auf dem Hof wie damals. Und ich bin froh bei dem Gedanken, daß es die alten Freunde von Frantz sind; daß er selbst noch ein Kind ist und bald mit der Braut, die er sich ausgesucht hatte, zurückkehren wird.

Die Kinder kennen mich gut. Ich spiele mit ihnen. Diese Brut Küken gehörte uns…«

Der große Kummer, über den sie nie gesprochen hatte, der große Jammer um den Verlust ihres so wirrköpfigen, so zauberhaften und so sehr bewunderten Bruders, hatten des Gewitters und des Zusammenbruchs dieser Kinderwelt bedurft, bevor sie mir alles anvertraute. Und ich hörte ihr wortlos zu, das Herz ganz erfüllt von Schluchzen…

Als die Türen und die Gitterpforte wieder verschlossen, die Küken wieder in ihrem Bretterverschlag hinter dem Haus waren, nahm sie traurig meinen Arm, und ich führte sie zurück…

Wochen vergingen, Monate. Vergangene Zeit! Verlorenes Glück! Nun fiel es mir zu, ihr, die die Fee, die Prinzessin, die geheimnisvolle Liebe unserer ganzen Jugend gewesen war, den Arm zu reichen und Worte zu finden, die ihren Kummer mildern konnten, während mein Freund geflohen war. Über jene Zeit, die Gespräche am Abend nach dem Unterricht auf dem Hügel von Saint-Benoist-des-Champs, über die Spaziergänge, bei denen das einzige, von dem man hätte sprechen müssen, das einzige war, über das wir beschlossen hatten zu schweigen, was könnte ich darüber heute sagen? Ich habe keine andere Erinnerung zurückbehalten, als die schon halb verwischte an ein schönes, abgezehrtes Antlitz, an zwei Augen, deren Lider sich langsam senkten, wenn sie mich beobachteten, so als wollten sie nur noch eine innere Welt schauen.

Und ich bin ihr treuer Begleiter geblieben – Gefährte bei einem Warten, über das wir nicht sprachen – einen ganzen Frühling lang und einen Sommer, wie es ihn nie mehr geben wird. Mehrmals gingen wir an den Nachmittagen zu dem Haus von Frantz. Sie öffnete die Türen, um Luft einzulassen, damit nichts schimmlig wäre, wenn das junge Paar zurückkehrte. Sie kümmerte sich um das halbwilde Federvieh, das im Hühnerhof hauste. Und am Donnerstag oder am Sonntag feuerten wir die Spiele der Bauernkinder aus der Umgebung an, deren Schreien und Lachen den einsamen Ort, das kleine, verlassene Haus noch öder erscheinen ließen.

Kapitel 11
Gespräch im Regen

Der August, die Ferienzeit hielt mich von Les Sablonnières und der jungen Frau fern. Ich mußte meine beiden freien Monate in Sainte-Agathe verbringen. Ich sah den großen staubigen Schulhof wieder, das Pausendach, das leere Klassenzimmer... Alles sprach zu mir vom großen Meaulnes. Alles war erfüllt von den Erinnerungen an unsere schon vergangene Jugend. An diesen langen herbstgoldenen Tagen schloß ich mich wie damals, bevor Meaulnes zu uns kam, im Schularchiv ein, in den verlassenen Klassenzimmern. Ich las, ich schrieb, ich erinnerte mich... Mein Vater war weit fort beim Angeln. Millie saß im Salon und nähte oder spielte Klavier wie früher... Und in der vollkommenen Stille des Klassenraums, wo die zerrissenen Kränze aus grünem Papier, die Umschläge der Buchpreise, die abgewischten Tafeln davon sprachen, daß das Schuljahr vorüber war, die Belohnungen verteilt, daß alles auf den Herbst wartete, auf den Schulbeginn im Oktober und auf die neuen Anstrengungen – ich dachte auch daran, daß unsere Jugendzeit zu Ende und das Glück versäumt war; auch ich wartete auf das Wiedersehen mit Les Sablonnières und auf die Rückkehr von Augustin, der vielleicht nie mehr zurückkam...

Es gab jedoch eine glückliche Nachricht, die ich Millie verkündete, als sie sich entschloß, mich nach der jungverheirateten Frau zu fragen. Ich fürchtete ihre Fragen, ihre zugleich sehr unschuldige und sehr tückische Art, einen plötzlich in Verwirrung zu stürzen, indem sie den Finger auf den heimlichsten Gedanken legte, den man hatte. Ich machte es kurz und verkündete, daß die junge Frau meines Freundes Meaulnes im Oktober Mutter werden würde.

Ich dachte an den Tag, an dem Yvonne de Galais mir diese große Neuigkeit eröffnet hatte. Es war ein Schweigen entstanden; auf meiner Seite die leichte Befangenheit eines jungen Mannes. Und um sie zu lösen, hatte ich unbedacht sofort gesagt – zu spät fiel mir dann ein, welches Drama ich damit aufwühlte:

»Sie müssen sehr glücklich sein?«

Sie jedoch, ohne Hintergedanken, ohne einen Ton der Klage, der Reue oder Rache, hatte mit dem schönen Lächeln der Seligkeit geantwortet:

»Ja, sehr glücklich.«

Während dieser letzten Ferienwoche, die meist die schönste und die romantischste ist, die Woche mit Regenwetter, die Woche, in der man anfängt, Feuer zu machen, und die ich gewöhnlich damit verbrachte, in den schwarzen, tropfnassen Tannenwäldern zu jagen, traf ich meine Vorbereitungen, um auf direktem Wege nach Saint-Benoist-des-Champs zurückzukehren. Firmin, meine Tante Julie und meine Kusinen aus Vieux-Nançay hätten mir zuviele Fragen gestellt, die ich nicht beantworten wollte. Für dieses Mal verzichtete ich darauf, eine Woche lang das berauschende Leben eines Landjägers zu führen, und war vier Tage vor Unterrichtsbeginn wieder zurück in meinem Schulhaus.

Noch bevor es Nacht wurde, kam ich in den Hof, der schon mit gelben Blättern bedeckt war. Als der Fuhrmann fort war, packte ich traurig in dem hallenden »muffigen« Eßzimmer das Paket mit Vorräten aus, das Mutter mir zurechtgemacht hatte... Ungeduldig und nervös nahm ich schnell ein paar Bissen, warf meine Pelerine über und brach auf zu einer fieberhaften Wanderung, die mich geradewegs in die Nähe von Les Sablonnières führte. Ich wollte mich nicht gleich am ersten Abend meiner Ankunft als ungebetener Gast dort sehen lassen. Nachdem ich das Gut umkreist hatte, in dem allein das Fenster der jungen Frau erleuchtet war, stieg ich, kühner als im Februar, hinter dem Haus über die Gartenhecke und setzte mich in der zunehmenden Dunkelheit auf eine Bank, glücklich nur, daß ich da war, ganz nah bei dem, was mich am meisten auf der Welt erregte und beunruhigte.

Die Nacht kam. Ein feiner Regen begann zu fallen. Mit gesenktem Kopf sah ich gedankenverloren zu, wie meine Schuhe allmählich naß wurden und vor Wasser glänzten. Die Dunkelheit hüllte mich langsam ein und die Kühle durchdrang mich, ohne meine Träumerei zu stören. Zärtlich, traurig träumte ich von den schlammigen Wegen in Sainte-Agathe an einem ebensolchen Abend Ende September; ich sah vor mir den Dorfplatz im Nebel, den Schlachterjungen, der pfeifend zur Pumpe geht, das hell erleuchtete Café, unter dem Schildkrötenpanzer der aufgespannten Regenschirme die fröhliche Fuhre, die vor dem Ende der Ferien bei Onkel Florentin ankam... Und ich sagte mir traurig:

»Was soll all dieses Glück, wenn weder Meaulnes, mein Freund, dabeisein kann, noch seine junge Frau...«

Ich hob den Kopf, und da sah ich sie, zwei Schritte von mir entfernt. Ihre Schuhe machten auf dem Sand ein leichtes Geräusch, das ich mit dem der Regentropfen auf der Hecke verwechselt hatte. Über Kopf und Schultern trug sie ein großes Tuch aus schwarzer Wolle, und der feine Regen bestäubte ihre Haare über der Stirn. Sicher hatte sie mich von ihrem Zimmer aus, dessen Fenster zum Garten ging, entdeckt. Und sie war zu mir gekommen. So hatte früher meine Mutter voller Sorge nach mir gesucht, um mir zu sagen: »Komm nach Haus«, aber dann hatte sie Gefallen an diesem Spaziergang in Regen und Nacht gefunden und nur sanft gesagt: »Du wirst dich erkälten!« Und sie war bei mir geblieben und hatte noch lange mit mir geplaudert.

Yvonne de Galais reichte mir eine glühend heiße Hand und, anstatt mich ins Haus zu bitten, setzte sie sich auf die weniger feuchte Seite der bemoosten, mit Grünspan überzogenen Bank, während ich, ein Knie gegen diese Bank gestemmt, dastand und mich zur ihr beugte, um ihr zuzuhören.

Zuerst schalt sie mich freundschaftlich aus, meine Ferien so abgekürzt zu haben:

»Es war doch nötig«, antwortete ich, »sobald wie möglich zu kommen, um Ihnen Gesellschaft zu leisten.«

»Es ist wahr«, flüsterte sie fast unhörbar und seufzte, »ich bin noch immer allein. Augustin ist nicht zurückgekehrt.«

Ich hielt diesen Seufzer für eine Klage, einen versteckten Vorwurf, und fing langsam an zu sagen:

»So viele Verrücktheiten in einem so edlen Kopf. Vielleicht ist die Abenteuerlust stärker als alles andere...«

Aber die junge Frau unterbrach mich. Und an diesem Ort, an diesem Abend, sprach sie zum ersten und zum letzten Mal mit mir über Meaulnes.

»Sprechen Sie nicht so«, sagte sie sanft, »François Seurel, mein Freund. Nur uns – nur mich trifft die Schuld. Bedenken Sie, was wir getan haben...

Wir haben zu ihm gesagt: ›Hier ist das Glück, hier ist, was du deine ganze Jugend gesucht hast, hier ist das junge Mädchen, das Ziel all deiner Träume!‹

Wie hätte er, den wir so an den Schultern vorwärtsschoben, nicht von Zaudern, von Furcht und schließlich von Entsetzen ergriffen sein sollen und wie hätte er der Versuchung, zu fliehen, nicht nachgeben sollen.«

»Yvonne«, sagte ich sehr leise, »Sie wissen doch, daß Sie dieses Glück waren, dieses junge Mädchen.«

»Ach«, seufzte sie. »Wie konnte ich nur einen Augenblick lang diesen stolzen Gedanken haben. Dieser Gedanke ist an allem schuld.

Ich habe Ihnen gesagt: ›Vielleicht ist es so, daß ich nichts für ihn tun kann.‹ Und im Innersten habe ich gedacht: ›Er hat mich so sehr gesucht, und ich liebe ihn, da muß ich doch sein Glück ausmachen.‹ Aber als ich ihn dann neben mir sah, mit all seinem Fieber, seiner Unruhe, seiner rätselhaften Gewissensnot, habe ich begriffen, daß ich nur eine arme Frau bin wie all die anderen...

›Ich bin deiner nicht würdig‹, sagte er immer wieder, als der Morgen graute und unsere Hochzeitsnacht zu Ende war.

Und ich versuchte, ihn zu trösten, ihn zu beruhigen. Nichts stillte seine Qual. Da habe ich gesagt: ›Wenn du fort mußt, wenn ich zu dir gekommen bin in dem Augenblick, da nichts dich glücklich machen konnte, wenn du mich für eine Weile verlassen mußt, um dann beruhigt zu mir zurückzukehren, dann bin ich es, die dich bittet zu gehen.‹«

In der Dunkelheit sah ich, daß sie die Augen zu mir erhoben hatte. Es war, als hätte sie mir eine Beichte abgelegt und wartete jetzt angstvoll, daß ich sie freisprach oder verdammte. Aber was konnte ich sagen? Sicher, im Grunde meines Herzens sah ich den großen Meaulnes von damals wieder vor mir, linkisch und wild, der sich lieber bestrafen ließ, als sich zu entschuldigen oder um eine Erlaubnis zu bitten, die man ihm bestimmt gegeben hätte. Zweifellos hätte Yvonne de Galais drastischer mit ihm umgehen, seinen Kopf zwischen ihre Hände nehmen und zu ihm sagen müssen: »Wen kümmert's, was du getan hast; ich liebe dich; sind nicht alle Menschen Sünder?«

Zweifellos war es ein großes Unrecht von ihr gewesen, ihn so aus Großzügigkeit, aus Opfermut auf den Weg der Abenteuer zurückzustoßen... Aber wie hätte ich soviel Güte, soviel Liebe tadeln können!..

Es entstand ein langes Schweigen, während wir, aufgewühlt bis ins Innerste, den kalten Regen auf die Hecken und von den Zweigen der Bäume tropfen hörten.

»So ist er also am Morgen gegangen«, fuhr sie fort. »Nichts trennte uns mehr von nun an. Und er hat mich umarmt wie ein Mann, der zu einer langen Reise aufbricht und seine junge Frau allein zurückläßt...«

Sie erhob sich. Ich nahm ihre fieberheiße Hand in meine, dann ihren Arm, und in der tiefen Dunkelheit gingen wir zurück durch die Allee.

»Und doch hat er Ihnen nie geschrieben?« fragte ich.

»Niemals«, antwortete sie.

Und da kam uns beiden der Gedanke an das abenteuerliche Leben, das er zu dieser Stunde auf den Straßen Frankreichs oder Deutschlands führte, und wir fingen an, von ihm zu sprechen, wie wir es noch nie getan hatten. Vergessene Einzelheiten, alte Bilder stiegen wieder in uns auf, während wir langsam das Haus erreichten, nach jedem Schritt lange verweilend, um unsere Erinnerungen besser austauschen zu können... Lange – bis zur Einzäunung des Gartens – hörte ich die leise kostbare Stimme der jungen Frau; und, wieder erfaßt von meiner alten Begeisterung, erzählte ich ihr, ohne müde zu werden, mit tiefer Freundschaft von dem, der uns verlassen hatte...

Kapitel 12

Die Last

Die Schule sollte am Montag wieder beginnen. Am Samstagabend, gegen fünf Uhr, betrat eine Frau den Schulhof, wo ich damit beschäftigt war, Holz für den Winter zu sägen. Sie kam, um mir mitzuteilen, daß in Les Sablonnières ein kleines Mädchen geboren sei. Die Entbindung war schwierig gewesen. Um neun Uhr abends hatte man die Hebamme aus Préveranges rufen müssen. Um Mitternacht hatte man erneut anspannen lassen, um den Doktor aus Vierzon zu holen. Er hatte die Zange anwenden müssen. Das kleine Mädchen war am Kopf verletzt worden und hatte lange geschrien, schien aber gute Lebenskräfte zu haben. Yvonne de Galais war im Augenblick sehr matt, aber sie hatte mit ungewöhnlicher Tapferkeit gelitten und durchgehalten.

Ich ließ meine Arbeit liegen, rannte ins Haus, zog einen anderen Mantel an und, alles in allem froh über diese Nachrichten, folgte ich der guten Frau nach Les Sablonnières. Vorsichtig, in der Angst, eine der beiden Verletzten könnte schlafen, stieg ich die schmale Holztreppe hinauf, die zum ersten Stock führte. Und dort ließ mich Monsieur de Galais, der müde, aber glücklich aussah, in das Zimmer treten, wo man zunächst die mit Vorhängen verhüllte Wiege aufgestellt hatte.

Ich war noch nie in ein Haus gekommen, wo am selben Tag ein Kind geboren war. Wie erschien mir das seltsam und geheimnisvoll und gut. Es war ein so schöner Abend – ein richtiger Sommerabend – daß Monsieur de Galais unbesorgt das Fenster zum Hof geöffnet hatte. Er stützte sich neben mir auf die Fensterbank und erzählte erschöpft und glücklich von dem Drama der Nacht; und ich lauschte und fühlte dunkel, daß jetzt ein fremdes Wesen mit uns im Zimmer war...

Hinter den Vorhängen begann es zu schreien, ein dünner Schrei, spitz und langgezogen... Und Monsieur de Galais sagte leise:

»Sie schreit, weil sie am Kopf verletzt ist.«

Mechanisch – man merkte, daß er das den ganzen Morgen über getan hatte und es ihm schon zur Gewohnheit geworden war – fing er an, das kleine Schleierbündel zu wiegen.

»Sie hat schon gelacht«, sagte er, »und sie nimmt den Daumen. Aber Sie haben sie noch nicht gesehen?«

Er schob die Vorhänge beiseite, und ich sah ein kleines, rotes, verquollenes Gesicht, einen kleinen Schädel, der von der Zange verformt und in die Länge gezogen worden war:

»Das hat nichts zu bedeuten«, sagte Monsieur de Galais, »der Arzt hat gesagt, das wird alles von allein wieder gut... Geben Sie ihr Ihren Finger, sie hält ihn ganz fest.«

Eine unbekannte Welt tat sich mir da auf. Das Herz wurde mir weit von einer seltsamen Freude, von der ich bisher noch nichts gewußt hatte...

Monsieur de Galais öffnete vorsichtig einen Spaltbreit die Tür zu dem Zimmer der jungen Frau. Sie schlief nicht.

»Sie können hineingehen«, sagte er.

Sie lag lang ausgestreckt, das fiebrige Gesicht in ihrem aufgelöstem blonden Haar. Müde lächelnd streckte sie mir die Hand entgegen. Ich beglückwünschte sie zu ihrer Tochter. Mit einer etwas rauhen Stimme und einer ungewohnten Härte – der Härte von jemandem, der einen Kampf hinter sich hat, sagte sie lächelnd:

»Ja, aber man hat sie mir beschädigt.«

Ich mußte bald wieder gehen, um sie nicht zu überanstrengen.

Am nächsten Sonntag machte ich mich nachmittags mit einer beinahe fröhlichen Ungeduld auf den Weg nach Les Sablonnières. An der Tür war mit Stecknadeln ein Zettel befestigt, der meine schon erhobene Hand aufhielt:

Bitte nicht klingeln.

Ich konnte mir nicht vorstellen, worum es sich handelte. Ich klopfte ziemlich laut. Im Inneren des Hauses hörte ich gedämpfte Schritte herbeieilen. Jemand, den ich nicht kannte – es war der Arzt aus Vierzon – öffnete mir die Tür.

»Was ist los?« stieß ich hervor.

»Psst! Psst!« – flüsterte er offenbar verärgert. – »Das kleine Mädchen wäre heute nacht beinahe gestorben. Und der Mutter geht es sehr schlecht.«

Vollkommen fassungslos folgte ich ihm auf Zehenspitzen in das obere Stockwerk. Das kleine Mädchen schlief in seiner Wiege und war ganz bleich, ganz weiß, wie ein totes Kind. Der Arzt meinte, er könne sie retten. Was die Mutter betraf, versprach er nichts... Er gab mir lange Erklärungen, so als sei ich der einzige Freund der Familie. Er sprach von einer Lungenentzündung, einer Embolie. Er war unschlüssig, war sich nicht sicher... Monsieur de Galais trat ins Zimmer, in zwei Tagen furchtbar gealtert, verstört und zitternd.

Er führte mich zu ihrem Zimmer, ohne überhaupt zu wissen, was er tat:

»Man darf sie nicht erschrecken«, flüsterte er, »der Arzt hat gesagt, man muß sie davon überzeugen, daß alles gut geht.«

Wie am Abend zuvor lag Yvonne de Galais auf dem Bett, alles Blut im Gesicht, den Kopf zurückgeworfen. Wangen und Stirn waren dunkelrot, zeitweise verdrehte sie die Augen, wie jemand, der erstickt. So wehrte sie sich gegen den Tod, unsagbar mutig und sanft.

Sie konnte nicht sprechen, aber sie streckte mir ihre glühendheiße Hand entgegen, mit soviel Zuneigung, daß ich Mühe hatte, nicht in Tränen auszubrechen.

»Ja, ja«, sagte Monsieur de Galais sehr laut und mit einer grauenvollen Heiterkeit, die an Wahnsinn grenzte, »Sie sehen, für eine Kranke sieht sie gar nicht schlecht aus!«

Und ich wußte nicht, was ich darauf sagen sollte, aber ich behielt in der meinen die entsetzlich heiße Hand der sterbenden jungen Frau.

Sie machte Anstrengungen, mir etwas zu sagen, mich um irgend etwas zu bitten. Sie richtete ihre Augen auf mich, dann auf das Fenster, als wolle sie mir ein Zeichen geben, draußen jemanden zu suchen... Aber da überkam sie ein furchtbarer Erstickungsanfall; die schönen, blauen Augen, die einen Moment lang so tragisch nach mir gerufen hatten, verdrehten sich; Wangen und Stirn färbten sich schwarz, und in einem stillen Kampf suchte sie bis zum Schluß Grauen und Verzweiflung zu beherrschen. Man stürzte zu ihr – der Arzt und die Frauen – mit einem Sauerstoffballon, Tüchern, Flakons; während der Alte sich über sie beugte und schrie – mit seiner rauhen und zitternden Stimme schrie, so als wäre sie schon weit weg von ihm.

»Hab keine Angst, Yvonne. Das ist gleich vorüber. Du mußt keine Angst haben!«

Dann ließ die Krise nach. Sie konnte ein wenig Atem schöpfen, war aber gleich wieder halb erstickt; die Augen weiß, den Kopf zurückgeworfen, noch immer kämpfend, war sie außerstande, und sei es auch nur für einen Augenblick, mich anzusehen, etwas zu mir zu sagen, aus dem Abgrund aufzutauchen, in dem sie schon versunken war.

... Und da ich zu nichts nütze war, entschloß ich mich zu gehen. Sicher, ich hätte noch einen Augenblick bleiben können; und bei diesem Gedanken fühle ich mich erdrückt von furchtbarer Reue. Aber warum? Ich hoffte noch immer. Ich redete mir ein, es sei noch nicht so weit.

Als ich am Rand des Tannenwaldes hinter dem Haus anlangte, dachte ich an den zum Fenster gerichteten Blick der jungen Frau, durchspähte mit der Aufmerksamkeit einer Schildwache oder eines Menschenjägers die Tiefe dieses Waldes, aus der Augustin einst gekommen und in der er im vergangenen Winter verschwunden war. Ach! Nichts regte sich. Nicht ein verdächtiger Schatten, nicht ein schwankender Zweig. Nach einer Weile jedoch hörte ich dort hinten, aus der Richtung der Allee, die von Préveranges herführt, den zarten Ton einer kleinen Glocke; kurz darauf erschien in der Wegbiegung ein Kind mit einer roten Kappe und einem Schülerkittel hinter einem Priester... Und ich ging weiter, meine Tränen hinunterschluckend.

Am folgenden Tag begann die Schule wieder. Schon um sieben Uhr waren zwei oder drei Jungen im Hof. Lange zögerte ich, hinunterzugehen, mich zu zeigen. Und als ich endlich erschien, den Schlüssel zum stickigen Klassenzimmer umdrehte, das seit zwei Monaten abgesperrt gewesen war, da geschah, was ich am meisten auf der Welt befürchtet hatte: ich sah, wie der größte der Schüler sich aus der Gruppe löste, die unter dem Pausendach spielte, und auf mich zukam. Er kam, um mir zu sagen, daß »die junge Dame von Les Sablonnières gestern, als es Nacht wurde, gestorben ist.«

Alles verwirrt sich in mir, alles vermischt sich in diesem Schmerz. Mir kommt es jetzt so vor, als hätte ich nie mehr den Mut, den Unterricht wieder aufzunehmen. Schon über den öden Schulhof zu gehen, ist eine Anstrengung, bei der mir die Beine den Dienst versagen werden. Alles ist mühselig; alles ist bitter, denn sie ist tot. Die Welt ist leer, die Ferien sind zu Ende. Zu Ende die langen, verwunschenen Ausfahrten mit dem Wagen; zu Ende das geheimnisvolle Fest... Alles wird wieder Qual, wie früher.

Ich habe den Kindern gesagt, sie hätten heute morgen keinen Unterricht. In kleinen Gruppen ziehen sie von dannen, um allen in der ganzen Gegend die Neuigkeit zu überbringen.

Ich aber nehme meinen schwarzen Hut, eine bordierte Jacke, die ich habe, und elend mache ich mich auf nach Les Sablonnières...

... Da stehe ich nun vor dem Haus, das wir vor drei Jahren so sehr gesucht hatten! Und in diesem Haus ist Yvonne de Galais, die Frau von Augustin Meaulnes, gestern abend gestorben. Ein Fremder würde es für eine Kapelle halten, so still ist es seit gestern an diesem trostlosen Ort.

Das also hielt dieser schöne Morgen des ersten Schultages für uns bereit, diese falsche Herbstsonne, die durch die Zweige dringt. Wie soll ich gegen das furchtbare Aufbegehren, diesen erstickenden Strom von Tränen ankämpfen! Wir hatten das schöne Mädchen wiedergefunden. Wir hatten sie erobert. Sie war die Frau meines Freundes, und ich liebte sie mit jener tiefen, heimlichen Zuneigung, die sich nie äußert. Ich sah sie und war froh wie ein Kind. Eines Tages hätte ich vielleicht ein anderes junges Mädchen geheiratet und ihr als erste die große, geheime Neuigkeit anvertraut...

Neben der Klingel an der Tür hängt noch der Zettel von gestern. Der Sarg steht schon unten im Vorflur. Im Schlafzimmer im oberen Stock kommt mir die Amme entgegen, die mir das Ende erzählt und die leise die Tür einen Spalt öffnet... Da liegt sie. Kein Fieber mehr und kein Kampf. Keine Röte mehr und kein Warten. Nur Stille noch, und von Watte umgeben ein hartes Gesicht, fühllos und weiß, eine tote Stirn, aus der das dichte Haar starr heraustritt.

In einer Ecke kauert Monsieur de Galais in Strümpfen, ohne Schuhe; uns den Rücken zuwendend wühlt er mit erschreckender Beharrlichkeit in Schubladen voller Unordnung, die er aus einem Schrank gerissen hat. Ab und zu, unter krankhaftem Schluchzen, das seine Schultern zucken läßt wie ein Lachanfall, nimmt er eine alte, längst vergilbte Photographie von seiner Tochter heraus.

Die Beerdigung wird mittags sein. Der Arzt fürchtet einen

schnellen Verfall, wie er manchmal auf Embolien folgt. Darum ist das Gesicht, wie der ganze Körper, mit phenolgetränkter Watte umgeben.

Als sie fertig angekleidet ist – man hat ihr das wundervolle dunkelblaue, mit kleinen Silbersternen übersäte Samtkleid angezogen, doch die schönen bauschigen Ärmel, die jetzt aus der Mode sind, mußten zerdrückt und zerknittert werden – wird in dem Augenblick, da der Sarg nach oben gebracht werden soll, offenbar, daß er in dem zu engen Flur nicht um die Ecke getragen werden kann. Man müßte ihn mit einem Seil von außen durch das Fenster hinaufziehen, und ihn dann auf dieselbe Weise wieder hinunterlassen... Aber Monsieur de Galais, der noch immer über alte Sachen gebeugt ist, in denen er nach man weiß nicht welchen verlorenen Erinnerungsstücken sucht, fährt mit schrecklicher Heftigkeit dazwischen.

»Bevor«, sagte er mit vor Wut und Tränen brechender Stimme, »bevor ich etwas so Grauenvolles zulasse, nehme ich sie lieber selbst in meine Arme und trage sie hinunter...«

Und das hätte er getan, unter der Gefahr, auf halben Wege vor Schwäche zu stürzen und mit ihr zusammenzubrechen.

Doch da trete ich vor und fasse den einzig möglichen Entschluß: mit Hilfe des Arztes und einer Frau, den einen Arm unter dem Rücken der ausgestreckt daliegenden Toten, den anderen unter ihren Beinen, hebe ich sie an meine Brust. Auf meinem linken Arm sitzend, die Schultern gegen meinen rechten Arm gestützt, ihren zurückfallenden Kopf unter mein Kinn gepreßt, lastet sie furchtbar auf meinem Herzen. Langsam, Stufe für Stufe, steige ich die hohe steile Treppe hinab, während unten alles bereitsteht.

Bald schmerzen meine Arme vor Erschöpfung. Mit dem Gewicht auf der Brust, bin ich bei jeder Stufe ein wenig mehr außer Atem. Den leblosen, starren Körper umklammernd, beuge ich den Kopf über den Kopf von der, die ich forttrage, ich atme schwer, und ihre blonden Haare geraten mir dabei in den Mund – tote Haare, mit einem erdigen Geschmack. Dieser Geschmack von Erde und Tod, dieses Gewicht auf meinem Herzen, das ist alles, was mir von dem großen Abenteuer bleibt und von dir, Yvonne de Galais, junge Frau, so sehr gesucht – so sehr geliebt...

Kapitel 13

Das Aufsatzheft

In dem Haus voll trauriger Erinnerungen, wo Frauen ein winziges krankes Kind den ganzen Tag lang wiegten und trösteten, legte sich bald der alte Monsieur de Galais nieder. Als die ersten großen Winterfröste kamen, entschlief er friedlich und ich konnte meine Tränen nicht zurückhalten am Bett dieses bezaubernden alten Mannes, dessen Nachsicht und Einbildungskraft, der seines Sohnes sehr verbunden, die Ursache unseres ganzen Abenteuers gewesen waren. Glücklicherweise starb er in vollkommener Verständnislosigkeit für das, was geschehen war, und überdies in fast absoluter Stille. Da er seit langem keine Verwandten oder Freunde in diesem Teil Frankreichs mehr hatte, setzte er mich in seinem Testament als einzigen Erben ein bis zur Rückkehr von Meaulnes, dem ich über alles Rechenschaft ablegen sollte, wenn er jemals zurückkäme...

Und seitdem wohnte ich nun in Les Sablonnières. Ich ging nur noch nach Saint-Benoist, um zu unterrichten, lief frühmorgens los, aß mittags, was ich im Gut vorbereitet und auf dem Ofen gewärmt hatte, und ging abends sofort nach dem Unterricht wieder nach Hause. So konnte ich das Kind, das die Mägde vom Pachthof versorgten, um mich haben. Und vor allem hatte ich so die besten Aussichten, Augustin zu treffen, wenn er eines Tages heimkehrte nach Les Sablonnières.

Außerdem hoffte ich noch immer, schließlich doch in den Schränken, in den Schubladen dieses Hauses irgendein Stück Papier, irgendeinen Hinweis zu entdecken, der es mir möglich machte zu erfahren, wie er während des langen Schweigens der letzten Jahre seine Zeit verbracht hatte – und vielleicht so die Ursachen seiner Flucht zu begreifen oder zumindest eine Spur wiederzufinden... Ich weiß nicht, wie viele Schränke und Truhen ich schon vergeblich durchsucht, wie viele alte Kartons aller Größen ich in den Abstellkammern geöffnet hatte, bald angefüllt mit Stapeln von alten Briefen und vergilbten Photographien der Familie de Galais, bald vollgestopft mit künstlichen Blumen, Federbüschen und altmodischen Vögeln. Aus diesen Schachteln stieg ich weiß nicht welch welker Geruch, welch erloschener Duft, der plötzlich in mir für einen ganzen Tag Erinnerungen und Trauer weckte und meiner Suche ein Ende setzte...

An einem freien Tag endlich entdeckte ich auf dem Dachboden einen kleinen alten Koffer, lang und flach, mit ziemlich abgeschabtem Schweinsleder bezogen, und ich erkannte den Schülerkoffer von Augustin. Ich ärgerte mich, daß ich meine Suche nicht dort begonnen hatte. Das rostige Schloß konnte ich leicht sprengen. Der Koffer war bis zum Rand mit Heften und Büchern aus Sainte-Agathe gefüllt. Arithmetik, Literatur, Aufgabenhefte, und was weiß ich!.. Eher gerührt als neugierig machte ich mich daran, alles durchzuwühlen, las Diktate, die ich noch auswendig wußte, so oft hatten wir sie immer wieder geschrieben! »L'Aqueduc« von Rousseau, »Une aventure en Calabre« von P.-L. Courier, »Lettre de George Sand à son fils«...

Da war auch ein »Aufsatzheft«. Ich war überrascht, denn diese Hefte blieben eigentlich in der Schule, nie nahmen die

Schüler sie mit nach Hause. Es war ein grünes Heft, an den Rändern schon ganz vergilbt. Der Name des Schülers, *Augustin Meaulnes*, stand in wunderbarer Rundschrift auf dem Umschlag. Ich schlug es auf. An dem Datum der Aufgaben, April 189... erkannte ich, daß Meaulnes es wenige Tage, bevor er Sainte-Agathe verließ, angefangen hatte. Die ersten Seiten waren mit der inbrünstigen Sorgfalt geführt, die verlangt wurde, wenn man in diesem Aufsatzheft arbeitete. Aber nur drei Seiten waren vollgeschrieben, der Rest war weißes Papier, und nun war klar, warum Meaulnes es mitgenommen hatte.

Während ich noch am Boden kniete und über diese Gewohnheiten, über diese kindischen Vorschriften nachdachte, die so viel Platz in unserer Jugend eingenommen hatten, ließ ich meinen Daumen über die Schriftkante des unvollendeten Heftes gleiten. Und so entdeckte ich weitere beschriebene Blätter. Nach vier freien Seiten hatte jemand wieder angefangen zu schreiben.

Es war noch immer die Schrift von Meaulnes, aber hastig, unsauber, kaum zu lesen. Kleine Absätze von unterschiedlicher Länge, unterteilt von leeren Linien. Ab und zu war es nur ein einziger unvollendeter Satz. Manchmal nur ein Datum. Von der ersten Zeile an war ich davon überzeugt, daß dort Aufschluß über die Zeit, die Meaulnes in Paris verbracht hatte, zu finden war, Hinweise auf die Spur, nach der ich suchte, und ich ging ins Eßzimmer hinunter, um in aller Ruhe das seltsame Dokument bei Tageslicht durchzulesen. Es war ein klarer, stürmischer Wintertag. Bald zeichnete grelles Sonnenlicht das Fensterkreuz auf den weißen Vorhängen nach, bald warf ein jäher Windstoß einen eisigen Schauer gegen die Scheiben. Und an diesem Fenster, neben dem Feuer, las ich jene Zeilen, die mir so vieles erklärten und deren genaue Abschrift hier folgt...

Kapitel 14

Das Geheimnis

Ich bin noch einmal unter dem Fenster vorübergegangen. Die Scheibe ist staubig und milchig weiß von dem doppelten Vorhang, der dahinter zugezogen ist. Würde Yvonne de Galais ihn öffnen, dann hätte ich ihr nichts zu sagen, denn sie ist verheiratet... Was soll ich nun tun? Wie soll ich leben?...

Samstag, 13. Februar. – An der Seine habe ich dieses junge Mädchen wieder getroffen, das mir im Juni Auskunft gegeben hatte und das wie ich vor dem verschlossenen Haus wartete... Ich habe mit ihr gesprochen. Während sie weiterging, betrachtete ich von der Seite die kleinen Makel in ihrem Gesicht: eine kleine Falte im Mundwinkel, die ein wenig schlaffen Wangen und den Puder, der sich an den Nasenflügeln angesammelt hatte. Plötzlich hat sie sich mir zugewandt und mir gerade ins Gesicht gesehen, vielleicht weil sie von vorne schöner ist als im Profil, und kurz gesagt:

»Sie machen mir Spaß. Sie erinnern mich an einen jungen Mann, der mir den Hof gemacht hat, früher, in Bourges. Er war sogar mit mir verlobt...«

Aber als es dunkel geworden war, ist sie auf dem menschenleeren, regennassen Trottoir, das den Schein einer Gaslaterne zurückwarf, auf einmal dicht an mich herangetreten und hat mich gebeten, sie und ihre Schwester am Abend ins Theater zu begleiten. Zum ersten Mal fällt mir auf, daß sie Trauer trägt, mit einem damenhaften Hut, der ihr junges Gesicht zu alt macht, einem Regenschirm, lang und dünn wie ein Spazierstock. Und da ich ganz nah vor ihr stehe und eine Bewegung mache, kratzen meine Nägel über den Krepp ihres Kleides... Ich gebe Schwierigkeiten vor, ihre Bitte zu erfüllen. Gekränkt will sie sofort gehen. Und nun bin ich es, der sie zurückhält, sie bittet. Da sagt ein Arbeiter, der in der Dunkelheit vorübergeht, halblaut im Scherz:

»Geh nicht mit, Kleine, sonst geht's dir schlecht.«

Und da standen wir beide, sprachlos.

Im Theater. – Die beiden Mädchen, meine Freundin, die Valentine Blondeau heißt, und ihre Schwester, sind mit ärmlichen Schultertüchern erschienen.

Valentine hat den Platz vor mir. Alle Augenblicke dreht sie sich ängstlich zu mir um, so als würde sie sich fragen, was ich von ihr möchte. Und ich, ich fühle mich in ihrer Nähe beinahe glücklich; jedesmal antworte ich ihr mit einem Lächeln.

Rings um uns saßen Frauen mit zu tiefen Dekolletés. Und wir machten uns darüber lustig. Zuerst lächelte sie, dann hat sie gesagt: »Da brauche ich gar nicht zu lachen. Mein Dekolleté ist auch zu tief.« Und sie hat sich in ihr Tuch gehüllt. Tatsächlich sah man unter dem Viereck aus schwarzer Spitze, daß sie in der Hast des Umkleidens ihr einfaches, hochgeschlossenes Hemd oben zurückgeschlagen hatte.

In ihr ist etwas unbegreiflich Armseliges und Kindliches, in ihrem Blick ein unfaßbar leidender und unbestimmter Ausdruck, der mich anzieht. Bei ihr, dem einzigen Wesen auf der Welt, das mir über die Leute von dem Gut hätte Auskunft geben können, denke ich unaufhörlich an mein seltsames Abenteuer von einst... Ich wollte sie noch einmal über jenes kleine Patrizierhaus an dem Boulevard ausfragen. Aber sie hat mir ihrerseits so peinliche Fragen gestellt, daß ich keine Antwort darauf wußte. Ich fühle, daß wir beide von nun an zu diesem Thema schweigen werden. Und doch, ich weiß auch, daß ich sie wiedersehen werde. Was soll das alles? Und warum?... Bin ich jetzt dazu verdammt, der Spur jedes Wesens zu folgen, dem nur der unbestimmteste, der geringste Geruch meines verfehlten Abenteuers anhaftet?...

Um Mitternacht, allein auf der verlassenen Straße, frage ich mich, was diese neue merkwürdige Geschichte für mich bedeutet. Ich laufe an den wie Pappkartons aufgereihten Häusern entlang, in denen ein ganzes Volk schläft. Und plötzlich fällt mir ein, wozu ich mich im letzten Monat entschlossen hatte: ich wollte mitten in der Nacht gegen ein Uhr morgens dorthin gehen, um das Haus streichen und die Gartentür öffnen, wie ein Dieb eindringen und nach irgendeinem Hinweis suchen, der es mir erlauben würde, das verlorene Gut wiederzufinden, sie wiederzusehen, nur sie wiederzusehen... Aber ich bin müde. Ich habe Hunger. Auch ich habe mich in aller Eile vor dem Theaterbesuch umgezogen und nicht zu Abend gegessen... Doch erregt und verstört bleibe ich lange auf der Bettkante sitzen, bevor ich mich niederlege, gepeinigt von unbestimmter Gewissensnot. Warum?

Auch dies muß ich noch notieren: weder wollten sie sich von mir nach Hause bringen lassen, noch mir sagen, wo sie wohnen. Aber ich bin ihnen gefolgt, solange ich konnte. Ich weiß, daß sie in einer kleinen Straße wohnen, die in der Nähe von Notre-Dame abgeht. Aber in welcher Hausnummer?... Ich denke mir, sie sind wohl Näherinnen oder Putzmacherinnen.

Von ihrer Schwester unbemerkt, hat Valentine sich mit mir für Donnerstag vier Uhr verabredet, vor demselben Theater, in dem wir heute waren.

»Wenn ich am Donnerstag nicht da bin, kommen sie am Freitag zur selben Zeit wieder, dann am Samstag und so fort, jeden Tag.«

Donnerstag, 18. Februar. – Ich bin losgegangen und habe auf sie gewartet in dem stürmischen Wind, der Regen mitbringt. Jeden Augenblick sagte man sich: es wird am Ende doch noch regnen.

Ich laufe durch das Halbdunkel der Straßen, ein Gewicht auf dem Herzen. Ein Tropfen fällt. Ich habe Angst, daß es regnet: ein Schauer kann sie davon abhalten, zu kommen. Aber der Wind wird wieder stärker, und diesmal fällt der Regen noch nicht. Dort oben in dem grauen Nachmittag des Himmels – bald grau, bald strahlend – hat eine Wolke dem Wind weichen müssen. Und ich bin hier vergraben in einem jämmerlichen Warten.

Vor dem Theater. – Nach einer Viertelstunde bin ich sicher, daß sie nicht kommt. Vom Seineufer aus, wo ich stehe, überwache ich von weitem die Brücke, über die sie hätte kommen müssen, die endlose Reihe vorübereilender Leute. Mit den Augen begleite ich alle jungen Frauen in Trauer, die ich kommen sehe, und ich empfinde beinahe Dankbarkeit für die, die am längsten und noch in meiner Nähe ihr ähnlich waren und mich haben hoffen lassen...

Eine Stunde Warten. – Ich bin erschöpft. In der hereinbrechenden Dunkelheit zerrt ein Schutzmann einen Clochard in die nächste Wachstube, der ihm mit erstickter Stimme alle Flüche, alle Schimpfworte entgegenschleudert, die ihm einfallen. Der Polizist ist wütend, blaß, stumm. Sobald sie im Hausflur sind, fängt er an, auf ihn einzuschlagen, dann klappt er die Tür hinter sich zu, um den Elenden in aller Ruhe zu verprügeln... Mir schießt der grauenhafte Gedanke durch den Kopf, daß ich dem Paradies entsagt habe und nun vor den Pforten der Hölle stehe.

Am Ende meiner Kräfte verlasse ich diesen Ort und laufe zu jener engen und tiefen Gasse zwischen der Seine und

Notre-Dame, in der ich nur ungefähr die Stelle kenne, wo ihr Haus steht. Ganz allein gehe ich auf und ab. Von Zeit zu Zeit tritt ein Dienstmädchen oder eine Hausfrau in den Nieselregen hinaus, um, bevor es Nacht wird, ihre Einkäufe zu machen... Für mich gibt es hier nichts, und ich gehe weiter... In dem hellen Regen, der die Nacht aufhält, komme ich noch einmal über den Platz, an dem wir auf einander warten sollten. Jetzt ist dort ein größeres Getriebe als eben noch – eine schwarze Menschenmenge...

Vermutungen – Verzweiflung – Müdigkeit. Ich klammere mich an den Gedanken: morgen. Morgen, zur selben Zeit, am selben Ort werde ich wieder da sein und auf sie warten. Und ich habe es sehr eilig, daß es morgen wird. Voll Überdruß denke ich an den heutigen Abend und an den nächsten Vormittag, den ich untätig verbringen werde... Aber ist dieser Tag nicht schon beinahe zu Ende? Wieder in meiner Wohnung am Feuer, höre ich, wie die Abendzeitungen ausgerufen werden. Von ihrem Haus, verloren irgendwo in der Stadt, in der Nähe von Notre-Dame hört sie das sicher auch.

Sie... ich meine Valentine.

Jener Abend, den ich gerne vergessen hätte, liegt mir schwer auf der Seele. Während die Zeit voranschreitet, dieser Tag bald zu Ende geht und während ich schon wünsche, er möge zu Ende sein, gibt es Menschen, die all ihre Hoffnungen in ihn gesetzt hatten, ihre ganze Liebe und ihre letzten Kräfte. Da gibt es Menschen, die im Sterben liegen, andere, für die sich am nächsten Tag alles entscheidet und die sich wünschen, es wäre niemals morgen. Da gibt es welche, für die der Morgen anbrechen wird wie ein Gewissensbiß. Andere sind müde, und diese Nacht wird nie lang genug sein, ihnen die nötige Ruhe zu geben. Und ich, der ich meinen Tag vertan habe, mit welchem Recht wage ich, den Morgen herbeizuwünschen?

Freitag abend. – Ich hatte mir vorgestellt, ich würde weiterschreiben: »Ich habe sie nicht wiedergesehen.« Und alles wäre zu Ende.

Aber als ich am Nachmittag um vier Uhr um die Ecke des Theaters bog: da stand sie. Zart und ernst, schwarz gekleidet, aber mit gepudertem Gesicht und einem runden Kragen, der ihr das Aussehen eines schuldbewußten Pierrot gab. Ein zugleich schmerzliches und schelmisches Aussehen.

Sie ist gekommen, um mir zu sagen, daß sie mich auf der Stelle verlassen wird, daß sie nicht mehr wiederkommt.

...

Und doch, als es Nacht wird, gehen wir beide noch immer langsam, dicht nebeneinander über den Kies der Tuilerien. Sie erzählt mir ihre Geschichte, aber auf so verschleierte Weise, daß ich sie kaum verstehe. Sie sagt: »Mein Geliebter«, wenn sie von diesem Bräutigam spricht, der sie nicht geheiratet hat. Ich denke, das tut sie absichtlich, um mich zu schockieren, damit ich mich auch nicht im mindesten an sie hänge.

Es gibt Sätze von ihr, die ich nur widerwillig aufschreibe:

»Schenken Sie mir nicht das geringste Vertrauen«, sagt sie, »ich habe immer nur Verrücktheiten gemacht.

Ich bin ganz allein über die Landstraßen gezogen.

Ich habe meinen Bräutigam ins Unglück gestürzt. Ich habe ihn verlassen, weil er mich zu sehr bewunderte; er sah mich nur in seiner Phantasie und überhaupt nicht, wie ich wirklich war. Ich bin nämlich voller Fehler. Wir wären sehr unglücklich gewesen.«

Jeden Augenblick ertappe ich sie dabei, wie sie sich schlechter macht, als sie ist. Ich denke, sie will sich selbst beweisen, daß sie damals richtig handelte, als sie diese Dummheit beging, von der sie spricht, daß sie nichts zu bereuen hat und das Glück, das sich ihr bot, nicht verdiente.

Einmal hat sie zu mir gesagt:

»Was mir an Ihnen gefällt«, und sie hat mich lange dabei angesehen, »was mir an Ihnen gefällt, das sind, warum weiß ich nicht, meine Erinnerungen...«

Ein andermal sagte sie:

»Ich liebe ihn immer noch, mehr als Sie denken.«

Und dann plötzlich, schlagartig, brutal, traurig:

»Was wollen Sie eigentlich? Lieben Sie mich auch? Werden Sie auch um meine Hand anhalten?«

Ich habe irgend etwas gestammelt. Ich weiß nicht, was ich geantwortet habe. Vielleicht habe ich gesagt: »Ja.«

Damit brach diese Art Tagebuch ab. Nun begannen Entwürfe von unleserlichen Briefen, formlos, voller Streichungen. Welch ungewisse Verlobung!... Das junge Mädchen hatte auf Meaulnes Bitten hin sein Metier aufgegeben. Und er war mit Hochzeitsvorbereitungen beschäftigt. Aber immer wieder von der Sehnsucht erfaßt, weiterzusuchen, weiter die Spur seiner verlorenen Liebe zu verfolgen, war er offenbar mehrmals verschwunden; und in diesen Briefen versuchte er, sich mit trauriger Befangenheit vor Valentine zu rechtfertigen.

Kapitel 15

Das Geheimnis *(Fortsetzung)*

Dann begann wieder das Tagebuch.

Er hatte Erinnerungen an ein paar Tage niedergeschrieben, die sie beide irgendwo auf dem Land verbracht hatten. Aber das Eigenartige dabei war, daß das Tagebuch von nun an, aus einem Gefühl heimlicher Scham vielleicht, so unzusammenhängend und formlos abgefaßt war und so hastig hingekritzelt, daß ich selbst diesen ganzen Teil der Geschichte ergänzen und zusammenfügen mußte.

14. Juni. – Als er spät am Morgen im Zimmer des Gasthauses erwachte, hatte die Sonne die roten Muster auf dem schwarzen Vorhang entflammt. Unten in der Gaststube waren die lauten Stimmen von Landarbeitern zu hören, die ihren Morgenkaffee tranken. Sie regten sich mit groben, aber friedlichen Worten über einen ihrer Herrn auf. Sicher hatte Meaulnes lange schon im Schlaf dieses eintönige Geräusch gehört. Denn er hatte es zunächst gar nicht beachtet. Dieser Vorhang, übersät mit Trauben, die die Sonne rot färbte, diese morgendlichen Stimmen, die in das stille Zimmer hinaufdrangen, all das vermischte sich zu dem einzigen Eindruck, auf dem Lande zu erwachen, am Beginn herrlicher, langer Ferien.

Er stand auf, klopfte vorsichtig an die Tür zum Nebenzimmer, ohne daß er eine Antwort bekam, und öffnete sie leise einen Spaltbreit. Da fiel sein Blick auf Valentine, und er verstand, woher ihm soviel friedliches Glück entgegenkam. Sie schlief, vollkommen reglos und still, ohne daß man sie atmen hörte, wie wohl ein Vogel schläft. Lange betrachtete er dieses Kindergesicht mit den geschlossenen Augen, dieses so ruhige Gesicht, daß man sich gewünscht hätte, es nie zu wecken und zu stören.

Die einzige Bewegung, die sie machte, um zu zeigen, daß sie nicht mehr schliefe, war, daß sie die Augen öffnete und ihn anschaute.

Sobald sie angekleidet war, ging Meaulnes wieder hinüber zu dem jungen Mädchen.

»Wir sind spät dran«, sagte sie.

Und gleich war sie wie eine Hausfrau in ihrer Wohnung.

Sie brachte die Zimmer in Ordnung, bürstete den Anzug ab, den Meaulnes am Abend zuvor getragen hatte, und als die Hose an der Reihe war, fing sie an zu klagen. Die Hosenbeine waren mit Schlamm bedeckt. Zuerst war sie unentschlossen, dann begann sie sorgfältig und behutsam, bevor sie sie ausbürstete, die dickste Schicht mit einem Messer abzukratzen.

»So machten es die Jungen in Sainte-Agathe«, sagte Meaulnes, »wenn sie in den Dreck geflogen waren.«

»Ich habe das von meiner Mutter gelernt«, sagte Valentine.

... Und eine solche Frau hätte er sich sicher vor seinem geheimnisvollen Abenteuer gewünscht, Jäger und Bauer, der er war, der große Meaulnes.

15. Juni. – Bei dem Abendessen in einem Bauernhof, zu dem sie zu ihrem großen Verdruß dank ihrer Freunde, die sie als Mann und Frau vorgestellt hatten, eingeladen wurden, benahm sie sich schüchtern wie eine junge Braut.

An jedem Ende der mit einem weißen Tuch bedeckten Tafel hatte man wie bei einer friedlichen Hochzeit auf dem Lande die Kerzen in den beiden Leuchtern angezündet. Sobald die Gesichter sich in diesem schwachen Lichtschein nach unten neigten, tauchten sie in das Dunkel.

Zur Rechten von Patrice, dem Sohn des Bauern, saß Valentine, dann kam Meaulnes, der bis zum Schluß schweigsam blieb, obwohl man fast immer ihn ansprach. Seitdem er sich dazu entschieden hatte, in diesem abgelegenen Dorf Valentine als seine Frau durchgehen zu lassen, um Gerede zu vermeiden, quälte ihn nur ein Reuegedanke, nur eine Gewissensangst. Und während Patrice wie ein Landedelmann der Tafel vorstand, dachte Meaulnes bei sich:

»Eigentlich wäre ich derjenige, der heute abend in einem niedrigen Saal wie diesem, einem schönen Saal, der mir wohl bekannt ist, den Vorsitz bei einem Hochzeitsmahl führen müßte.«

An seiner Seite lehnte Valentine ängstlich alles ab, was man ihr anbot. Man hätte sie für eine junge Bäuerin halten können. Bei jedem neuen Versuch warf sie ihrem Freund einen Blick zu, als wolle sie sich zu ihm flüchten. Lange drang Patrice vergeblich darauf, daß sie ihr Glas leer trank, bis Meaulnes sich zu ihr beugte und sanft zu ihr sagte:

»Du mußt trinken, meine kleine Valentine.«

Da trank sie folgsam aus. Und Patrice beglückwünschte lächelnd den jungen Mann zu einer so gehorsamen Frau.

Aber Valentine und Meaulnes blieben beide still und nachdenklich. Zuerst einmal waren sie müde; ihre Füße waren auf den schlammigen Wegen feucht geworden und fühlten sich auf dem gescheuerten Fliesenboden der Küche eiskalt an. Und dann kam der junge Mann von Zeit zu Zeit nicht umhin zu sagen:

»Meine Frau, Valentine, meine Frau...«

Und jedesmal, wenn er vor diesen fremden Bauern in diesem düsteren Saal tonlos dieses Wort aussprach, hatte er das Gefühl, eine Schuld auf sich zu laden.

17. Juni. – Der Nachmittag dieses letzten Tages fing schlecht an.

Patrice und seine Frau begleiteten sie auf einem Spaziergang. Nach und nach sahen sich die beiden Paare auf dem mit Heidekraut bedeckten Hang voneinander getrennt, Meaulnes und Valentine setzten sich zwischen die Wacholderbüsche in einem kleinen Gehölz.

Der Wind trug Regentropfen herbei, und es war trübe. Der Abend hatte einen bitteren Geschmack, so schien es, einen Geschmack von solchem Überdruß, daß selbst die Liebe ihn nicht verscheuchen konnte.

Lange blieben sie da in ihrem Versteck, beschirmt von den

Zweigen, und sprachen wenig. Dann klarte es auf. Es wurde schön. Sie glaubten, nun würde alles gut.

Und sie begannen von der Liebe zu sprechen. Valentine redete, redete...

»Und das«, sagte sie, »hat mir mein Verlobter versprochen, wie ein Kind, das er war: sofort hätten wir ein Haus, so etwas wie eine einsame, strohbedeckte Hütte auf dem Land gehabt. Sie wäre ganz in der Nähe, sagte er. Wir wären dort angekommen wie nach einer großen Reise, am Abend unserer Hochzeit, ungefähr zu dieser Stunde, kurz bevor es Nacht wird. Und auf den Wegen, im Hof, versteckt in den Büschen, hätten unbekannte Kinder uns freudig empfangen und gerufen: ›Es lebe die Braut!...‹ Was für ein Unsinn, nicht wahr?«

Meaulnes, stumm, erschrocken, hörte ihr zu. In all dem fand er etwas wie das Echo einer Stimme wieder, die er schon einmal gehört hatte. Und dann lag auch in dem Tonfall des jungen Mädchens, als sie diese Geschichte erzählte, ein unbestimmtes Bedauern.

Aber sie fürchtete, ihn verletzt zu haben. Sie drehte sich zu ihm um, ungestüm und voller Zärtlichkeit.

»Dir«, sagte sie, »möchte ich alles geben, was ich habe: etwas, das kostbarer für mich gewesen ist als alles andere..., und du wirst es verbrennen!«

Sie sah ihn starr und ängstlich an, holte ein kleines Bündel Briefe aus ihrer Tasche und hielt sie ihm entgegen, die Briefe ihres Verlobten.

Ach! sofort erkannte er die feine Handschrift. Warum war ihm nie zuvor dieser Gedanke gekommen! Es war die Handschrift von Frantz, dem Bohemien, die er einst in dem verzweifelten Abschiedsbrief im Schlafgemach auf dem Gut gesehen hatte...

Sie liefen jetzt auf einem schmalen Weg zwischen Gänseblumen und hohem Gras, das von den schrägen Strahlen der späten Nachmittagssonne erleuchtet wurde. So groß war seine Betäubung, daß Meaulnes noch nicht begriff, welche Katastrophe das alles für ihn bedeutete. Er las, weil sie ihn darum gebeten hatte zu lesen. Kindliche Sätze, sentimental, pathetisch...

Dieser stand in dem letzten Brief:

»... Ach! Du hast das kleine Herz verloren, das ist unverzeihlich, kleine Valentine. Was wird mit uns geschehen? Aber schließlich bin ich nicht abergläubisch...«

Meaulnes las, halb blind vor Schmerz und Wut, mit unbewegtem, aber leichenblassem Gesicht und einem Zucken unter den Augen. Valentine war bestürzt, ihn so zu sehen und schaute nach, wo er angelangt war, und was ihn so wütend machte.

»Das ist Schmuck«, sagte sie schnell zur Erklärung, »den er mir geschenkt hatte, und ich mußte schwören, ihn immer bei mir zu tragen. Das waren so seine verrückten Ideen.«

Aber sie versetzte Meaulnes nur noch mehr in Wut.

»Verrückte Ideen«, sagte er, und steckte die Briefe in seine Tasche. »Warum sagst du das noch immer? Warum hast du nie an ihn glauben wollen? Ich kannte ihn, er war der wunderbarste Junge der Welt!«

»Du kanntest ihn«, sagte sie maßlos erregt. »Du kanntest Frantz de Galais?«

»Er war mein bester Freund, er war mein Bruder bei all meinen Abenteuern, und nun habe ich ihm seine Braut genommen!«

»Ach!« fuhr er rasend fort, »welches Unheil hast du über uns gebracht, du, die an nichts hat glauben wollen. Du bist für alles der Grund. Du bist es, die alles verloren hat, alles verloren!«

Sie wollte etwas zu ihm sagen, seine Hand nehmen, aber er stieß sie brutal zurück.

»Gehen Sie. Lassen Sie mich.«

»Nun ja, wenn es so ist«, sagte sie mit feuerrotem Kopf, stammelnd und den Tränen nahe, »dann werde ich wirklich gehen. Ich werde zurück nach Bourges gehen, nach Haus, mit meiner Schwester. Und wenn Sie nicht wiederkommen und mich holen, Sie wissen doch, nicht wahr? Mein Vater ist zu arm, um mich bei sich zu behalten: ja, dann werde ich wieder nach Paris ziehen, das Pflaster treten, wie ich es schon einmal getan habe; ich werde ganz sicher ein gefallenes Mädchen sein, ich habe doch keine Arbeit mehr...«

Und sie holte ihr Bündel, um den Zug zu nehmen, während Meaulnes, der noch nicht einmal sah, wie sie fortging, blindlings weiterlief.

Hier brach das Tagebuch wieder ab.

Es folgten noch Entwürfe von Briefen, Briefe eines unentschlossenen, verstörten Menschen. Nach Ferté-d'Angillon zurückgekehrt, schrieb Meaulnes an Valentine, bekräftigte scheinbar seine Entscheidung, sie nie wieder sehen zu wollen und nannte ihr die genauen Gründe, aber in Wirklichkeit schrieb er vielleicht nur, damit sie ihm antwortete. In einem dieser Briefe fragte er sie, wonach zu fragen ihm in seiner Verwirrung zunächst nicht in den Sinn gekommen war: ob sie wußte, wo sich das so sehr gesuchte Gut befand? In einem anderen Brief flehte er sie an, sich mit Frantz de Galais zu versöhnen. Er selbst wollte es übernehmen, ihn wiederzufinden... Alle Briefe, deren Entwürfe ich vor mir sah, waren offenbar nicht abgeschickt worden. Aber zwei- oder dreimal hatte er wohl doch geschrieben, ohne je eine Antwort zu erhalten. Es war für ihn eine Zeit grauenhafter und erbärmlicher innerer Kämpfe gewesen, in vollkommener Einsamkeit. Da die Hoffnung, Yvonne de Galais jemals wiederzusehen, gänzlich vergangen war, hatte er sicher gespürt, wie seine so große Entscheidung ins Wanken geriet. Und den nun folgenden Seiten nach zu urteilen – den letzten seines Tagebuches – stelle ich mir vor, daß er wohl eines schönen Tages zu Beginn der Ferien sich ein Fahrrad geliehen hat, um nach Bourges zu fahren und die Kathedrale zu besichtigen.

Er war in der ersten Morgenstunde auf einer schönen Landstraße, die gerade zwischen den Wäldern dahinlief, losgefahren und unterwegs hatte er tausend Vorwände gefunden, um glaubwürdig zu erscheinen, ohne um Versöhnung bei der bitten zu müssen, die er fortgejagt hatte.

Die vier letzten Seiten, die ich zusammenfügen konnte, berichteten von dieser Reise und seinem letzten Fehler...

Kapitel 16

Das Geheimnis *(Schluß)*

25. August. – Am anderen Ende von Bourges, am äußersten Rand der neuen Vororte, entdeckte er nach langer Suche das Haus von Valentine Blondeau. Eine Frau – Valentines Mutter – stand in der Tür, als ob sie auf ihn wartete. Sie war das Abbild einer guten Hausfrau, behäbig und verbraucht, aber noch immer schön. Neugierig beobachtete sie, wie er näherkam, und als er sie fragte, »ob hier die Mademoiselles Blondeau wohnen«, erklärte sie ihm sanft und freundlich, die beiden seien seit dem 15. August wieder in Paris.

»Sie haben mir verboten zu sagen, wohin sie gehen«, setzte sie hinzu, »aber wenn Sie an ihre alte Adresse schreiben, wird man ihnen die Briefe nachschicken.«

Als er kehrtmachte und sein Fahrrad durch das Gärtchen zurückschob, dachte er:

»Sie ist fort... Alles ist zu Ende, so wie ich es wollte... Ich bin es, der sie dazu gezwungen hat. ›Ich werde bestimmt ein gefallenes Mädchen‹, hat sie gesagt. Und ich habe sie dazu getrieben! Ich habe die Braut von Frantz ins Verderben gestürzt!«

Und wie im Wahn flüsterte er wieder und wieder vor sich hin: »Um so besser! Um so besser!« In dem vollen Bewußtsein, daß es im Gegenteil »um so schlimmer« war, und daß er unter den Augen dieser Frau, noch bevor er an der Gartenpforte angelangt war, ins Stolpern geraten und auf die Knie fallen würde.

Er dachte nicht daran, zu Mittag zu essen, und setzte sich in ein Café, wo er einen langen Brief an Valentine schrieb, nur um zu schreien, um sich von dem verzweifelten Schrei zu befreien, der ihn erstickte. Sein Brief wiederholte unausgesetzt: »Wie konnten Sie! Wie konnten Sie...! Wie konnten Sie sich soweit aufgeben! Wie konnten Sie sich soweit verlieren!«

In seiner Nähe zechten einige Offiziere. Einer von ihnen erzählte lautstark eine Frauengeschichte, die man in Bruchstücken verstehen konnte: »Ich habe ihr gesagt... Sie müssen mich doch kennen... Ich spiele jeden Abend eine Runde mit Ihrem Mann!« Die anderen lachten, drehten sich um und spuckten hinter die Bank. Bleich und staubig schaute Meaulnes zu ihnen herüber, wie ein Bettler. Er stellte sich vor, wie sie Valentine auf ihren Knien hielten.

Lange irrte er auf dem Fahrrad um die Kathedrale und sagte sich: »Schließlich ist es die Kathedrale, derentwegen ich gekommen bin.« Am Ende der Straßen, auf dem verlassenen Platz sah man sie gewaltig und gleichgültig aufragen. Diese Straßen waren eng und dreckig wie die Gassen, die die Dorfkirchen umgeben. Hier und da das Zeichen eines zwielichtigen Hauses, eine rote Laterne... Meaulnes fühlte seinen unheilbaren Schmerz in diesem schmutzigen, lasterhaften Viertel, das wie im Mittelalter unter den Stützpfeilern der

Kathedrale Schutz suchte. Ihn überfiel die Furcht eines Bauern, eine heftige Abneigung gegen diese Stadtkirche, wo in versteckten Nischen alle Laster in Stein gehauen stehen, eine Kirche, die zwischen verrufenen Häusern errichtet wurde und kein Mittel hat gegen die reinsten Schmerzen der Liebe.

Zwei Mädchen kamen wie zufällig vorüber. Sie hielten sich um die Taille gefaßt und betrachteten ihn dreist. Aus Ekel oder zum Spaß, um sich an seiner Liebe zu rächen oder sie zu vernichten, fuhr Meaulnes langsam auf dem Fahrrad hinter ihnen her, und eine der beiden, ein erbärmliches Mädchen, deren dünne blonde Haare von einem falschen Zopf straff nach hinten gezerrt waren, schlug ihm ein Rendezvous vor um sechs Uhr im Garten des erzbischöflichen Palais, dem Garten, in dem Frantz sich in einem seiner Briefe mit Valentine verabredet hatte.

Er hatte es eilig mit dem Rückweg.

Bevor er aufbrach, konnte er dem trübsinnigen Verlangen nicht widerstehen, ein letztes Mal an dem Haus von Valentine vorüberzufahren. Mit den Augen nahm er alles auf und konnte einen Vorrat an Traurigkeit sammeln. Es war eines der letzten Häuser der Vorstadt; von hier an wurde die Straße zur Landstraße... Gegenüber bildete unbebautes Gelände eine Art kleinen Platz. Weder an den Fenstern noch im Hof war ein Mensch zu sehen, nirgends. Nur ein schmutziges, gepudertes Mädchen lief, zwei zerlumpte kleine Jungen hinter sich herziehend, an einer Mauer entlang.

Hier war Valentines Kindheit verflossen, hier hatte sie begonnen, die Welt mit ihren vertrauensvollen klugen Augen zu betrachten. Hinter diesen Fenstern hatte sie gearbeitet, genäht. Und Frantz war gekommen und hatte sie gesehen, ihr in dieser Vorstadtstraße zugelächelt. Aber nun war da nichts mehr, nichts... Der traurige Abend war noch nicht zu Ende und Meaulnes wußte nur, daß irgendwo, einsam und verlassen, an eben diesem Nachmittag, Valentine im Geiste jenen trübseligen Platz vor sich sah, an den sie nie mehr zurückkehren würde.

Die lange Fahrt, die er noch vor sich hatte, bis er zu Hause war, mußte die letzte Zuflucht vor seinem Schmerz sein, seine letzte zwanghafte Ablenkung, bevor er sich ganz in ihm vergrub.

Er fuhr davon. Unweit der Landstraße, im Tal, zeigten herrliche Bauernhäuser zwischen Bäumen am Wasser ihre spitzen, mit grünen Gittern verzierten Giebel. Sicher sprachen dort auf dem Rasen junge, hoffnungsvolle Mädchen von der Liebe. Dort unten meinte man, wohnten Seelen, schöne Seelen...

Aber für Meaulnes gab es in diesem Augenblick nur noch eine einzige Liebe, jene unbefriedigte Liebe, die so grausam mißhandelt worden war, und das einzige junge Mädchen von allen, das er hätte schützen, behüten müssen und das er nun ins Verderben geschickt hatte.

Einige flüchtige Zeilen des Tagebuches zeigten mir noch, daß er den Plan entworfen hatte, Valentine, koste es was es wolle, wiederzufinden, bevor es zu spät war. Ein Datum am Rande einer Seite ließ mich annehmen, daß dies die lange Reise gewesen war, zu der Madame Meaulnes die Vorbereitungen traf, als ich nach La Ferté d'Angillon gekommen war und alles durcheinander gebracht hatte. In der verlassenen Mairie notierte Meaulnes an einem schönen Morgen der letzten Augusttage seine Erinnerungen und seine Pläne – als ich die Tür aufgestoßen und ihm die große Neuigkeit überbracht hatte, die er nicht mehr erwartete. Er war wieder von seinem alten Abenteuer gepackt, gelähmt worden, und er hatte nicht gewagt irgend etwas zu tun, noch zu bekennen. Da hatten dann die Gewissensbisse begonnen, die Reue und die Qual, bald erstickt, bald triumphierend, bis zum Hochzeitstag, da der Schrei des Bohemien in den Tannen ihn theatralisch an seinen ersten Schwur als junger Mann erinnert hatte.

In demselben Aufsatzheft hatte er noch im Morgengrauen eilig ein paar Worte auf das Papier geworfen, bevor er mit ihrer Erlaubnis – jedoch für immer – Yvonne de Galais verließ, die seit dem vergangenen Abend seine Frau war:

»Ich gehe. Ich muß unbedingt die Spur der beiden Zigeuner finden, die gestern in den Tannenwald gekommen und mit dem Fahrrad nach Osten gefahren sind. Ich werde erst zu Yvonne zurückkehren, wenn ich Frantz und Valentine mitbringen und im »Haus von Frantz« unterbringen kann.«

»Diese Aufzeichnungen, die ich als geheimes Tagebuch begonnen habe und die nun meine Beichte geworden sind, sollen, wenn ich nicht mehr zurückkehre, Eigentum meines Freundes François Seurel sein.«

Er hatte das Heft wohl hastig unter die anderen geschoben, seinen kleinen alten Schülerkoffer abgeschlossen und war verschwunden.

Epilog

Die Zeit verging. Ich verlor die Hoffnung, meinen Freund jemals wiederzusehen. Trübe Tage verflossen in der Dorfschule, traurige Tage in dem verlassenen Haus. Frantz erschien nicht zu dem Treffen, das ich mit ihm ausgemacht hatte, und übrigens wußte meine Tante Moinel schon lange nicht mehr, wo Valentine wohnte.

Die einzige Freude in Les Sablonnières war bald das kleine Mädchen, das hatte gerettet werden können. Gegen Ende September zeigte es sich sogar als ein kräftiges, hübsches Kind. Bald würde es ein Jahr alt sein. Sich an der Lehne festklammernd schob es ganz allein die Stühle vor sich her, machte die ersten Schritte ohne Angst vor dem Hinfallen und veranstaltete einen Lärm, der ein langes dumpfes Echo in dem verlassenen Haus weckte. Wenn ich es auf dem Arm hatte, wollte es nicht dulden, daß ich ihm einen Kuß gab. Es hatte eine wilde und zugleich zauberische Art, mir mit seiner kleinen, offenen Hand im Gesicht herumzufuchteln und es unter lautem Lachen wegzudrücken. Mit all seiner Fröhlichkeit, mit seinem ganzen kindlichen Ungestüm, wollte es, so hätte man glauben können, den Kummer verjagen, der seit seiner Geburt auf dem Haus lastete. Manchmal sagte ich mir: »Gewiß wird es trotz dieser Wildheit ein wenig mein Kind sein.« Aber wieder einmal entschied die Vorsehung anders.

An einem Sonntagmorgen, Ende September, war ich sehr früh aufgestanden, sogar vor der Bäuerin noch, die das kleine Mädchen hütete. Ich wollte zum Angeln an den Cher, zusammen mit zwei Männern aus Saint-Benoist und mit Jasmin Delouche. Oft verabredeten die Dorfbewohner der Umgebung sich so mit mir zu großen Raubzügen: nachts fischen mit der bloßen Hand, fischen mit verbotenen Wurfnetzen... Den ganzen Sommer über zogen wir an freien Tagen im Morgengrauen los und kehrten erst mittags nach Hause zurück. Für fast alle Männer war das der Broterwerb. Für mich dagegen war es der einzige Zeitvertreib, es waren die einzigen Abenteuer, die mich an die Streiche von einst erinnerten. Und schließlich hatte ich Geschmack an diesen Ausflügen gefunden, an diesen ausgedehnten Fischzügen den Fluß entlang oder im Schilf am See.

So war ich an diesem Morgen um halb sechs schon auf den Beinen, vor dem Haus in einem kleinen angebauten Schuppen, der den englischen Garten des Gutes Les Sablonnières von dem Gemüsegarten des Pachthofes trennte. Ich war damit beschäftigt, meine Netze zu entwirren, die ich am vergangenen Donnerstag in einem Haufen dort hingeworfen hatte.

Es war noch nicht ganz Tag; es war die Dämmerung eines schönen Septembermorgens; und der Schuppen, in dem ich eilig mein Angelgerät in Ordnung brachte, war noch halb ins Dunkel der Nacht getaucht.

Dort stand ich, stumm und geschäftig, als ich plötzlich hörte, wie die Gitterpforte geöffnet wurde und Schritte auf dem Kies knirschten.

»Ohje!« sagte ich mir, »jetzt kommen meine Leute eher, als ich glaubte. Und ich bin nicht fertig!...«

Aber der Mann, der den Hof betrat, war mir unbekannt. Es war, soweit ich erkennen konnte, ein großer bärtiger Kerl, gekleidet wie ein Jäger oder Wilderer. Anstatt mich dort zu suchen, wo die anderen mich zur ausgemachten Stunde immer anzutreffen wußten, ging er geradewegs auf die Eingangstür zu.

»Nun!« dachte ich; »das ist einer ihrer Freunde, den sie dazugebeten haben, ohne es mir zu sagen, und nun schicken sie ihn voraus.«

Der Mann drückte behutsam die Türklinke herunter. Aber ich hatte, als ich aus dem Haus gekommen war, wieder abgeschlossen. Er unternahm den gleichen Versuch bei der Küchentür. Dann war er einen Augenblick unschlüssig und wandte mir sein verstörtes Gesicht zu, das vom Zwielicht beleuchtet wurde. Und nun erst erkannte ich den großen Meaulnes.

Einen langen Moment blieb ich dort stehen, erschrocken, verzweifelt, mit einem Schlag erfaßt von dem ganzen Schmerz, den seine Rückkehr wieder geweckt hatte. Er war hinter dem Haus verschwunden, hatte es einmal umkreist und kam zögernd wieder.

Da lief ich, ohne ein Wort zu sagen, auf ihn zu, und schluchzend umarmte ich ihn. Sofort verstand er:

»Ach!« sagte er kurz, »sie ist tot, nicht wahr?«

Und er stand aufrecht da, dumpf, reglos und schrecklich. Ich nahm ihn am Arm und zog ihn sanft zum Haus. Es war jetzt Tag. Gleich, damit das Schwerste vollbracht war, ließ ich ihn die Treppe hinaufsteigen, die zum Schlafzimmer der Toten führte. Er ging hinein und sank vor dem Bett auf die Knie, und lange verharrte er so, den Kopf in beiden Armen vergraben.

Endlich erhob er sich mit verstörtem Blick, schwankend, ohne zu wissen, wo er war. Und ihn immer weiter am Arm führend, öffnete ich die Tür, die dieses Zimmer mit dem des kleinen Mädchens verband. Es war von allein erwacht, während seine Amme unten war – und keck hatte es sich in seiner Wiege aufgesetzt. Man sah gerade eben seinen Kopf, den es uns erstaunt zuwandte.

»Das ist deine Tochter«, sagte ich.

Er fuhr zusammen und starrte mich an.

Dann nahm er sie und hob sie in seine Arme. Er konnte sie zuerst kaum sehen, weil er weinte. Nun, um ein wenig von dieser großen Erschütterung und dem Strom der Tränen abzulenken, drehte er sich mit gesenktem Kopf zu mir um, und während er sie, die auf seinem rechten Arm saß, fest an sich drückte, sagte er:

»Ich habe sie mitgebracht, die beiden anderen... Du kannst sie in ihrem Haus besuchen.«

Und wirklich, als ich am frühen Vormittag sehr nachdenklich und beinahe glücklich zum Haus von Frantz ging, das Yvonne de Galais mir einst, als es leer stand, gezeigt hatte, bemerkte ich von weitem eine junge Hausfrau mit rundem Kragen, die die Türschwelle kehrte, Gegenstand der Neugier und der Begeisterung von ein paar kleinen Kuhhirten im Sonntagsstaat, die auf dem Weg zur Messe waren...

Indessen wurde das kleine Mädchen es allmählich leid, so gedrückt zu werden, und da Augustin weiter das Gesicht abwandte, um seine Tränen zu verbergen und aufzuhalten, und sie noch immer nicht ansah, gab sie ihm mit ihrer kleinen Hand einen heftigen Klaps auf den bärtigen, tränennassen Mund.

Diesmal hob der Vater seine Tochter hoch über seinen Kopf, ließ sie mit ausgestreckten Armen auf und nieder sausen und sah sie mit einer Art Lachen an. Zufrieden klatschte sie in die Hände...

Ich war etwas zurückgetreten, um die beiden besser sehen zu können. Ein wenig enttäuscht und doch bezaubert, begriff ich, daß das kleine Mädchen hier endlich den Gefährten gefunden hatte, auf den es insgeheim wartete... Der große Meaulnes, ich fühlte es genau, war zurückgekommen, mir die einzige Freude, die er mir gelassen hatte, zu nehmen. Und schon sah ich ihn, in der Nacht, seine Tochter in einen Mantel hüllen und mit ihr davonziehen zu neuen Abenteuern.

Nachwort

»Mais le passé peut-il renaître?«
» – Qui sait!« dit Meaulnes pensif.
Et il ne demanda plus rien.

»Kann denn die Vergangenheit wiedererstehen?«
» – Wer weiß!« sagte Meaulnes gedankenvoll.
Und er stellte keine Fragen mehr.

Jenseits des Realitätsprinzips.
Der Roman ›Le grand Meaulnes‹.

An einem »überirdisch« schönen Sonnentag, dem 1. Juni 1905, Christi Himmelfahrt, begegnet der achtzehnjährige Henri-Alban Fournier der Frau, die sein Leben auf außergewöhnliche Weise bestimmen wird.

Es war nachmittags, als er die Treppen des Grand Palais des Beaux-Arts in Paris hinabstieg – plötzlich erschien, einige Stufen vor ihm, das große, blonde Mädchen, das »schlank und vornehm« war, wie er später seiner geliebten Schwester Isabelle berichten wird. Die Vision hatte einen Namen: Yvonne de Quiévrecourt und trug einen »weiten, braunen Mantel, und unter ihrem mit Rosen verzierten Hut« quollen »ihre blonden Locken hervor«, genauso, wie uns im Roman Yvonne de Galais erscheinen wird. Fournier folgt ihr magisch angezogen durch den herrlichen Promenadenweg, den in vier Reihen mit Ulmen bepflanzten Cours la Reine, und als das Mädchen, das in Begleitung einer alten Dame ist, in einen kleinen Seine-Dampfer einsteigt, tut er es ihr nach:

»Der Abend ist wunderbar. Die Ufer der Seine liegen so still im dichten Grün, daß man sich irgendwo auf dem Lande, mitten auf einem einsamen See glaubt. Man hört nur das leise Geräusch des Motors und des Wassers ... Ihre Augen sind blau; sie hat ein Profil, das mit einer fast schmerzlichen Zartheit gezeichnet ist.«

Beim Aussteigen in der Menge verliert Fournier sie nicht aus den Augen, und es gelingt ihm, ihr bis zum Boulevard Saint-Germain zu folgen. Von jetzt an wird diese Begegnung Mythos und Obsession im Leben des Schriftstellers, der später den Namen Alain-Fournier wählen wird – fast wie die Begegnung Dantes mit Beatrice in Florenz. Yvonne, die schon verlobt ist und bald heiraten und Paris verlassen soll, wird von Fournier gesucht, fieberhaft erwartet und endlich vergebens angesprochen. Der junge Autor beschließt, von einem großen Roman zu träumen, »der ganz allein von ihr handeln wird ... von ihr, der Gefundenen, Verlorenen, Wiedergefundenen ...«. Und Alain-Fournier erfüllte seinen Traum: Er schrieb einen einzigartigen Roman der modernen französischen Literatur – das, was man heute ein Kultbuch nennt!

In diesem Roman wird er sich ›Meaulnes‹ nennen und auf diese Weise das Zentralereignis seines Lebens in dem *»royaume sans nom«*, in dem »Reich ohne Namen« sublimieren. Hier werden wir den beiden Frauen wiederbegegnen:

»Und Meaulnes folgte ihnen ... Die alte Dame blieb am Ufer zurück und, ohne zu wissen wie, fand sich Meaulnes auf dem gleichen Boot wieder wie die junge Schloßherrin. An die Reling gelehnt, hielt er mit einer Hand seinen Hut fest, an dem der starke Wind zerrte, so konnte er in aller Ruhe das junge Mädchen beobachten, das sich in einem geschützten Winkel niedergelassen hatte. Auch sie betrachtete ihn. Sie gab ihren Begleiterinnen Antwort, lächelte, dann richtete sie ihre blauen Augen sanft auf ihn, während sie sich leicht auf die Lippen biß.

Tiefe Stille herrschte an den nahen Uferböschungen. Das Boot fuhr schnell dahin mit einem ruhigen Geräusch von Motor und Wasser. Man hätte glauben können, mitten im Sommer zu sein. Anscheinend wollte man an dem schönen Garten eines Landhauses anlegen. Das junge Mädchen würde dort unter einem weißen Sonnenschirm lustwandeln. Bis zum Abend könnte man das Gurren der Turteltauben hören ... Aber plötzlich erinnerte ein einziger Windstoß die Gäste dieses seltsamen Festes an den Dezember.«

Dieses Zitat zeigt sinnbildlich die hohe stilistische Qualität der Schreibkunst Alain-Fourniers: das Pendeln zwischen der traumwandlerischen oder unbenennbaren inneren Stimmung der Protagonisten und die reale, bis ins Meteorologische exakt beschriebene Situation.

In der Modernität dieses Stils liegt das Geheimnis der Lesefaszination, die dieser Roman ausübt. Alain-Fournier zielt nicht darauf, subjektive Angsthalluzinationen in Wirklichkeit zu verwandeln, sondern er konfrontiert subjektive Wahrnehmungen mit dem Realitätsfeld, in dem sich die Handlung entwickelt. Alles ist in diesem Stil in Bildform umgesetzt und klangvoll ausgedrückt:

»An die Reling gelehnt, hielt er mit einer Hand seinen Hut fest, an dem der starke Wind zerrte ... Das Boot fuhr schnell dahin mit einem ruhigen Geräusch von Motor und Wasser.«

Alain-Fournier kann nicht nur die verschiedenen Personen darstellen und wirken lassen (man denkt vor allem an das liebevolle Portrait seiner Eltern in Monsieur Seurel und Millie), sondern er beherrscht ohnegleichen die Kunst, Landschaften, Jahreszeiten und Wettergefühle stimmungsvoll zu beschreiben. Der Schriftsteller hat seiner nordfranzösischen Heimat (die wasserreiche Sologne und das Berry) ein ewiges Denkmal in Romanform gesetzt. Die Liebe für sein *pays* fällt sogar zusammen mit der Liebe für die Frau überhaupt! In einem Brief vom 26. Dezember 1906 bekennt er seinem

Schwager, dem Literaturkritiker Jacques Rivière, wie die Frau ihn immer wieder nur an Landschaften erinnert hat:

»La femme ne fut jamais pour moi que des paysages, que la rappeleuse d'heures, de pays et des paysages.«

Auch der Rausch des Fahrradfahrens wird uns im Roman so sinnlich vermittelt, daß man sich spontan an den Tag erinnert, an dem man sein erstes Fahrrad geschenkt bekam und damit begeistert davonfuhr:

»Die Hügel hinuntersausen und in die Tiefe der Landschaft eintauchen; wie mit einem Flügelschlag die Ferne am Ende der Straße ergründen, die auseinanderweicht und erblüht, sobald man näherkommt, ein Dorf im Zeitraum eines Augenblicks durchqueren und es in einem Lidschlag ganz und gar mit sich fortnehmen ...«

Bezeichnend an diesem Roman ist die absolute Abwesenheit des Konflikts mit der Erwachsenenwelt. Keine Spur von den höllischen Widerwärtigkeiten seitens der Großen, denen der Heranwachsende völlig ausgeliefert ist und die wir bereits aus anderen Werken der französischen Literatur kennen: zum Beispiel ›Le Petit Chose. Histoire d'un enfant‹ (dt. ›Der kleine Dingsda. Geschichte eines Kindes‹) von Alphonse Daudet oder ›Poil de carotte‹ von Jules Renard. François, der Erzähler, Augustin, Frantz und Yvonne – die Protagonisten der Geschichte – sind die Träger der mythischen Abenteuer, die jede Generation auf ihre Weise in der Adoleszenz erträumt, rastlos und schmerzlich gesucht und nie gefunden hat.

Die Suche nach dem Glück und der Verzicht auf das Glück: Dieses Dilemma, der Antagonismus zwischen Lustprinzip und Realitätsprinzip, bildet das Initiationsritual des Romans. Die Erwachsenen werden nicht als Hindernis, Opposition oder Störfaktor gesehen. Der Vater von Frantz ruiniert sich, um jeden Wunsch des Sohnes zu erfüllen; die Mutter von

Augustin stellt keine Fragen, als er einfach darauf besteht, in Paris weiterstudieren zu wollen. Das wirkt ganz neu in der Literatur jener Zeit. Heute würde man sagen: Augustin und Frantz sind mit sich selbst in Konflikt und begeben sich deshalb auf die Flucht. Gewiß ist die anhaltende Ruhelosigkeit ihrer Seelen der Motor der Erzählung überhaupt, dennoch sollte der Leser nicht übersehen, wieviel – im tiefsten Sinn des Wortes – Bauernverstand kontinuierlich in diesem Roman zirkuliert: gleich am Anfang im dritten Kapitel »›Oft besuchte ich die Werkstatt eines Korbmachers‹« und besonders in den Kapiteln »Ich übe Verrat ...« und »Bei Florentin« – der Höhepunkt wird erreicht mit dem Portrait von Tante Moinel in dem Kapitel »Eine Erscheinung«.

Einmal stellt Yvonne die große Frage: »Kann denn die Vergangenheit wiedererstehen?« Augustin Meaulnes wird nachdenklich und schweigt. Yvonne beschwört vergebens das Realitätsprinzip:

»Und dann würde ich den Jungen beibringen, klug zu sein, klug, wie ich es verstehe. Ich würde ihnen nicht den Wunsch einflößen, durch die Welt zu ziehen, wie Sie, Monsieur Seurel, es sicher tun werden, wenn Sie Hilfslehrer sind. Ich würde sie lehren, das Glück zu finden, das ganz in ihrer Nähe ist und gar nicht danach aussieht ...«

»Abenteuer« heißt das letzte Wort in diesem Roman, und diesem Wort bleibt Alain-Fournier treu. Vielleicht aber liegt die Kraft dieses literarischen Werkes in seiner noch tieferen Stimmung: der Stimmung zu Beginn des großen Krieges. Die europäische Jugend wird sich in ihn wie in ein heißersehntes Abenteuer stürzen; wer aus dem Krieg zurückkam – und Alain-Fournier gehörte nicht dazu –, dem wurde erst bewußt, an einem wahnsinnigen Massaker teilgenommen zu haben.

William Faulkner, der damals auch Soldat gewesen war, schrieb später: »Die Glückseligkeit gibt es nicht, aber es hat sie gegeben.«

Vincenzo Orlando

Nachbemerkung

»Ich verlange weder den Prix Goncourt noch Geld, ich möchte nur, daß der ›Grand Meaulnes‹ gelesen wird.«
Alain-Fournier, 1913

Seit seinem Erscheinen hat *Der große Meaulnes* die Leser in den Bann geschlagen, darunter so gegensätzliche Persönlichkeiten wie Klaus Mann, André Gide, Henry Miller und Peter Suhrkamp, der bekannt hat, den *Grand Meaulnes* von 1930 bis 1943 jährlich einmal gelesen zu haben und dann nach zehn Jahren wieder mit der gleichen Verzauberung.

Der Zauber dieses Romans ist auch heute mit Hilfe aller verfügbaren Analysen nicht zu ergründen. Sicher wird *Der große Meaulnes* nach den historischen und kulturellen Ernüchterungen dieses Jahrhunderts auf andere Weise entdeckt oder wiederentdeckt werden als vor 60 Jahren. Vielleicht wird aber gerade in einer Zeit, in der kein Geheimnis und damit auch keine Sehnsucht mehr geblieben ist, eine Geschichte von neuem erstaunen, die Geheimnis und Sehnsucht einer Lebensepoche zum Inhalt hat, in der Welt und Ich noch nicht gespalten sind und als Wunder erlebt werden: der Kindheit.

Das Land ohne Namen ist die Domäne, in der Träume sich ansiedeln: eine Gesellschaft fröhlicher Menschen, die es gut miteinander meinen, der Glanz eines Festes, das Jugend und Alter vereint, die eine Frau, die Liebe und innere Ruhe bringt. Mit dieser Vision tritt Fourniers *Grand Meaulnes* nicht nur für die Phantasmagorien der frühen Lebensjahre ein, sondern für den Traum der Menschheit. Leidenschaften und Besitzansprüche werden diesen Traum unerbittlich zerstören; kaum je ist die Vertreibung aus dem Paradies der kindlichen Erlebniskraft schonungsloser dargestellt worden als im zweiten und dritten Teil dieses Buches, kaum je hat sich die Frage nach Verantwortung und Schuld beklemmender gestellt, ist das träumende Kind im Menschen mit der Egozentrik seiner Wünsche so drastisch als Ungeheuer entlarvt worden.

Doch das Eigenartige geschieht: in den zarten Bildern von Landschaft und Menschen, Bildern, die in ihrer Transparenz und Dichte an Corot erinnern, bewahrt sich die Vision von Schönheit und Harmonie. Die Einfachheit der Sprache birgt das Außerordentliche; das zu erhalten, damit die eindringlichen Bildfolgen, in denen Traum und Wirklichkeit verwoben sind, auch in der deutschen Fassung Gestalt gewinnen, war das Bestreben der neuen Übertragung.

Leben und Sterben Alain-Fourniers sind zum Anlaß genommen worden, der stillen Genialität seines Werkes einen spektakulären Hintergrund zu geben. Die unerfüllte Liebe zu einer Unbekannten, der Kriegstod kurz nach der erfolgreichen Veröffentlichung seines Buches, in dem Weltflucht und Todessehnsucht Leitmotive sind, sollten mit der Vorstellung von einem neurotisch-verwirrten Poeten den Schlüssel zu dieser Prosadichtung liefern. Wie falsch dieses Schema ist, wie sehr die Sublimierung der Wirklichkeit im Schreiben ihre Quelle in einer ursprünglichen Begabung hat, bestätigen die Briefe:

»Muß man glücklich sein?« schreibt Alain-Fournier 1910. »Meine Antwort ist: ja; ich fange wieder an zu glauben, daß man glücklich sein muß, daß der große Meaulnes ein großer grausamer Engel ist, jedoch kein Mensch. Und ich glaube, was auch immer Ihr darüber denkt, daß es in mir eine große Kraft für das Glück gibt, eine ungenutzte Fähigkeit, Glück zu schenken. Ich verlange von mir nur den Mut, sie zu nutzen.« Dieser Mut war fruchtbar, der *Grand Meaulnes* ist schönster Beweis. C. H.

Inhalt

TEIL 1

Kapitel 1	Der Pensionsschüler	8
Kapitel 2	Nach vier Uhr	15
Kapitel 3	»Oft besuchte ich die Werkstatt eines Korbmachers«	18
Kapitel 4	Die Flucht	22
Kapitel 5	Der Wagen kehrt zurück	26
Kapitel 6	Jemand klopft ans Fenster	30
Kapitel 7	Die Seidenweste	36
Kapitel 8	Das Abenteuer	42
Kapitel 9	Ein Halt	46
Kapitel 10	Der Schafstall	50
Kapitel 11	Das geheimnisvolle Gut	53
Kapitel 12	Das Wellington-Zimmer	57
Kapitel 13	Das seltsame Fest	60
Kapitel 14	Das seltsame Fest (Fortsetzung)	64
Kapitel 15	Die Begegnung	69
Kapitel 16	Frantz de Galais	77
Kapitel 17	Das seltsame Fest (Ende)	83

TEIL 2

Kapitel 1	Das große Spiel	90
Kapitel 2	Wir geraten in einen Hinterhalt	95
Kapitel 3	Der Zigeuner in der Schule	99
Kapitel 4	In dem die Rede ist von dem geheimnisvollen Gut	106
Kapitel 5	Der Mann in Espadrillos	112

Kapitel 6	Ein Streit in den Kulissen	116
Kapitel 7	Der Bohemien nimmt seinen Verband ab	120
Kapitel 8	Die Gendarmen!	123
Kapitel 9	Auf der Suche nach dem verlorenen Pfad	125
Kapitel 10	Die große Wäsche	133
Kapitel 11	Ich übe Verrat…	137
Kapitel 12	Die drei Briefe von Meaulnes	142

TEIL 3

Kapitel 1	Das Bad im Cher	148
Kapitel 2	Bei Florentin	153
Kapitel 3	Eine Erscheinung	163
Kapitel 4	Die große Neuigkeit	170
Kapitel 5	Die Lustpartie	176
Kapitel 6	Die Lustpartie (Ende)	182
Kapitel 7	Der Hochzeitstag	190
Kapitel 8	Der Ruf von Frantz	193
Kapitel 9	Die glücklichen Leute	198
Kapitel 10	Das »Haus von Frantz«	203
Kapitel 11	Gespräch im Regen	210
Kapitel 12	Die Last	216
Kapitel 13	Das Aufsatzheft	223
Kapitel 14	Das Geheimnis	226
Kapitel 15	Das Geheimnis (Fortsetzung)	232
Kapitel 16	Das Geheimnis (Schluß)	239
	Epilog	241

Nachwort
Vincenzo Orlando 249

Nachbemerkung
Cornelia Hasting 255

Joris-Karl Huysmans

Gegen den Strich

»Widerborstig und querköpfig war Joris-Karl Huysmans zeit seines Lebens. Als kleiner Beamter im französischen Innenministerium verstand er es, seine Romane auch während der Dienststunden und auf Kanzleipapier voranzutreiben, und obwohl er als gläubiger Katholik starb, hat er doch jenem ›Brevier der Dekadenz‹ nie abgeschworen, das er als Sechsunddreißigjähriger verfaßte. Dem Kultbuch des Fin de siècle – Droge unter anderem durch Oscar Wildes ›Doris Gray‹ – gab er den programmatischen Titel ›Gegen den Strich‹; und hier ist eine stilsichere, nein eine verführerische Neuübersetzung anzuzeigen.«

Ulrich Horstmann, Die Zeit

270 S., Fadenheftung, 39,80 DM

Fordern Sie bitte unser Gesamtverzeichnis an:
manholt verlag, Rembertistraße 28, 2800 Bremen

Klassische Autoren in dtv-Gesamtausgaben

Georg Büchner:
Werke und Briefe
Neuausgabe
Hrsg. und kommentiert von Karl Pörnbacher, Gerhard Schaub, Hans-Joachim Simm und Edda Ziegler
dtv 2202

Johann Wolfgang von Goethe:
Werke
Hamburger Ausgabe in 14 Bänden
Herausgegeben von Erich Trunz
dtv 5986

Goethes Briefe und Briefe an Goethe
Hamburger Ausgabe in 6 Bänden
Herausgegeben von Karl Robert Mandelkow unter Mitarbeit von Bodo Morawe
dtv 5917

Ferdinand Gregorovius:
Geschichte der Stadt Rom im Mittelalter
Vom V. bis XVI. Jahrhundert
Vollständige Ausgabe in 7 Bänden
Herausgegeben von Waldemar Kampf
Mit 234 Abbildungen
dtv 5960

Sören Kierkegaard:
Entweder – Oder
Deutsche Übersetzung von Heinrich Fauteck
Unter Mitwirkung von Nils Thulstrup und der Kopenhagener Kierkegaard-Gesellschaft herausgegeben von Hermann Diem und Walter Rest
Zwei Bände
dtv 2194

Heinrich von Kleist:
Sämtliche Werke und Briefe in zwei Bänden
Herausgegeben von Helmuth Sembdner
dtv 5925

Theodor Mommsen:
Römische Geschichte
Vollständige Ausgabe
8 Bände in Kassette
dtv 5955

Friedrich Nietzsche:
Sämtliche Werke
Kritische Studienausgabe in 15 Bänden
Hrsg. v. Giorgio Colli und Mazzino Montinari
dtv/de Gruyter 5977

Sämtliche Briefe
Kritische Studienausgabe in 8 Bänden
Hrsg. v. Giorgio Colli und Mazzino Montinari
dtv/de Gruyter 5922

Georg Trakl:
Das dichterische Werk
Hrsg. von Walther Killy und Hans Szklenar
dtv 2163

Klassiker der italienischen Literatur

Dante Alighieri:
Die Göttliche Komödie
Aus dem Italienischen übertragen von Wilhelm G. Hertz
Nachwort von Hans Rheinfelder und Anmerkungen von Peter Amelung
Dünndruck-Ausgabe
dtv 2107

La Divina Commedia – Die Göttliche Komödie
Italienisch und deutsch
Herausgegeben, übersetzt und kommentiert von Hermann Gmelin
Vollständige Ausgabe
6 Bände, 2900 Seiten
dtv/Klett-Cotta 5916

Vita nova
Das neue Leben
Nach der revidierten Übersetzung von Karl Federn herausgegeben und kommentiert von Anna Coseriu und Ulrike Kunkel
Zweisprachige Ausgabe
dtv 2199

Alessandro Manzoni:
Die Verlobten
Mit 440 Illustrationen
Mit einem Essay von Umberto Eco
Übersetzt und mit einem Nachwort versehen von Ernst Wiegand-Junker
Dünndruck-Ausgabe
dtv 2142

Die Nonne von Monza
Aus dem Italienischen übersetzt und mit einem Nachwort versehen von Heinz Riedt
dtv 2192

Die Schandsäule
Romanchronik
Mit einem Vorwort von Leonardo Sciascia
Herausgegeben und aus dem Italienischen übersetzt von Wolfgang Boerner
dtv 2205

Thomas Bernhard im dtv

Foto: Isolde Ohlbaum

Die Ursache
Eine Andeutung

»Thomas Bernhard schildert die Jahre 1943 bis 1946, als er eine drückende, geistabtötende, zuerst nationalsozialistische, dann katholische Internatszeit erlebte ... Wenn etwas aus diesem Werk zu lernen wäre, dann ist es eine absolute Wahrhaftigkeit.« (Frankfurter Allgemeine Zeitung)
dtv 1299

Der Keller
Eine Entziehung

Die unmittelbare autobiographische Weiterführung seiner Jugenderinnerungen aus ›Die Ursache‹. Der Bericht setzt an dem Morgen ein, als der sechzehnjährige Gymnasiast auf dem Schulweg spontan beschließt, sich seinem bisherigen, verhaßten, weil sinnlos erscheinenden Leben zu entziehen, indem er »die entgegengesetzte Richtung« einschlägt und sich im Keller, einem Kolonialwarenladen, eine Lehrstelle verschafft ...
dtv 1426

Der Atem
Eine Entscheidung

»In der Sterbekammer bringt sich der junge Thomas Bernhard selber zur Welt, auch als unerbittlichen Beobachter, analytischen Denker, als realistischen Schriftsteller. Aus dem Totenbett befreit er sich, in einem energischen Willensakt, ins zweite Leben.« (Die Zeit)
dtv 1610

Die Kälte
Eine Isolation

Mit der Einweisung in die Lungenheilstätte Grafenhof endet der dritte Teil von Thomas Bernhards Jugenderinnerungen, und ein neues Kapitel in der Lebens- und Leidensgeschichte des Achtzehnjährigen beginnt. Bis schließlich sein Lebenswille die Oberhand gewinnt, bedarf es vieler schmerzhafter Erfahrungen.
dtv 10307

Ein Kind

Die Schande einer unehelichen Geburt, die Alltagssorgen der Mutter und ihr ständiger Vorwurf: »Du hast mein Leben zerstört« überschatten Thomas Bernhards Kindheitsjahre. »Nur aus Liebe zum Großvater habe ich mich in meiner Kindheit nicht umgebracht« bekennt Bernhard rückblickend auf jene Zeit.
dtv 10385

Kindheiten

**»Wie wir erzogen wurden?
Gar nicht und – ausgezeichnet.
Erziehung ist Innensache, Sache des Hauses, und vieles, ja das Beste, kann man nur aus der Hand der Eltern empfangen.«**

(Theodor Fontane)

dtv 11115

dtv 10787

dtv 10538

dtv 10187

dtv 10798

dtv 4320